早春

JUNZO SHONO

庄野潤三

P+D BOOKS
小学館

目次

一

紫いろのビロードの表紙の、背に「小夜曲」、表はSERENADE YUMEZI TAKEHISA。その下の空間を埋めるチューリップとも木蓮とも見える花の図案の組み合せも、すべてくすんだ金の箔押し。竹久夢二作・恩地孝装幀、絵入詩集『小夜曲』（せれなあど、と本文の扉にはルビが振ってある）大正四年新潮社版。

いったいにロマンチックな性情に欠ける私のような人間のところに（それを私は近頃になって物足りなく思うようになってはいるのだが）この可憐な本が所蔵されているのを訝しく思う人がいたとしても不思議ではない。もしかりに背の部分のビロードが茶色に変ったこの小型の詩集がわが手に渡った日のことをすっかり忘れてしまっていたとしたら、誰よりも私自身が驚き、怪しんだに違いないから。ところで、これは私が古本屋の本棚から見つけ出したものではない。いまから四十年近い昔、大阪外語の英語部で同じクラスにいた神戸の太地一郎が予備学生として海軍へ入ることになった時、贈ってくれた本である。

奥附のうしろの頁に日附と私の名前(君が附いている)と彼の署名が入っている。その日附は、
——昭和十六年十二月二日。

つまり、日本海軍が南西太平洋で米英両国を相手に戦闘状態に入ったあの十二月八日まであと六日しかない。太地からこの詩集を貰ったのは、海軍に入れば、少なくとも暫くは会えないだろうというので、一晩ゆっくり話をするために私を呼んでくれた日だというのは覚えているが、泊めて貰ったのは甲子園の静かな住宅地にある家であった。どうして神戸でなくて甲子園なのか分らない。

ここで当時の私たち英語部三年のクラスがどんなふうに別れ別れになっていたかを説明しなくてはいけないのだが、何しろ年月がたっている上に、肝腎の私が一学期の信太山の野外演習でひいた風邪から気管支炎を起し、九月のはじめ頃まで学校を休んでいたから、なおさら頼りない。そこで間違いがあるのを覚悟の上でいうと、夏休みに入ってから先ずクラスのほぼ三分の一に近い者が海軍軍令部からの呼出しを受けて東京へ行った。学校を離れたのはその組がいちばん早く、この中に太地が入っていた。

その残りが外国電報の検閲に当るために大阪中央電信局へ行く者と東京の陸軍参謀本部へ行く者に分れた。私は帝塚山の自宅へ時々、見舞いに来てくれていた友人からそれを知らされた。彼は陸軍参謀本部組で、やがて南方へ軍属として赴くことになる。(私はフィリピンにいる彼から最初に届いた部厚い封書の手紙の中に、海原を行く輸送船団が向きを変えるところをう

たった短歌があったのを思い出す）こうして二学期になって三ヵ月ぶりに登校した時、活気のあった教室には大学進学その他の事情から授業を続けることになった数人が残っているだけで、英語部三年のクラスは消滅したのも同じ状態になった。私が海軍軍令部から休暇を得て神戸へ帰って来た太地と会ったのは、そういう時期であった。

もし太地が戦死していたら、この詩集は貴重なかたみの品として私の手許に残ったわけだが、幸いそうならなかった。海軍から復員した彼が新聞社に入ったのを知ったのはいつ頃だろう。お互いに生存を確かめ合う葉書のやり取りはあったに違いないのだが、それも覚えてはいない。戦後、七、八年たった頃、大阪中之島の民間放送の会社にいた私が、堂島にある太地の勤め先の新聞社へ訪ねて行ったことがあるが、生憎、仕事で外へ出ていて、会えなかった。まだすっかり生活が落着いたとはいえず、繰合せて会う段取りをつけようという気持にもなり難い時代であった。

ところが、近頃になって（その最初がいつであったかもはっきり思い出せない）神戸の太地から時々、便りが届くようになった。その中にはこのところ三人の、それぞれ文学歴の古い女流作家の随筆集を読む機会があり、三人三様の味わいを楽しんだというようなことから、街中の陋屋（という言葉を用いていた）の狭い庭にもいま何とかの花が咲きかけているというようなことまでしるされた封書の手紙もあった。

その途中で私たちの卒業以来初めてのクラス会が大阪中津のホテルで、九十二になってなお矍鑠とした恩師を迎えて開かれた。戦死した者も病気で亡くなった者もいるが、卒業した時の頭数でいうと、ほぼ半数に当る十五名が顔を見せ、中華料理の二つの卓を囲んだ。太地も来るのではないかと私は楽しみにしていたが、社へ出なくてはいけない日とかで会えなかった。

その会の案内状には、

「……戦争のどさくさで散りぢりになり、上本町を離れてから三十七年、お互いに白いものが目立ちかける昨今となりました」

と書かれてあった。白いものが目立ちかけるというのは控え目な表現であるのは確かだが、あとは文字通り「戦争のどさくさで散りぢり」の別れかたをしたみんなである。最後に輪になって、一年の最初の授業で主幹の教授（この方は戦後早くに亡くなった）から教わった、われわれ英語部の歌ともいうべきティペラリーを合唱した。

今年の正月に届いた太地の暫くぶりの葉書には、去年の秋、新聞社を定年で退職したという知らせのあとに、昔、教室で読んだガーディナーのフェロー・トラヴェラーやドーバーの白いヒースの花がしきりに心に浮んで来るという意味のことが書かれてあった。やっと手に入れた閑暇をしみじみと味わっている様子が偲ばれる文面であった。

その葉書を受け取ってから後に、私は芦屋にいる今年の三月で八十五歳になる妻の叔父夫婦を訪ねる用事が出来た。十二月にも妻と一緒に会いに行って、近くの店ですき焼を食べて忘年会の代りにしたのだが、その折、春になったら四人で神戸へ一度行ってみようという話が出た。

だが、暖くなるまでにまだ少し間があるので、その前に叔父が須磨で過した少年時代の思い出を聞かせて貰おうと思った。大阪靭《うつぼ》の鰹節問屋に生れた叔父は、お父さんが須磨に家を建ててからそちらへ移り、やがて神戸一中に入学した。芦屋に世帯を持ったのは大正の末だから、大阪よりも神戸の方が詳しい。

そこで叔父夫婦の都合のいい日はいつといつか電話で前もって尋ねておいてから、太地に手紙を出した。こちらの日程を知らせた上で、もし差支えが無かったら私たちが大阪に着く日の夕方、中之島の堂島川に面したホテルで一緒に食事をしながら積る話をしたい、もし神戸で会う方がよければそうしてもいい、また今回、都合がつかなければ次の機会に譲っても構わないというふうに書いた。

こちらは旧交を暖めたいと思っていても、人それぞれの考えかたがあるし、都合もある。いきなり会いたいといわれても当惑することだってある。面倒臭ければ遠慮なしにそういって断ってくれてもいいというつもりであった。

太地から折返し封書の返事が届いた。

「ご丁重な書状を頂戴しまして恐縮です」

という書出しで始まる手紙に先ず、このたびのご来阪のスケジュールの中に私をお招き頂くとのことでたいへん嬉しく思っております、お申越しの二月十五日午後五時に大阪グランドホテルに出向くことにしたいと存じますとあるのを読んだ時は、ほっとしたし、唐突な申し出にも拘らず、快くこれに応じてくれたことを何より有難く思った。私について行く妻も、それを聞いて喜んだ。

太地の手紙は、このあと、先頃の久しぶりの同窓会の集いには勤めのためとはいえ欠席をしまして、お集まりの皆さんにご無礼をしてしまったこと、あとで村木君（というのは前にいった陸軍参謀本部組の一人として南方へ行った友人だが）からは電話で一喝されたこと、世話人を引受けた畑野、松井両君からその時の写真を送ってくれ、皆さんそれぞれのことを偲びながら感慨無量のものがありましたと書かれていた。

また、この頃、戦争中、トラック島やニューブリテン島のラバウルに行った時期について纏《まと》めておきたいと思うようになり、同期の友人に対して学徒兵としてこの戦争に対する一つの証言にもなるわけだから何か書き残しておくように呼びかけていること、こんなことを思うようになったのは初老に入った故でしょうかとしるした後で、貴兄については作品を通じていろいろ承知しているし、新聞その他で写真を見る機会もあるので、久しぶりにお会いしてもそう驚くことは無いと思っているが、私の方は貴兄が想像しておられるものとどう違っているかが心配ですとあった。

もっとも、これは私がいまは髪なんか大変心細い状態でさっぱりですと書いたのに対する挨拶でもあった。

「何れにしましても、お目にかかる日を今から楽しみにしております。書状を頂いた日が丁度、節分でしたので、陋屋で豆撒きをし、来合せていた甲子園の弟と夕食に鰯を食べました。今日は立春、クロッカスの花も間もなく咲くでしょうが、余寒がつづきそうですから、どうぞ御家族の皆様、お風邪などひかれないようくれぐれもご留意下さい。それでは、その節万々。とりいそぎ、ご返事まで」

最後の行に、立春の日に、とあるのが何かしら幸先よい感じを与えてくれた。ところで終りの方に「甲子園の弟」という言葉が出て来たので、暫くの別れを惜むために太地が私を泊りがけで来るように呼んでくれたのが甲子園の家であったのは、これでどうやら間違いは無いと分った。しかも、その家が戦災にも会わずに残っているとは有難い。この弟さんというのは、あるいはわれわれと同じ外語の、フランス語かドイツ語の二年くらい下にいた方であるかも知れない。手紙を読んでふと一つの顔が浮んだから。

私はすぐ芦屋の叔父に手紙を出した。叔父からは次のような返事が届いた。

拝復　立春も過ぎたと云うのに何と寒い日々でしょうか。でも御健勝御活躍の程御喜び申上げます。昨日は貴書拝見致しました。十六日御来宅下さいます由承知致しました。何時にても宜敷く御待ち致して居りますから御遠慮なく御越し下さいませ。先は今より愉しみにして居ります。

三年ほど前、昔の大阪の街なかの商家の日常生活を中心とした「水の都」という小説を書いた時、この叔父が随分力になってくれた。長年、商売ひと筋に生きて来た人だが、いまは好きな俳画と俳句を楽しみながら一日があまりに早く過ぎるのを歎くくらいだという。どちらも七十を過ぎてから習い始めたものだが、もともと素質があったのか、特に俳画の方は上達が早くて、先生につきながら頼まれた人に手ほどきをするまでになった。いまでは週に二回ばかり教えている。

俳句は二つの雑誌に投句を続けているらしい。それとは別に、西宮市で春秋二回、開かれる大会があって、その春の部で特選に入ったことがある。

靴の紐堅く結んで入学す

こういうのは頭でこしらえようと思っても出て来ない句ではないだろうか。自分の身内に当る人を賞めるのは差控えなくてはいけないが、この叔父は厳密にいうと（厳密でなくてもそうなるのだが）、私の妻の叔母、つまり母親の妹の連れあいに当る人だから、身内といっても少し離れている。もう一つだけ叔父の句を紹介したい。今年の年賀状に書いてあったものだから、きっと自作だろう。

元日や地球儀廻し日本見る

これも前の句と共通した趣がある。ついでに附け足すと、それより早く、十二月のはじめに郵便で送ってくれた色紙は、扇子を手に三番叟《そう》を舞う猿の絵であった。中年に因んだこの趣向を喜んで、私たちは松の内の間中、壁に掛けて目を楽しませたのであった。

一方、八つ年下の叔母は、結婚してから主人と一緒に習い始めた謡の本が全部残してあったのを役立てて、叔父の俳画同様、頼まれた人に教えていたら、こちらも人数が多くなっていまは稽古日が週に三日になった。夫婦二人で暮して行くだけの財産はもとよりあるにしても、こういう時世だからなるべくつましく過すのがいいに決まっている。趣味を生かしながらそれがいくばくかのお小遣いにもなるとすれば結構なことだ。

この前、四人ですき焼を食べた時も、ささやかな忘年会の締め括りに「猩々《しょうじょう》」の小謡を教えてくれた。もっとも、こちらは叔母がビールのコップやら小鉢の載っている卓の前で手を打って拍子を取りながらうたってくれるのを、ただ口移しに繰返すだけ。

「老いせぬや」

といえば、老いせぬや。

「くすりの名をも菊の水」

といえば、くすりの名をも菊の水。

「盃も浮かみ出でて友に逢ふぞ嬉しき。この友に逢ふぞ嬉しき」まで辿り着きはしたものの、どうも謡をうたったという気持とは程遠い。しまいに叔父が笑い出して、

「調子に乗って、ビール飲んで酔うてしもて。あああ、おかし」

といったが、叔母は相手にしなかった。

二

私たちが大阪へ出かけたのは、風のない、よく晴れた日であった。ところが米原を過ぎた頃から天気は悪くなり、やがて伊吹山の見える辺まで来ると、横なぐりに雪が降り出した。それは僅かな間であったが、新大阪駅のフォームにおりてみると空気が冷たいのに驚いた。

中之島の、この数年来、馴染になったホテルに入ってから、太地と約束の五時まではかなり間があった。私は二度目に出した手紙の中で、わざわざ神戸から出向いてくれる彼に礼を述べたあとで、お目にかかってから三十分ばかり雑談をして、それから食堂へ案内するつもりでいますと書いたのは、これまでに何度かの文通はあったとはいうものの、戦争中に別れてから(もし太地が開戦のために早められて十二月の下旬に上本町の学校で行われた卒業式にもし出られたとしたら、その日以来ということになる)初めて会うとなると、いきなり食事というわ

けにもゆかないと思ったからだ。

約束の時間の三十分前に私たちは九階の部屋を出て、一階のロビイにおりた。いい具合に入口に近く、向い合せに椅子が四つ空いていた。二人はそこに腰をおろした。もうそろそろ五時になるという頃に一人、入って来た。が、それは違った。次にまた一人、硝子越しに影が見えた。頭のかたち、身体つきで太地と分った。

「あれだよ」

少し前から隣の椅子に移って同じように入口の方を見ていた妻に私はいった。それは当っていた。私は椅子から立ち上って手を挙げた。黒いコートを着て鞄をさげた太地は、いい姿勢で歩いて来た。私は進み寄って声をかけた。二人は挨拶を交した。それから私は妻を引き合せ、わざわざ神戸から出て来て貰った礼をいった。

私たちは向い合って椅子に腰をおろした。濃いグレイに細い縞の入った背広に身を包んだ太地は、学校にいた時分と少しも変らない顔だちで、きちんと分けた髪の、もみあげのあたりに僅かに白いものが見えた。

「二月になると空が明るくなるね」

と彼がいった。地下鉄の駅に近い大江橋から来たのか、それともこの間まで勤めていた新聞社のある堂島の方から渡辺橋を渡って来たのか、どちらにしてもつい今しがた、日の落ちたあとの街を通り抜けて来た人とは思えないような言葉であった。

「いま頃の気候がいちばん好きだな」

ええ、私たちもそうなんですと妻はいったが、着ていたコートは薄いし、マフラーもしていないところを見ると、太地は私たち夫婦のような寒がりではなさそうだ。

「君はちっとも変っていないな」

そういうと、太地はほっとした様子で、

「前はもう少し肥えていたでしょう。あの時分は十七貫あったよ、昔ふうにいうと」

そういえば、いまより頬がふくらんでいたかも知れない。こちらは十六貫だったから、彼の方が目方はあったことになる。

「それに柔道なんかやってたしね、田中君なんかと一緒に」

田中君といったのは、クラスでもひと際目立つ体格の持主でありながら、極めて無口な男であった。

「そうか、それは覚えていないな。柔道部に入ってた?」

「いや、入ってはいなかったけど、語部対抗の試合に出て、優勝戦まで行ったことがあるよ。それはまたあとでお話ししましょう」

太地は隣の椅子から鞄を引き寄せて、茶色の包紙の手土産らしいのを取り出すと、

「これは奥さんに」

といって渡した。

「神戸のお肉ですか。大好きなんです」

「これは佃煮ですけど。好き好きがあるから、少しだけ」

——この牛肉の佃煮が味つけに独特の風味があっておいしかったことを附け加えておかなくてはいけない。八百丑という店の名を私たちはこれで覚えた。

こちらは紙袋から数日前に出版社から届いた短篇集を取り出して、これ、出たところなんだけどといって差出す。署名をしてある見開きの頁を見て、太地はそれはどうも有難うといった。それから、

「いや、今日はあなたにお目にかかるので、これを」

といいながら鞄の中から取り出したのは、八年ばかり前に年少の読者を対象として出版された私の本であった。逆立ちした弟の足を兄が両方の手で支えてやっている絵が表紙に描かれている。

「これが僕は好きでね、何回も読んでいるんだ。あなたに署名して貰おうと思って持って来たんだ」

それはどうも有難う。僕は万年筆を持っていないんでと入っていないのが分っている胸のポケットへ手をやると、そばから妻がボールペンならありますけどという。ボールペンというわけにはゆかない。すると太地は、

「僕のがあります。いいのじゃないけど」

と自分のを貸してくれ、長いこと使い馴れたモンブランがあったんだけど、この間、うっかり落して先を痛めてしまった、もう駄目だね、そうなったらといった。

日附を入れておこうかと私がいい、太地もうん、その方が有難いねといった。日附のあとへ三十八年ぶりに会った日にという意味の言葉を書こうといったら、あなたが放送会社にいた頃に一度、社へ訪ねて行ったことがあるという。

「ディレクターをしておられたのかな、あの時分は」

こちらはまるで覚えていない。そういうと、それは自分の用件で行ったから確かだという。それなら三十八年ぶりじゃいけないな、どうしよう。すると、太地が、

「再会の日に」

といったから、それに従った。ついでにその下にホテルの名前を書きつける。

太地は、私が東京から持って来た新刊の短篇集と一緒にその本を鞄の中に仕舞い込んだ。さて今度は紫いろのビロードの表紙の『小夜曲』を取り出す番だ。

「君、覚えているかな、これを贈ってくれたの」

すると太地は、テーブルの上に置かれた本をすぐに手に取ろうとはしないで、

「あなたの手紙に書いてあったんだけど、全然覚えていないんだ」

といって、不思議そうに見つめている。

「呆けて来たからね、近頃」

こちらが太地の署名の入っている頁を開けて見せると、ひと呼吸置いて、

「こんな字を書いとったのか、おれは」

「いや、丁寧な字を書いているといって感心しているんだ」

そこで私は、あの時、どういうふうに君から連絡があって甲子園へ行ったのか、さっぱり思い出せないというと、太地も覚えていない。では、神戸にいる君がどうして甲子園へ僕を呼んでくれたのか、あそこは別荘と聞くと、いや、あれは叔母の家で弟が養子に行っていたんだという。

「この間、あなたに会ったのを覚えているかって弟に聞いたら、覚えていたよ」

そうすると、私が泊めて貰ったあの晩、太地の弟さんもあの家にいたのだろう。向うが覚えていてくれるのに申し訳ないが、思い出せない。

「君は卒業式に出た」

「いや、出ない」

そうすると、このあとすぐに東京へ帰ったのか。そうだろうなと太地。繰上げ卒業式が前にもいったようにクリスマスを過ぎた頃にあった。そんなに長く帰しては貰えなかったのだろう。

「プロローグとして先ずその手前のところをはっきりさせておかないといけないいんじゃないかな」

と太地はいった。

「或る日、突如として海軍少佐がやって来て、勉学中ですよ、ちゃんと軍医も連れて来ている。あれはもう夏休みに入っていたのかな。もしそうだったら、学校から呼出しがあったのかも知れないな。とにかく、夏ですわ」

その場で身体検査を受け、霞ヶ関の海軍軍令部へいついつまでに出頭せよといわれた。

「いやも応もなし。来いちゅうんだ。待ったなしだ」

あとで分ったが、それまでに本人や家族についていろいろと近所で聞いてまわっていたらしい。

「あの当時、英語部の二年、一年にいわせると、幻の三年生がおったちゅうんやな。途中から不意にいなくなってしまった。一学期までは確かにおったというんだ。ところが、いつの間にかおらんようになった。そういう伝説があるらしい」

太地は笑った。

「こっちは大学へ行ってもう少し勉強してみたいという気持もあったし、髪もそろそろ伸ばし始めていたところだ。それどころじゃない。すぐ出て来いといわれてね。斟酌《しんしゃく》なしですよ。そんなわけで殆ど皆さんにお会いする暇も無くて失礼したわけだ」

昔、第二次大戦中のフランスの抵抗運動を描いた映画を観た。海べりの町に医師がいる。或る晩、沖合にドイツの潜水艦が浮上する。おろされたボートに何人かの乗組員が乗って、闇の中を誰にも気附かれずに砂浜に着ける。どうして医師の家を知っていたのか分らないが、真夜中にその戸を叩き、起きて来た医師に銃を突きつけて有無をいわせず連れ出し、ボートに乗せて潜水艦へ戻る。艦内に盲腸か何かの手術を即刻必要とする者がいたのである。太地の話を聞くうちに、私はその緊迫した導入部を思い出した。

「来て見たら、僕らと同じようにいきなり来いといわれて出て来た連中がいるんだ。横浜高商とか小樽高商なんていうのもいたな」

英語の優秀なのばかり集めたわけだなというと、いや、おれなんかが入っているんだからそうはいえないけど、狙いとしてはその辺だったんだろうと太地。仕事は通信傍受、身分は海軍軍令部の嘱託であった。

「僕は築地の海軍経理学校から手紙を貰ったな。あれは予備学生に入ってから？」

太地は頷いて、それはあなたの記憶しておられる通り、はじめどこへ入れていいか分らんというので、われわれは築地の海軍経理学校へ入れられた、そこで第一期兵科予備学生の中から選抜された者と合流して特信班としての基礎教育を受ける、位は兵曹長の上、少尉の下ということになった、それが十七年の一月だったといった。

「それで一遍に飛ぶけど、最後はどこにいたの」

すると、埼玉にいたという。

「あなたは前に練馬の方におられたから御存知かも知れないけど、所沢へ行く電車があるでしょう」

妻が西武線ですねというと、ああ、そうでしたねという。その西武線の東久留米から歩いて約一里、東武線の志木から歩いても約一里、平林寺の近くに東京通信隊の分遣隊がある。大和田というところ。そこでアメリカの通信を傍受して、暗号の解読をする仕事に当っていた。

「ずっとその仕事をやってたの。それじゃ戦犯の心配は無かった」

「ありましたね」

と太地。彼が新聞社に入社して間のない頃、横浜の裁判所へ出頭させられた。昭和二十年の十一月。ただし、ほかの容疑者の証人としてであった。一回で済んだかなと思ったら、もう一度呼出された。広島弁を使う二世が、あなた、なぜこんなところへ呼ばれるのかなと首をかしげていた。間違いだったということで、二回目はすぐ放免された。（ここで私はジャワで俘虜収容所の副官をしていた陸軍大尉の兄が、レンパン島から復員したあと一年近くたってから、或る日、不意に刑事の訪問を受け、東京の巣鴨拘置所へ送られることになったが、その折に家族が味わった不安と、二月ほどたって無事釈放されたという知らせを受けた日のいいようのない安堵と喜びについて太地に話した）皆さん方の場合はいいが、僕なんかひどいよ。新聞社のやつらは面白半分にいうんだ。硫黄島で十五年は覚悟せえ、とにかく逆らわずにへえへえいうて早く帰して貰えるようにせえという。そんな連中ばかりだった。親父とお袋は心配していたけど。

ここで話は変って、神戸の市内地図を見ていたら、君の住居のある下山手通八丁目が街の真

中にあるのでびっくりしたというと、

「市街地のどうしようもないところだけど」

と彼はいう。そこで、もともとそこにいたのと聞くと、僕の家は祖父さんが広島県の出身、広島といっても島根県に近い三次《みよし》、倉田百三の出たところ。そこの在の次男坊で、明治のはじめに笈《おい》を負うて神戸へ出て来たらしい。で、商売を始めた。

「親父は神戸の生れ、僕もそうなんだけど、三代続いていないから本当の神戸っ子じゃない」

そこで私は、お父さんが何の御商売をなさっていたかというのも覚えていないけど、裕福な家庭のようではあった、ぼんぼんですかと家内が聞くから、いや、ぼんぼんではないけど僕らのクラスの神戸組の中では品のいい方であったと話したんだといった。妻は慌てて目顔で止めようとしたが、遅かった。すると、太地は、

「祖父さんはそんなわけで次男坊の裸一貫で出て来たらしいね。僕が外語の一年の時まで生きていたから、随分可愛がって貰ったんです」

いろいろ商売をやって、最後は神戸の税関のある、いまの第四突堤のそばの小野浜でお茶の箱をこしらえていた。昔のことだから機械じゃない。職人さんを傭って、金槌で箱の中に錫を貼る。湿気ないようにするわけ。それをジャーデン・マゼソン商会に納めていた。英国の会社で、東洋からお茶を買附けていた。

「それは向うへ持って行って紅茶にするんだろうか」

「いや、グリーン・ティーとして飲むんじゃないかな。当時、そういった茶の貿易が盛んに行われていたらしいね。ジャーデン・マゼソンばかりでなく、いろんな有力な会社が競い合っていたんじゃないかと思うんだ」

とにかく、うちの祖父さんはそういうちいちゃなことをやって、小金を溜めたらしい。僕も覚えているけど、その小野浜の工場で職人さんがねじり鉢巻して金槌を持っていつも仕事をしていた。そのうち戦争でしょう、中小企業は立ち行かない時世になって来た。ましてやうちのような外国商社相手の商売はやって行けない。職人さんもどんどん離れて行くし、しまいに駄目になった。

お父さんはその商売を継いだのと聞くと、太地は、はじめは祖父さんにやれといわれるものだから仕方なしに工場へ出ていたものの、嫌気がさしたのか止めてしまって、プロの柔道家になった、御影師範へ教えに行っていて、死んだ時は八段だったという。亡くなられたのはいつ頃？　今年の七月で九年になるのかな。僕が名古屋から大阪に勤務が変った年だったよ。

「だから、祖父さんの茶箱じゃないけど、何かそういう企業を起してやろうかなというものが少しあったんです、僕に」

それで先ず英語を習ってというのが、やや間接的な外語へ入った動機であった。甲子園へ養子に行った弟がドイツ語、下のやつが支那語、みんな外語へ行った。あんたとこはインターナショナル・カンパニーをこしらえる気かといって親父は大分みんなに冷やかされていた。

「そうすると君のところは男三人？」

「男三人。みんな兵隊に行ったけど、無事帰って来た」

それはよかったなと私。僕のところは兄弟四人、僕だけが海軍であとは三人とも陸軍。君のうちと同じように一人も欠けずに帰ったんだけど、関西学院に行ったいちばん上の兄だけ、戦後に病気で亡くなった。水泳の選手だったんだけど早死してしまってね。

話に夢中になっていて、気が附くともう六時近くになっていた。それではぼつぼつあっちへ行きましょうかといい、私たちは椅子から立ち上った。

三

少し時間が遅くなったので、ロビイの横の階段を上ったところに入口のある東京竹葉亭へ行ってみると、堂島川に面した窓際の席は大方塞がっていた。いつも客の入りはほどほどで、満員で待たないといけないという心配が無いものだから、予約はしていなかった。別に窓際でなくても構わないのだが、いちばん奥が一つ空いているので、そこへ坐るつもりで歩いて行くと、給仕の女中さんがうしろの部屋へ通してくれた。こちらの人数は三人で、ほかに空いているテーブルはいっぱいあるのにどうして、

「どうぞこちらへ」

といったのだか分らない。

まるで神戸にいる太地といまは神奈川に住む私とが、戦争中に別れてから今日までの、お互いの長い空白を埋めるために大阪中之島のホテルで落ち会い、この店へ食事をしに来るのをちゃんと心得ていたかのような呼吸であった。ひょっとして私が手洗いへ行っている間に妻が気を利かせて顔見知りの女中さんの誰かに訳をいって部屋を取って貰ったのかと思ったら、そうではない。あとで分ったのだが、妻は妻でホテルへ入って間もなく、ロビイとその奥の中二階になったラウンジの様子を見に私がひとりで先に下へおりた時、ついでにここへ寄って予約しておいたのかと思っていたという。

何はともあれ、このいい席へ案内してくれた女中さんに対して感謝しなくてはいけない。中はテーブルが三つ並んでいて、ちょうど手頃な広さである。お客さんの太地には川の見える方に坐って貰った。あなたは晩酌の習慣はあるのと太地が聞くから、あると答える。どのくらい？これくらい。すると、相当なもんだなというのだが、こちらはそんなに飲んでいるつもりはない。

「太地さんは晩酌なさいますか」

と妻が聞くと、前ごろはよく飲んだけど、この頃は健康を考えるようになって殆どビールだけという。それではビールを頼みましょう。そうして頂くと有難い。飲むと酔うのが早いんだよ、特にウイスキーはね。或るところまで来ると急に酔いがまわってしまうんだ。だからビールにしている。おしまいに、

「御協力を」

といったから三人とも笑い出した。

註文を聞いた女中さんが出て行くと、

「何か気恥しいというか、そういうものがありましてね」

と太地はいった。

「この前も手紙に書いたんだけど、あなたの方は時々、写真を見ているからいいんだ。こっちはいったいどういうふうに見られるかという怖れがあってね」

いや、君は学校にいた時と同じだ。三十何年も間が空いているのだから同じだったらおかしいわけだけど、雰囲気というのは全く変らないねと私。すると太地は、

「さっきも申し上げたように、あの時分はもう少し肥えていた。柔道をやっていたしね」

親父がプロの柔道家で、祖父さんの財産を食いつぶしてしまった方なんだ。だから僕は学校にいた時分、あまり親父のことは話しはしなかった。ただ、そんな関係で中学時分に初段を取っていたといってから、さっきロビイでちょっと話が出かけた語部対抗の柔道の試合へ移った。

「あれは一年の時だったかな。二年かな」

英語部の一年上に一人、初段がいた。五人出て、僕が中堅。最初に支那語と当って、やっつけた。

「そしたら西洋語が東洋語の、しかも支那語に勝ったというんだな。英語部ってどんなやっちゃ

というわけだ」

次にスペイン語に勝ったのかな。とにかく優勝戦まで行った。行ったところが今度は相手が悪いや、蒙古語だ。相手の大将は相撲部だから、田中君が怖気づいてしまって、あいつが出て来たら勝てっこないといい出した。馬鹿いうなといって、優勝戦で大将同士合せるところまで行った。(田中君というのは欧米の探偵小説にかけては誰も一目置くほどよく読んでいた)負けた？　負けた。

そういえばラグビーの語部対抗に出たことがあったなと太地。あった。ラグビーではその蒙古語を倒したんだと私。

「僕も出たよ。あなたがスタンド・オフをしていたのは覚えている」

「君はスクラム・ハーフ？」

「いや、スクラムを組んでいたんじゃないかな。僕は柔道をやっていたくらいだから、馬力はあるけど、走るのは苦手でね」

それじゃフォワード？　要するにロックあたりじゃなかったかな、田中君と二人で組んで。そうだったのか。では、あの猛者揃いの蒙古語のフォワードを相手に互角に戦って、いい球を出してくれたのは、君と田中の黒帯組の活躍のお蔭かも知れないな。そこへビールとお通しが来たので乾盃をする。

「次が準決勝で支那語と当って負けた」

すると、支那語にやられたのは僕は覚えていると太地。

「なぜかっていうと、松井君か村木君か、どっちかがボールを持って走っているところを首を持って振りまわされて、脳震盪を起したのを覚えているんだ、その試合で」

タックルならいいが、そうでない。蒙古語に勝っているものだから、向うも烈しく闘志を燃やして向って来た。

「松井か村木か。松井の公算が大きいね。振りまわされた拍子に地面に頭をぶつけたんだ」

そういわれてみると、烈しい当りを受け止めかねて、試合中に味方が何人か倒れた記憶が蘇って来た。

「その印象が強いんだね。だからおれはラグビーにも出たけど、そっちは支那語に一回戦でやられたと思っていた。いや、これは訂正しておかなくてはいけないな」

あとの方は笑いながら太地はいった。

「僕はラグビー部から最優秀選手賞というのを貰った。シャープペンシル一本をね。その代り、ラグビー部へ入れといわれた」

「僕も柔道部へ入れといわれた」

と太地。ところが、親父がそういうふうにプロの柔道家だったから、外語の柔道教師を知っていた。で、ちょっとあいつは柔道部へ入れられないんだといって諒解して貰った。

「そんなわけで部には入らなかったけど、僕も柔道だけは自分も好きで、海軍へ入ってからも続けましてね、二段を取った」

それは凄いな、身体ががっちりしているというと、いやいや、もう今は身体がなまってしまってどうにもならないと太地。

「初段を取ったのは神戸の諏訪山の武徳殿で。うちの親父は絶対に自分の息子なんか推薦しないから、実力で取れというわけだ」

神戸から通学していた者は、大阪で城東線に乗換え、桃谷でおりて上本町までひとかたまりになって歩いたという話になる。その中の一人で僕と同じ二中の出身なんだけど、三つくらい年上のがいた。彼は本当なら僕が一年に入学した時、卒業していないといけないんだけどね。外語へ入る前にあるいは就職していたのかも知れない。もうかなりおっさん顔だった。

「そういえば、僕らより一年前に入ったのが一緒のクラスにいたね」

「いたよ。四人。それがみんないい奴ばかりで」

みなそれぞれに風格があり、伊達に落第したのではないと思わせるものを持っていた。その名前を一人ずついったら、四人目で、ああ、東条正久、彼とのかかわり合いが僕にはあるんだと太地。あれも海軍だったな。そうなんだ。面白い奴でね。ちょっときざなところもあったけど。親父さんが金持だから。

「だけど、非常に」

と太地がいいかけたので、純粋なところがあったと口を挟むと、

「その通りなんだ。ジェニューインという言葉がぴったりの男だった」

「色の白い、鼻筋の通った」

「坊ちゃんといえば、あれこそぼんぼん。僕は東条の親父さんにも会ったんだけど、あれは帝塚山にいたんだよ」

そうだったかなと私。

「御存知のように彼はフィリピンの、あれは何というところだったか、名前は忘れたけど、戦病死したんだ。親父さんから会いに来てくれというので、お線香を上げに行ったことがある。帝塚山の家へね」

それはいつ頃? 戦争が終ってから。僕が新聞社に入ったのは二十年の十一月だから、その年の暮に近い頃じゃなかったかな。

それから太地は、彼が或る女性と恋愛に陥っていたことがあるといった。

「だけど、どうしてもうまく行く相手じゃないと思ったもんだから」

「水商売の人?」

「いや、そうじゃない。東条家の御曹子の結婚相手としてはどうかという懸念が僕にはあったもんだから、或る日、彼と銀座で飲んでね。ぶっ倒れるまで飲んで、あれはやめろといったんだけど、どうしても諦められないというんだ。一途になる方だからね、あの男は」

いや、いま君がその話をいい出す前に予感がしたんだ、うちに情熱を秘めていたからね、彼

は と私。

「そうこうしているうちに僕も戦地へ出るし、トラックからラバウルへ。結局、それきりになって、彼はフィリピンで死んでしまった」

あれはサッカーをしていた、中学の時に。僕と同じ大阪の住吉中学で、一年上だったんだ。外語でもサッカー部に入っていたんじゃなかったかな。海軍でも経理学校で一緒にサッカーをしたことがあると太地はいってから、

「さっきの続きになるけど、戦病死の公報が親父さんのところへ行ったんだな。で、是非会いたい、家へ来てくれというので、行った」

そうしたら奥さんの前ではいわないのだが、あれ、女関係はあったかと聞いた。あったと答えると、それならというふうな、ほっとした表情だった。男親というのはやっぱりそういう気持があるのか、なるほどなあと僕はその時、思った。奥さんのいる前ではひとこともいわない。奥さんが席を外した間に僕に聞いたよ。

前菜の入った盆がその少し前に運ばれて来た。菜の花のおひたしや海老や椎茸、数の子なんかの真中に梅の小枝がある。

「一気に結論に行くけど、まあそんなようなことがあった、死んだ東条と僕との間にね」

次に私が一年の時、東条がオー・ヘンリーとキャサリン・マンスフィールドを読むように勧めてくれた話をした。聞き終った太地は、それで思い出したけど、僕はあなたから伊東静雄の

詩集を貰っているんだといった。それは覚えていないというと、

「あなたが僕の差上げた本を持っているのと同じようにね。『夏花』という詩集」

そんなことがあったかなと私。

「昭和十六年十二月八日の日附が入ってる」

そうすると、甲子園の叔母さんの家で太地と会ってからいくらも日がたっていない。どうやって君にというと、送ってくれたんだ、原稿用紙が一枚挟んであって、試験が終ってほっとしているとある。それじゃ、東京へ帰った君に郵便で送ったんだろうな。そうだろう。僕は新聞社にいたからあちこち動くことが多かった。本は割合に読む方なんだけど、入れるところが無い。引越しの度に売払ったり、無くなったりしてね、あなたの貴重な本を無くしたんじゃないかと思ってこの間見たら、ちゃんとあった。それをぱらぱらと開けて読んでいると、「早春」というのが出て来た。僕はいまでも覚えているけど、野は褐色と淡い紫、田圃の上の空気はかすかに微温《ぬる》い、というのが最初の出だし。あれが僕は好きだった。

「まさに淡い紫です。あの頃がいちばんいいな」

ええ、私たちも、遠くの雑木林が煙るように見える頃がと妻がいったところへ吸物の椀が来た。お熱いうちにどうぞと女中さん。

「本多さんが僕らによく話していたろう、'Q'っていう。覚えてないかな、クイラークーチ」

「覚えていない。名前は知っているけど」

「トーマス・アーサー・クイラークーチ。この人の詩にアポン・ニュウ・イヤーズ・イブというのがあって、これがやっぱり大晦日の日に既に春の生成を感じるという内容なんだ」

僕はその'Q'の本を四、五冊持っている。友達に話したら妙なものを持ってるんだなといわれた。スティーブンソンの弟子でね。若い時分には小説や童話も書いている。僕が東京へ行って軍令部の嘱託になってから、神田の古本屋でいちばん最初に買った本は'Q'の小説だった。背中に椰子のマークと'Q'が入っていてね、濃紺のクロスのきれいな本だというのは覚えているけど、いまは僕の手許に残っていない。'Q'の詩を訳してみようと思ったことがある。いや、訳すなんて大それた気持は僕には無いけど、日本語に移すのは難しいね、韻を踏んでいるものを。

「これ、あったかいうちに、きも吸を」

と私は太地に勧める。そこへお作りが運ばれて来た。

四

「この前の手紙にラバウルにいたと書いていたけど、いつ頃行っていたの」

すると、太地は昭和十七年の十二月には既にラバウルに上陸していたという。山本司令長官が亡くなった時、僕はラバウルにいた。十八年の五月にアッツの作戦があるというので転勤命令が出て大湊へ行くことになった。あとの通信科の兵隊さんを連れてお前帰れ、駆逐艦を出すと参謀がいう。いや、駆逐艦なんかに乗っていたらアッツの作戦に間に合わんといって粘ったら、川西の四発の大艇を呼んでくれた。僕が一号艇に乗り、兵曹長が二号艇に乗ってラバウルを飛び立った。途中、サイパンに一泊しただけで一気に横浜へ帰った。(太地にとってよほど印象が深いことであったのだろう。サイパンに一泊して一気に横浜へというのを二度繰返した)

それは飛行艇ですかと妻が聞く。そうです、川西の四発の大艇というのは優秀ですよ、世界の名機ですと太地。安定しているし、航続距離が長い。南緯四度ぐらいだろう、ラバウルは。それでトラックすっぽかしてサイパンまで行って、サイパンからB29じゃないけど一気に横浜まで飛ぶんだから、あれは立派ですよ。

駆逐艦に乗っていたら途中で潜水艦にやられていたかも知れないなというと、太地は笑いながら、いや、それもあったかも分らん、おれも頑張ったよ、一少尉の分際でね。とにかくアッツの通信作戦を大湊でやらないと駄目なんだといって食い下った。しかし、ほっとしたよ。行く時は? 行く時はトラックまでが大井。これは三本煙突の軽巡洋艦。大正十年に神戸の川崎造船所で建造されたものだから古い。これに便乗して僕らの配属された第一聯合通信隊司令部が横須賀からトラック島へ進出したわけ。同じ通信科のクラスメートで僕を入れて三人が、まだ予備学生のままでこの司令部附を命じられた。第一線へ出たのはわれわれがいちばん早かった。

トラック島に上陸したのは十七年の九月半ば。ここで暫く通信作戦を行っていたが、ミッドウェー海戦後、米軍がソロモン群島、ニューギニア東部へ進攻作戦を始めたのに対応するためにラバウルへ進出することになった。今度は重巡洋艦の鳥海に便乗、ニューブリテン島のラバウルに上陸したのは十二月一日であった。

一緒に大井に乗った二人は非常に優秀だったな。僕は外語、あとの二人は一橋、東大。専門学校と大学だから年は三つほど違う。兄貴みたいなものだ。階級は一緒だったけど。この二人には弟のように可愛がって貰ったし、時にはこの野郎と思ってぶつかって行ったこともある。ラバウルで少尉に任官したのが十八年の一月二十日。その後は別れ別れになったが、僕が風土病のデング熱にかかって、三日三晩、四十度を越える発熱で殆ど仮死状態になった時、不眠不休で看護をしてくれたのはその一人だった。海軍の短剣で苦労して鮭缶をくり抜いて食えという。ポートモレスビーからB24が毎晩のように爆撃に来る。僕は動けない。貴様逃げろといったけど、防空壕へ入ろうとしなかった。この二人はいまも元気でいる。

ここで太地は、僕の甲子園にいる弟、あれも予備学生だよといった。あれはあなたより少し早い目に入った。二期？　いや、弟は三期、大連で教育を受けた口だ。二期は台湾の高雄だった。僕らの同期の者で予備学生の教官になったのがいるが、それは二期を教えた。僕らはまさに玉石混淆の標本だったが、二期は粒が揃っていた。あのクラスは優秀だった。いや、そうだろう、三期まではみんな志願して入ったんだから、十把ひとからげで入ったわれわれ四期と違うと私。

いや、それはともかくとして僕らが入った頃は人数も少ないし、割合に紳士的に扱ってくれた。外出も許可された。ところが、銀座あたりへ行くと海軍省や軍令部のえらいのがあの辺を歩いている。こちらは訓練中だから、短剣吊って威張って歩いている。海軍らしからぬ海軍が銀座を大きな顔して歩いておるけど、襟章に桜も無いし、あいつら何だというので評判になったことがあったらしい。陸軍中将の息子だとか何とか侯爵の息子というようなのもいるし、それまで学生で好き勝手に暮していたのが急に海軍へ入って来て士官服を着せられたって娑婆気が抜けるわけがない。銀座で酒くらって帰って来て引繰り返りそうになっているのを抱きかかえて、わめき出さんように口を押えて巡検を受けさせる。そういう連中も中にはいる。しまいに経理学校の教官のところへ文句が来た。あいつら何だ、鍛え直せというわけだ。

一方、築地の経理学校の生徒となると、みんなずば抜けて優秀だ。大体、地方のいい中学校の一番二番というのが来ている。そいつらとくらべられたら参るな。こっちは目の玉もとろんとしているし、向うは眼光炯炯としている。到頭、外出禁止を申し渡されたが、これには閉口した。そんなことはあったけど、まず紳士的な教育だった。訓練だけは急にやられたからきつかった。ラッパで叩き起されて、経理学校のカッターが築地の大川のところにある。それで今日は新橋あたり、今日は品川、御台場あたりということで、ひと航海漕いで来んことにはめしを食わしてくれない。

そこへ焚合せが来る。小芋と牛蒡と椎茸と人参と湯葉ときぬさや。酒も運ばれる。今度は太地が、あなたはどうやって海軍へ入ったのと聞いたので、九州の大学へ入って二年目の昭和十八年の九月、試験休みに博多から朝鮮を通って満洲の東京城というところへ出かけて行ったこと、渤海の首都の跡を訪ねるのが目的であったが、この旅先で法文系の学生の徴兵猶予令が撤廃になり、年内にみんなそれぞれ陸海軍に入隊するように決まったという新聞を見せられ、牡丹江、ハルビンをまわって帰ったこと、徴兵検査で陸軍へ入るものとばかり思っていたら海軍といわれて驚いたことから始めた。

太地は、時々、質問を交えながら熱心に聞いていたが、二十年の一月、館山の砲術学校を卒業してフィリピンの航空隊附を命ぜられた私がマッカーサーのマニラ進攻のために行けなくなり、最後は米軍の本土上陸に備えて伊豆半島の西海岸で砲台を建設中に終戦を迎えたところまで話し終ると、

「まあ、無事で結構でした」

といった。

一度も外地へ出ないままで終った私にしてみると、無事で結構でしたといわれる資格は無いようなものだが、もし佐世保で輸送船に乗る直前に南方行き士官は待てという指令が東京から来なかったら、おそらくマニラどころか、台湾へ行き着くまでにアメリカの潜水艦の餌食になるのは免れなかった筈だから、その通りではある。(途中で年輩の女中さんが、蒲焼、お持ちしてよろしいですかと聞きに来た。話に身の入っているわれわれに気を遣ってくれて有難い。どうぞ持って来て下さいという)

いや、君こそラバウルまで行きながら無事でよかったよというと、太地は、

「要するに僕ら一期のやつは使いごろだったんだな、中尉、大尉というところは」

いまも申し上げたように任官したのが十八年の一月。十九年の一月に中尉、二十年の五月には大尉だったからね。そういう順序を経て来ているから、その辺まで来ればもうどうしようもないよ。僕なんかプロフェッショナルな軍人ではないにしても、三年も海軍のめしを食ってると、いろんな戦闘場面にも遭遇しているし、やっぱり僕らのクラスの者は半分プロ化していた。出身は兵学校の連中とは違うけど、戦争の真ん真中に自分をさらして生き続けている点では変りはない。やっぱりもうおれは海軍だなあという意識があったと思うな、いま考えてみると。もうおれたちは学校上りだからというようなことは頭に無かった。どんな年上の兵隊でも使いこなさないといけないし。

それから太地は、大分前のことだけど、区役所だったか市役所だったか、正何位とか従何位とかいうのを書いた位記を渡すから来いといって来た、今更そんなお稲荷さんみたいなもの貰っても仕方がないから要らないといったら、そんなことといわんと来いというので、判こ持って行った、正七位が大尉、だから正七位を貰ったよといった。うちも来ましたと妻。だが、その位はいったい何であったのやら二人とも覚えていない。海軍大尉の太地が正七位なら、少尉のこちらはそれ以下なのは間違いないと私がいうと、あれは正八位から始まるらしいよと太地。

女中さんが来て、お食事、早うございますかと聞く。どうぞ持って来て下さいという。この

あと太地は、ラバウルの第一聯合通信隊司令部附になって間のない頃、自分の上にいた通信参謀がガダルカナル島の陸軍部隊の撤退を成功させるために一つの偽電作戦ともいうべき計画を立案して、それを実行に移したという話をした。僕らはそれが非常に有効適切なものだったと思い込んでいたし、殆ど無疵で引揚げが完了した時にはみんなで万歳を三唱した。ところがアメリカで書かれた戦史を読んでみると、その作戦通信なるものは完全に無視されている。「米軍は全く関知しない」と一行で片附けられているのでがっかりした。

ガダルカナル島で苦しい戦いが続いていた頃が内地にいるわれわれにはいちばん気持が重苦しかったといえば、撤退作戦が行われたのは十八年の二月のはじめですからねと太地。それより早くこの戦争の大きな分岐点となったミッドウェー海戦、あれが戦闘場面における敗退の第一歩であり、戦力の低下のいちばん大きな原因だったという話からアメリカの作った映画「ミッドウェー」へと移り、太地が僕も観ましたという。

「家内なんかも日の丸の鉢巻を締めて工場へ行っていた口なんだ」

と私がいうと、何を作っていたんですかと太地。魚雷艇の調整器の目盛を作っていました。どこで？　大阪の今里の小さな町工場です。私たちがあんな大事なものを作っていたから戦争に負けたといっているんです。

そんな会話の中からふと思い出したように太地が、

「僕らの英語のクラスに今村鉄夫っていた」

というから、いた、陸上競技の、あの走るのが速かったというと、あれも僕と同じように軍令部の嘱託から予備学生になった仲間だけど、これが大和だよ。それは知らなかった。海軍で戦死したというのは聞いていたけど、大和の乗組だったのか。

「物いわない男なんだ。黙々としてただ」

「走るのみ」

「走るのみだ。築地の経理学校にいた時もやっぱり柔道の対抗試合があったりラグビーの対抗試合があってね」

いろいろある中で彼は走るのが専門。あれは走らせたら速いからね。そうだろう。誰にも負けなかったよ。同じ通信科士官になったわけだが、途中で別れ別れになった。彼はどこへ行ったのかな。アンボンかハルマヘラかあっちの方へ行ってるんじゃないかと思うんだけど、その頃は僕はラバウルへ行っていたから知らない。とにかく一戦闘してラバウルから帰って来たら、また一緒になった。大和田の通信隊で。偶然だなと私。いや、帰って来るとすれば、同じような仕事をしているからそこになるとは思っていたけどね。それで一緒に仕事をしていた。

そのうちにあいつ、おれのところへ来て、

「もうあかん」

という。あの物いわない男が急にそんなことをいい出すから、どうしたんだいといったら、いや、おれは第二艦隊司令部附になったというんだ。第二艦隊というのは司令長官伊藤整一中将のもとに大和の海上特攻だ。その司令部附に発令になったというわけ。まあ、おれだからいうんで、ほかの者にそんなことは絶対にいわない。あれはいつ頃だろう。大和が出撃したのは二十年の四月、米軍が沖縄に上陸を始めて間もなくだから、それより何ヵ月か前だ。まだ武蔵野名物の砂あらしが吹き出さない時分だろう。聞いてみると、あの辺では秩父おろしというんだけど、もう三月になると物凄く吹く。その辺をひとまわりして来るだけで口の中がじゃりじゃりになる。今村が、こうこういうことになったという。こちらは、そうかというよりほかいいようが無い。変に慰めるようなことはいいたくない。とにかく酒を都合して、そのくらいの融通は利くようになっていたから、二人でかなり飲みました。

そのうちあいつ、一週間くらいいなくなった。おそらく司令からいろいろ身辺の整理をして来いといわれたんじゃないかと思う。不意に姿が見えなくなった。何しろ物をいわん男だから、外語も海軍も同期でありながら彼の郷里がどこで親が何をしているかも知らない。東京に親戚がいるとは聞いていなかった。で、その間、どこでどういうふうに最後の休暇を過したのか、もとより僕らは知る由も無い。やがて彼は黙々として去って行き、艦と運命をともにした。

今村も語部対抗のラグビーに出た、スリクォーターのウイングでねと私。あそこまで球をまわせば必ずトライしてくれる、一直線に走るんだ。そういえば東条も出てくれた。彼はバックローじゃなかったかな。鰻を食べながらこうして二人の話をするのも供養になるかも知れないね。そうですねと妻が相槌を打つ。

それから太地は、この前のクラス会に九十二というお年で豊中から出席してくれた上田先生が何年か前に叙勲になった時、ちょうど大阪に在勤していたので、自分が幹事になって同じ新聞社にいる外語の卒業生で先生を小料理屋へ招いてお祝いの会を開いたという話をした。われわれが一年の授業で英国の現代の主だったエッセイストの作品を読んだのはこの先生の時間であり、今年の正月に太地がくれた葉書にあったガーディナーのフェロー・トラヴェラーというのはその教科書のいちばんはじめに載っていたものだ。ロンドンの中心部を夕方、発車した時は混んでいた列車が、時間がたつにつれて一人おり二人おりして、しまいに「私」の乗っている車輛にたった一人きりになる。この空間を自分だけで占有しているとは何と愉快なことだと喜んでいたら、相客がひとりだけいるのをやがて発見する。それは蚊なのだが、彼を相手に何やら理屈っぽいおしゃべりを始める、とっくに蚊はどこかへ飛んで行ったのも知らずに。いつの間にかまどろんでいたらしく、あなたのおりる駅ですよと顔見知りの駅員に起されて目を覚ましたという随筆である。

次に第一次世界大戦の時、英軍兵士の間で愛唱されたティペラリーを一年の最初の授業で私たちに教えてくれた主幹の先生の名前が出た。すると太地は、僕はそういうわけで三年の後半は空白になっているんだけど、海軍へ入隊するというので吉本さん（というのがその主幹の先生だが）の家へ行ったんだといった。あの矢田の家へというと、ああ、矢田だったな、阿倍野から出ている電車、あれ何ていうの。大鉄。いまは近鉄になったけど。そうか、その大鉄に乗って行った。おそらくあなたと甲子園の叔母の家で会った前後じゃないかと思う。僕は一升さげて行った、お酒がとにかく好きだということは聞いていたから。畑があったね。まわりがみんな畑、畑の中の淋しい一軒家なんだと私。

いやいや、よくいらっしゃいましたとまあ例の口調でね。十六年の十二月だからもうかなり物資の少なかった頃なんだけど、取っておきの酒を出してくれたよ。まあ何でござります、それは大変なことでござりますといって、酒を注いでくれるんだ、二階の座敷へ通されてね。もう吉本先生にもこれきりお目にかかれないかも知れんという気持がこちらにはあるからね。いろいろお世話になりましたとお礼を申し上げたわけだ。帰りはとっぷり日が暮れていた。階段をおりる時、何でござります、そこは危いのでというようなことをいわれて恐縮した。畑の中の一本道を歩いて矢田の駅へ出て、大鉄に乗って帰って来た。それが吉本さんと会った最後だ。

このあと一しきり亡くなった主幹の先生の思い出が座を賑やかにした。(卒業以来はじめてのクラス会の前に世話人からみんなに送られた通信には、出欠の返事に書き添えられた言葉のいくつかを紹介してあったが、吉本先生がおられないのが何としても残念というのが何人かいた)食事も終ったので、場所を一階ロビイの奥のラウンジへ移すことにして席を立った。階段をおりながら太地は、大へん御馳走になってといった。

中二階のようになったラウンジの、もう一つ上の階へ上ると、ほかに誰も客はいなかった。太地はコーヒー、あとの二人は紅茶、それとアップルパイを頼む。(アップルパイは二個しか

無くて、もう一つは別の洋菓子になったが、僕はそれを頂戴しますといって太地はその皿を自分の前に置いて貰った）

練馬におられたのはいつ頃と太地が尋ねる。社の転勤で東京へ引越したのが二十八年の九月、西武線の石神井公園。すると彼は、懐しい名前を耳にしたという表情で、そこには池があるでしょう、静かなといった。妻が、ええ、ありますの、ボート池とそれから少し離れたところにもう一つ、三宝寺池というのがというと、僕はそこへ一度、家を見に行ったことがあるんです。中尉になっていたかな。そろそろ疎開が始まった頃でした。池のほとりに大きくはないけど洋館が一軒あって、そこの人がどこかへ疎開するので、海軍さんならあとへ入って貰ってもいいという。こちらは外出した時にゆっくり本でも読めるような家があればいいという気持があった。まわりは住宅街で環境もいいから、よっぽど借りようかと思った。古いけど瀟洒な家でした。ソーローの「ウォルデン」じゃないけど、池のほとりというのもいい。だけど、いずれ戦地へ行かないといけない。結婚するわけでもないのに、家一軒借りてもと思って止めにして、また自転車で田舎道を走って隊まで帰って来た。そういう一つの思い出が僕にはある。

平林寺もよかった。大和田の通信隊の近くなんだ。あの辺は二毛作で、最初、麦を植える。やがて麦秋があって、稲作へ移る。僕ら神戸で育ったので、ああいう武蔵野の黒土というのは見たことが無かった。関東ローム層の上の黒い土はね。欅が多いんだけど、これも僕ら知らなかった木だ。真冬の身を切るような寒さの中で、葉を全部落した欅が夕焼の空に聳えている姿というのはいいなあ。あれは本当によかった。ラバウルで一戦闘して帰って来たあとだけに余計そういうものが心に染みたのかも知れない。結局、隊から歩いて二十分くらいのところに大きなお百姓さんの家があって、十二畳の部屋を提供してくれた。吉田さんという家。夕日を浴びながら野中の道をそこまでよく歩いて行った。

そのあと関東平野から坂の多い神戸の街へとひと飛びに移って、新聞社に入りたての、まだ食べて行くのがやっとという頃にトアロードの中国人の洋服屋で思い切ってこしらえた背広が生地も仕立もさすがによくて、いまだに持っている、その主人は亡くなったけど店はもとの場所にあるという話から、小学生の時分、叔母が宝塚へ連れて行ってくれるというと嬉しかった、「トウランドット姫」なんか覚えているよ、僕はというふうに続いていつまでも尽きなかったが、九時半になったのに気が附いて、やっと私たちはラウンジを離れた。

ロビイの入口まで見送って別れたが、

「この次は神戸でお目にかかりましょう。食事を御一緒に。奥様も是非お出かけ下さい」

というと、太地は来た時と同じようにいい姿勢で一礼してから、寒そうな様子も見せずに硝子戸の外の夜ふけの道路へ出て行った。

五

翌朝、私たちは中之島のホテルで朝食を済ませてから、約束通り芦屋の叔父夫婦に会いに出かけた。空は晴れているが、空気は冷たかった。

阪急の芦屋川でおりると、駅前の通りの、髷を結ったばあさんのいる和菓子屋で桜餅とうぐいす餅と饅頭を箱に入れて貰った。少し先の酒屋で葡萄酒を買い、一緒にさげて歩いて行くうちに、向うからエプロンを着けた叔母が急ぎ足でやって来た。あ、叔母ちゃんといって立ち止った妻に、叔母は挨拶はあとでというふうに手でとめて、

「いま、手紙を出しに行くところなの。先に行って頂戴」

といい残して立ち去る。

路地に面した方に格子戸の玄関のある家に着くと、古い背広の上からマフラーを巻いた叔父がいつもの愛敬のいい笑顔で現れ、

「さあ、どうぞ。お入り下さい」

ガスストーブで暖められた座敷に通される。挨拶をして置炬燵の前に坐ると、叔父はどうぞ、足突込んで下さい、どうぞお楽にといい、

「私も勝手さして頂きます。もう寒いのがいちばん閉口いたしますわ」

ほんとにそうですね、私らも寒がりで、立春過ぎたらもうちょっとの辛抱だといっているんですよというと、

「年寄りはよけですわ」

そういって笑う。これ、寝酒に召上って頂こうと思って、赤白のワインです、こちらは甘い物と妻が手土産の品を取り出す。

「いつも御心配に預りましてえらい恐れ入ります。いつもそんなにして頂いて」

恐縮した口ぶりで礼を述べてから、勝手やけど、これさして頂きますと断って、挨拶をする時に取ったマフラーをもう一度、首に巻いた。

「雪が今日は関ヶ原からあの辺、大分に降っとるらしいですな。列車も三、四十分遅れてるらしいです」

そうですか。東京よりこっちの方が寒いと昨日も家内と話していたんですけど。今日はちょっとさぶいですな、大分さぶいらしいですぜ。妻が縁側に置いたままになっていた二人のオーバーを玄関へ持って行こうとすると、叔父は、中へ入れておいて貰ったら結構です、どこへでもその辺へ置いといて下さいといった。

「もうすぐ帰って来ます。いま、ちょっとそこまで手紙入れに」

妻が、はい、いまぱったり道でというと、ああ、そうですか、ちょっと手紙をね、入れに行って貰いました。元気なのでびっくりしたんです。コートも着ないでエプロンのままで。

「まあ、お蔭で元気にやって貰うので助かります」

叔父ちゃん、今年は咳は大丈夫ですか。ええ、今年はちっとも何ともなかったです、お蔭さまで。それはよかったですね。ここで妻はドロップの小さな缶を取り出した。

「これ、東京駅で買ったんですけど、フランスのドロップ」

いろんな国のがあって、イギリスとかスイスとかオランダのキャンディを置いてあるんです。そうですか、そらまたお珍しいと叔父は驚いた様子。どうぞ、一つつまんでみて下さいと私も勧める。

「お先にひとつ頂きます。そうですか。珍しい。フランスですか」

そういいながら一個、口へ入れた。

神戸の地図を買ってと妻がいうと、もうすぐ満八十五になる叔父は楽しそうな笑い声を立てた。往きがけの新幹線の中でも見ていたんです。そうでしたか、それはそれは。今度は私が、昨日は大阪外語の同級生で神戸の下山手通にお祖父さんの代から住んでいる友達に会いましてねと話し出す。戦後に一回、僕の勤め先へ訪ねて来てくれたというんですが、覚えていないんです。卒業以来とすれば三十八年ぶり。すると、叔父は驚いた声を出した。神戸から中之島のホテルまで来て貰ったんですが、話が尽きなくて。それはまた珍しいお方にお会いになりましたな。

その友達のお祖父さんというのが、神戸の税関に近い小野浜で輸出用のお茶を入れる箱を作っていたんです、英国のジャーデン・マゼソンという会社に納める茶箱を。そこまで話したところへ使いから戻った叔母が襖を開けて入って来た。炬燵から出た私たちに、

「ご一緒、ご一緒」

といってから、明けましておめでとうございますと挨拶を交す。今年になって初めて顔を合せるわけだが、ちょうどいい具合にこの日は旧の元日であった。この間うちから前に頂いた御本を読んでいるの、だから久しぶりに会った気がちっともしないのよと叔母。

用意してあったお茶と金沢のお菓子が出される。

「お昆布がちょっと入ってますので。お正月ですから」

叔父が、また沢山お土産を頂いてという。どうしてそんなことするの、何も持って来ないでといってあるのにといいながら、叔母は早速、生菓子の箱からいくつか皿に取り分けて、仏壇にお供えした。

これもいま頂いたんや、フランスのドロップと、叔父は口に入っているものを教える。へえ、フランスのドロップ、そいじゃまあ、ちょっとフランスへ行ったつもりでと叔母。

「全然、違う。あっさりしておりますなあ」

「そうですか」

「違います。ええですなあ、これは」

そのあと置炬燵を挟んで叔母と妻、叔父と私との会話が思い思いに続けられた。こちらでは

ジャーデン・マゼソン商会へ納める茶箱の話の続き。それは紅茶にするのと聞いたら、グリーン・ティーとして売るといっていました。はあ、グリーン・ティーでね。向うでは、それが鰻のおいしいのが無いのよと叔母の声。友達のお父さんはその茶箱を作る仕事を継がないで柔道家になったんです、柔道八段。あら、強いんですなあとまたびっくり。駄目駄目、この前あんなに御馳走になったから今日はうちの番よと叔母。太地一郎っていうんです、その友達は。太地さん、へえ。学校は同級ですけど、僕より二年早く海軍へ入ったので、最後は大尉。ラバウルへ行っていたんです。それはいい方にお会いになりました。

やがて叔母について妻は奥へ行き、私は叔父が須磨へ移った当時の思い出をノートに取らせて貰うことにする。妻は、昼の支度にかかる叔母に、何も手伝って貰うことはないの、あっちへ行っていてといわれて戻って来た。

「小学校のちょうど四年になる時に初めて大阪から須磨へ移ったんです。そいで須磨の小学校へ入ったんですわ」

それは明治三十七年、日露戦争の始まった年である。私たちは三年ほど前に叔父から、戦地へ向う兵隊さんを送りに紙の小旗を手に弁当を肩から背負って築港まで行ったという話を聞いた。学校のある靭から築港まで歩くのだから、かなりある。往きは元気がよかったけど、帰りはくたびれた。そのあと間もなく須磨へ転校したわけだ。

「それで小学校の四年を卒業したんです。その時、高等小学校いうのが無かったんですわ、西須磨に」

須磨も東須磨と西須磨に分れていて、私らの行った西須磨は家かずがごく少なかった。ちょうどその時分に住友さんが別荘を西須磨に建てた。それがために住友さんの息子さんが入らんならんので、高等小学校を一建立した。ひとりで建てて村へ寄附してしまった。

「それが私もこの間うちから考えて、これ、ちょっと書いてみたんですけど」

といいながら、叔父は印刷物の裏を利用したメモ用紙にボールペンで細々と書きつけた中から校舎の見取図の入った一枚を取り出した。

「これが正面から見たところです。二階の講堂がありましてね、ここで式なんかみなやってたんです。三大節の式なんかもね」

下に教室があって、一年、二年、三年、四年と入れるようになっている。ここに教員室、裏に小使室なんかもある。大きな運動場がある。

「これが四月に出来るなり、私らみんな入ったんですわ。ちょうど住友さんの息子さんと同級生やったもんですから」

そこで、明治天皇の侍従長をしていた徳大寺公爵の弟さんが住友へ養子さんに入り、何代目かは知らないが住友吉左衛門になった、その吉左衛門さんの長男ですと説明してくれる。また、徳大寺さんの子供で、その住友さんと従兄弟同士になるのが同じ屋敷にいて、この人は組がひとつ下でしたという。もう一人、兵庫県の三田の殿様で九鬼さんというのがいる。子爵だが、その人の子供も同級生になった。

(この前、十二月に来た時、叔父の妹婿の九鬼という人の話がちょっと出た。兵庫生れで、中学は三木か小野かはっきり覚えませんが、神戸高商に入った、これは神戸のことは詳しいです、私より十下で、遊ぶのも勿体ないからいうて、神戸の岡三証券へ嘱託で行っとりますという。で、その三田の殿様の九鬼さんと縁続きですかと尋ねると、これは全く関係ありません、ここは代々、本陣をしておりました、古い家ですけどといった)

同級生といっても二十四、五人。村の子はたいがい尋常四年で終って、漁師したり百姓したり、神戸や大阪へ奉公に出される。友江という友達がいたが、京都の呉服屋へ行った。

「いまから考えたら可哀そうです。まだ数えの十一、二という年で親許離れて行くんですから。みな四年ぎりで終ってしもうて、卒業するなり奉公に行きました」

高等小学校へ行く子もいるのはいる。須磨にぽつぽつそういう別荘が建ち始める頃だったから、百姓さんが土地を売って、いまでいう土地成金になったのがいる。そういう金のある家の子がみんな高等小学校や中学校へ入った。

「私ら行った当時は、海岸はずっと松林です。白砂青松いいますけど、その通りの海岸でした、あの時分。ほんとにきれいな海岸で」

その浜に山陽鉄道の須磨駅から東へ立派な別荘が建った。全部で十一軒、どこが誰の家か殆ど叔父は覚えている。

「それからちょっと行きますと、これが何やらいう神戸の元町に立派な写真屋がありまして」という具合に。船成金あり、株屋あり、薬屋あり、みな大阪、神戸のお金持。中でも大きいのが住友さんとその東隣の呉錦堂。これは有名な貿易商で、舞子にも大きな別荘をこしらえていた。

一方、叔父の家のある線路の北側は、菅原道真が九州へ流される途中、須磨で一服なさった時、漁師が縄を編んで円座を作ったというういわれのある綱敷天神のお社があるだけ、あとは畑ばかり。

「淋しいとこでした、淋しい淋しいとこでした」

「学校までどのくらいありましたか」

「私の家から五、六分です。坂道を歩いて行くんですけど」

その道に村上天皇の碑があった。西側には須磨の関守の跡。この関守さんは随分広かったが、いま狭くなった。二、三年前に行ってみたら三分の一くらいになっていた。ぐるりはみな家になっている。その関守さんの上に高等小学校が建てられた。学校の裏側は須磨寺の梅林。神戸から梅見に来るほど、見事なものだった。そのまた下は一面に桜を植えて、大きな池がある。それがみな須磨寺の境内である。

学校へ行くと、晴れた日には淡路島から大阪湾、紀州の方まで全部見える。史蹟には囲まれているし、ひろびろしている。

「私、こんなええ学校無いな思いました。ええ学校でしたわ」

もう一度、叔父は、ほんとに環境のええとこでしたよ、私、子供ながらにええとこやなあ思いました、靭みたいな街なかのせせこましいところで長いこと居ったでしょう、よけでしたといった。

友達がいまも申し上げたようにいいところの子が多かったので、行儀ようせないかんぞと、それをいちばん喧しくいわれた。嘘だけは絶対ついたらいかん。嘘をつかんことと行儀よくすること、それと言葉づかいに気を附けるようにと父からいわれた。上流の家が多いから行儀ようせんと嫌がられるといって。

学校でも杉田という校長先生がきびしい方で、それまではお互いに、鈴木なら鈴木（と叔父は自分の姓を例に挙げた）と呼びつけにしていたのを、高等小学校へ入ってからは必ず君を附けるようにといわれた。学校にいる間だけでなく、家で友達同士遊んでいても、何々君といわないといけない。校長先生もいろいろと気を遣ったのかも知れない。男の子はみんな袴を穿いて行く。それが嬉しくてたまらなかった。ただし、ええとこの坊ちゃんはみな半ズボンだった。

お昼は家へ食べに帰る。みんな近いから走って帰る。住友さんだけは迎えの人力車が来て、徳大寺さんと二人、それに乗って帰る。昼御飯食べに帰るのも、その二人だけはそういうふうにしていた。また、住友さんの家には英国人の家庭教師がいて、学校から戻ったら絶対に日本語を使ってはいけない。

「私ら、行ったことないですけど、全部英語やそうです。そやからもうその時分から英語はうまいもんやったらしいですぜ。子供やったから、はっきり知りませんけど」

九鬼さんはお昼も自分で家まで走って帰って食べて来る。関守さんの横で、すぐ近くだったから一緒によく遊んだ。しょっちゅう呼びに来られるので。奥さんが開けた、気さくな方だった。主人は難しい人だったが。そこで初めてパンとコーヒーを呼ばれた。遊んでいると、

「お三時ですよー。いらっしゃい」

といって奥さんが呼んでくれる。縁側にみんな一緒に——家庭教師と坊ちゃんと（隆興というんですと叔父は旧友の名前をいった）で坐る。食パンを見たのはそれが生れて初めて。ここで妻が、その頃の食パンっておいしかったでしょうねと食い意地の張ったことをいったが、叔父は食パンの味については何もいわずに話を続けた。おそらく九鬼家の食パンは外国人の多い神戸で買って来たものだから、うまいものであったのは確かだろう。

「食パンてどうして食べるのやろ思うて、九鬼君が食べるのをじーっと見ててね、ああ、こうして食べるのやな思うて」

バターを附けるんですか。ええ、バター附けて。それからお砂糖も出してあります。よかったらこっち附けなさいと奥さんがいってくれる。ええ方附けて食べなさいといって。私、バターの附けかた知らんからお砂糖附けて。叔父は話しながらもたまらないように笑った。コーヒーも初めて。うち、そんなもんしたこと無い。いまから七十年以上前のことですから。そこで

ゴルフも教えて貰いました。家庭教師の人が手を持ってこういうふうにするんやというて。子供ゴルフですけど。

この九鬼子爵の家の裏手にもう一軒、柳瀬という大きい家があった。今治の人でタオルとか織物を扱っていた。弟さんは芦屋に別荘を持っていたが、本家のお兄さんの家は立派なものだった。一町四方ぐらいある。そこの子供も同級生で、よく遊びに行った。或る日、トマトが沢山できてるから持って帰りなさいといって、前垂れへ入れてくれた。持って帰ったのはいいけど、うちの者はトマトなんか見たことは無い。食べ方も知らない。

「何ちゅうのやろなあ」

というから、西洋なすびやといった。柳瀬君に聞いたら、そういって教えてくれた。トマトというい方はまだ無かったのか、それとも柳瀬君が面白がってそんなふうに呼んでいたのかも知れない。その通り母親に話した。

「茄子やったら焚いたらええやろ」

といって、焚いた。そしたらもうずくずくになってしまって、これは食べ難いもんやな。そこまで話すと叔父は、

「いまだに忘れませんわ、おかしいてね」

といって笑った。

ハイカラなおうちだったんですねと妻。

「ハイカラなおうちでした。クリスチャンでね」

暫くしたらキリスト教の教会を自分の屋敷内に建てた。いまだにそこに残っている。先だって行ってみたら、あった。新しく改築されてましたけど。ああ、この教会やないうて懐しかった。名前は？　千守教会。またその教会の真ん前に小倉という家があった。これは住友の総支配人。住友吉左衛門さんの秘書で、有名な人です。とにかく住友の小倉といえば、その当時、鳴らしたもんです。その息子さんとうちの弟が同級生で、後に神戸の県商へ一緒に入った。藪の中へ大きくはないが京都風のいい家を建てていた。

子供の遊び。

「いまの千森川が海へ流れ込んでいるんです。ちいさい川ですけど。その川のふちに女竹のやさしいのがようけ生えてましてね」

その竹を切って来て、テグスとか針は漁師に分けて貰って釣りをする。餌はみみず。岸から釣糸を垂らすと、この辺でがっちょという、こちの小さいのがすぐかかる。あればっかり釣れる。がっちょというのは砂の色によく似ているんですねと妻。はあ、釣りに行くとたいがいそれが釣れましたと嬉しそうな叔父。あれとか河豚。河豚もよくかかる。ああ、また河豚かいうてぶっつけて。たまにはきすが一ぴきくらい釣れることもあった。

泳ぎは？　それが私、みんなと一緒に海岸へ行くんですけど、泳げないんです。泳ぎかた、知らないんです。ここで私は鞆に近い土佐堀川で水練学校が開かれていたという話を思い出した。それは叔父が小学校へ入った当時で、みんなが泳いでいるのを見て川へ入りたかった。だが、川へ行くと親に叱られるので我慢していたというのである。

一方、村の子はみな泳ぐ。自分らのお父さんの船か誰の船か知らないが、十メートルくらい沖に錨をおろして繋いである。よっぽど遠いところで二十メートルくらい。その漁船めがけてみなばた足で行く。船に乗ってはまた飛び込んだりしている。こちらは全然泳げないから、どうして泳ぐんやろなあ思って、岸の方で指を噛んで見ているだけ。教えてくれる者もいない。

「お前、泳がんかーい」

といわれて、仕方なくみんなの真似をして、顔をつけて足をばたばたやってみるけど、水を飲むばかりで前へ進まない。

「それで私、中学へ入った年、ちょうど浜寺に毎日新聞社の水練学校が出来たもんですから、すぐに行ったんです。ちっとも泳げなかったから。これからひとつ泳ぐことを教えて貰わないかん思うて」

叔父が夏休みには鞄の店に泊って浜寺の水練学校へ通ったという話は、前に聞いている。一年で入って二年で卒業、その翌年からは助手として傭われて五年まで続けた。

「その間に塩屋に分校が出来て、一年だけそっちへ行きました」

「何年の時ですか」

「三年です。須磨のひとつ先ですから、通うのに楽でした。その年だけで廃止になりましたけど」

六

海岸ではそんなふうに釣りとか泳ぎ。山ではどんな遊びをしたかというと、高等小学校へ入ってからは戦争ごっこのようなことばかり先生がさせた。

「日露戦争後やったものですから、生徒も喜ぶんですわ。学校の時間にやらすんです、授業時間に」

一ノ谷の奥がちょうど須磨寺の奥と境を接している。その辺に崖になったところがあって、戦争ごっこにはお誂え向きであった。生徒を甲乙二隊に分け、片方は赤帽、片方は白帽、それを取り合いっこする。勇ましく崖を滑りおりながら入り乱れて戦う。帽子を取られた者はちょっと一服する。

「住友さんは入りませなんだけど、九鬼さんは入りました。九鬼さん始めほかの連中はみんな入ったんです」

一ノ谷まではどのくらい？　学校から歩いて七、八分か、十分もあれば楽に行ける。須磨寺の梅林の裏がもう一ノ谷。そこでよくそういう遊びをした。それから時々、いまでいう一日旅行みたいなものがある。それもただ歩くのでなくて、赤と白の帽子をかぶって、ボールを投げ合いしながら行く。そのボールは、各自、家庭で作って来る。新聞紙をまるめて糸で括って、一人十個から十五個ぐらい持って行く。それをぶつけ合いして、当てられた者は帽子を脱がなくてはいけない。みんな全滅したら休憩して（ここで聞いていた私と妻は笑い出した）、また始める。そうして垂水を通って舞子の浜までずうっと歩いて行く。

「その時分は国道いうても人が通らしませず、静かなもんやから、そういうことが出来たんです。いま国道二号線になってますけど」

いま考えてみると須磨から舞子まではかなりの距離だが、戦争後だったので学校もそういう方面に力を入れていたのかも知れないといってから、叔父は、

「話はちょっと外れますけど、私らより小学校で一年か二年上に芝川さんいう方がいました。浜の方にある大きなおうちでしたけど。その人のお兄さんが戦死されました」

大阪の八聯隊の聯隊旗手をしていて、南山の戦いで亡くなった。教室で先生から聞いた。芝川君の兄さんが戦死なさったといって。須磨へ行った時だった。えらい人がおるんやなと思った。旅順が落ちたのは小学校四年を卒業する年の正月だった。そんな田舎でもお祝いの旗行列をした。

叔父の家へかついで売りに来る八百屋さんがいた。この人が召集になって姫路の聯隊に入隊し、すぐに出征した。ほかにも三、四人、召集になった人が村にいた。神戸から船に乗るので、途中で須磨を通る。それをみなで見送りに街道筋へ出たら、行軍の列の中から八百屋さんがこちらを向いて元気よく手を振ってくれた。

その八百屋さん、どうなりました。無事に凱旋して来ました。それはよかったですねと私たち。話を聞きたいもんやから、八百屋さんの来るのが待ち遠しくて。先生らは奉天まで行って、奉天の戦いが済むなりすぐに休戦になった。

「向うは機関銃があった、こっちは五連発やから閑《ひま》がかかる、だいぶん違ういうて、そんな話をようしてくれました。その時分は三八銃でしたから」

それからロシア軍の捕虜が貨物列車で送られて来るのを見ました、何回も何回もといってから、山の遊びの続きへ戻った。春先になると、須磨の関守さんの中に椿の花がいっぱいあるので、目白が来る。それをよく取りに行った。どんなふうにしたら取れるのか知らなかったけど、友達が連れて行ってくれる。友達といっても二年くらい上で、大きい子だった。自分の家で目白を飼っている。それを持って行って囮にする。その前に竹の長いのに鳥もちを塗る。竹をまわしながら手前の方から塗って行く。

指に唾をつけながらねと私がその仕草をしてみせると、叔父は、あら、ようご存知ですな、あんさんもおやりになりましたか。いえ、目白取りは知りませんが、とんぼ取りはよくやりました。帝塚山も私らが小学生の時分は、家のすぐ裏に畑や野原がいっぱいありましたから。そうでしたなと叔父。

で、鳥もちを塗るのは友達。その竿を、お前、持って行けといって持たされる。全部で十本くらいある。友達は囮の籠を持つ。関守さんの椿の花の咲いている中へ入って行って、囮の籠を置く。そのまわりに一、二メートル離して鳥もちの竿を立てかける。

「囮がちゃちゃっと鳴くんです。ちゃちゃちゃっと鳴くんですわ、囮が。そうするとね、寄って来るんです、あっちからもこっちからも」

それが立てかけてある鳥もちの竿にとまる。二羽や三羽は必ずかかる。それを持って帰って、友達が一羽くらい分けてくれる。

次は秋の鈴虫取り。その時分、どこの家にも提燈が一つや二つはあった。晩、暗いから提燈つけて外を歩く。自分のうちの定紋の入ったのがある。それに真綿を附けて貰う。提燈のぐるりにお父さんに附けて貰って、手に持って行く。鈴虫の鳴いているところへ。そうすると火に寄って来る。

「ぱっぱっと寄って来るんです。真綿にとまるわけ。そうすると脚取られてしまって、鈴虫がよう飛ばんでしょう」

それを持って帰って飼う。きれいですねと妻。家内にもこんな話ししたことないんです。この間、初めて話したらびっくりしてました。そこまで叔父が話したところへ当の叔母がお盆に載せた料理と錫の銚子を運んで来た。妻が、いま鈴虫取りのお話を伺っていたところなんです、きれいなのでびっくりしましたというと、

「それじゃまあ、鈴虫までにしてここらで一息入れて頂きましょうか。ほんとうに話があり過ぎて、時間がいくらあっても足りませんぜ。一服、一服」

置炬燵の上にひろげていたメモの類を叔父は上着のポケットに仕舞い、こちらは大学ノートと鉛筆箱を片附ける。そのあとに並べられたのは、若狭の小鯛の酢じめに春菊と大根。この小鯛が寒牡丹のかたちに盛りつけてある。あとで妻から聞いたところによると、昆布茶の茶碗とお菓子の皿を台所へ持って行った時、既にこの小鯛はテーブルの上にあり、叔母が、これ、寒牡丹に見えると聞いたそうだ。昆布で巻いた牛蒡、ゆりね、人参の焚合せ。それにとろろと海苔。

あとで鰻が来ますからゆっくり召上って下さい、十二時半にという。四人で乾盃をして、叔母の心尽しの手料理を頂く。茶簞笥の上に懸っている色紙は、猿まわしと猿の絵。最近おかきになったのですかと聞くと、正月にかいたものですと叔父。

「お手本はあるんですか」

「いや、手本は無いんです」

「服装なんかは」

「服装はほかのなにをちょっと見たもんですから。参考に」

のどかな、いい絵であった。叔母は小さな樽入りの若狭の小鯛を予約した人だけに売っている店のことを、叔父は芦屋の老人会で台湾旅行へ行くつもりにしていたところ、商用で時時、台湾へ出かける息子さんにそんな日程ではくたびれるばかりだから、行くなら個人で別に行った方がいいといわれて参加を見合せたいきさつを話すうちに鰻重の出前が届く。きも吸なんかよりこれが合うのよといって叔母は豆腐の入ったお澄しを出してくれる。

妻が、神戸の案内みたいなのを買って見ていたら、大井の肉店が出ていました、古いお店だそうですねという。

「古いんです。この間も調べてみたら、明治十八年に建てた店らしいです」

建物はまだといいかけると、いや、明治村へ持って行きました、入ってすぐのところです。お出でになったんですか。ええ、何遍も。三回くらい行きました。

「そこですき焼や肉丼を食べさせるんです。すき焼は私ら、食べませんけど。肉丼なんか安く売ってね、当ててます、あっちは。あれ、明治十八年に建てた家なんですわ」

私らも学校へ行く時分に、毎日、その前を通らないと行けないもんですからと叔父。一中へ行っておられた時分にね。ええ、三宮でおろしてくれたら学校近いのに、歩かないかんいうて神戸駅でおろされて。定期、調べられるんです、学校で。須磨から神戸駅までの定期券を買ってるかどうか調べる。それで元町をずっと歩いて行ったもんです。あの辺はよく歩きました、学校の往き帰りにね。それで、あれは楠公さんの、いまの湊川神社の真東にあったんです、東側に、大井の肉屋さん。

——ずっと後になってから私は叔父に手紙を出して当時の通学路を地図に書き入れてくれるように頼んだ。叔父は私の同封した三宮附近の地図とは別に半紙に筆でしるした俳画の趣のある図面を送ってくれた。それによると「歩行セシみち」を示す赤のボールペンの点線は、神戸駅より大井肉店、相生橋を経て元町を東へ進み、三宮神社の手前でふたたび東海道線の北側に出て新生田川のほとりの学校へと向う。

「当時、大丸はありませず、三宮神社はいまの五倍以上も境内があり、小さな店が多数出ている上に映画館などもあって、三宮ではいちばん賑やかな遊び場所でありましたため、学校の帰りに時々、境内の古本屋さんなどへ立ち寄ったりしたものです」

叔父はこのように書き添えてあった。

テキがうまいと仰ってましたね。はあ、向うはテキに鉄板焼もうまいですわ。高うなってるでしょうなあ。もう二年くらい前です、最後に行ったんが。二階建です。前とおんなし恰好に建っとります。そのうち、叔父がいちばんに鰻重を食べ終った。

「年寄りでも早う食べますわ。わたしはもう食欲旺盛で。よく食べますので笑われます」

いや、それが何よりですと私たち。

食後のネーブルを頂いて、置炬燵の上が片附けられると、そんならまたぼつぼつ続きを申し上げましょうかと叔父。はい、お願いします。さっきは鈴虫取りまでです。

「お蔭さまで主人の子供の時のことから初めて聞かして貰いましたの」

と叔母がいう。

「こんなん初めて話したんですぜ、こないだね」

「初めてですよ。もうそろそろ金婚式という年になって」

メモ用紙を見ながら叔父は、

「秋にはね、一ノ谷の辺は雑木林で、ほんとに鬱蒼たる原始林で、そこへこのあたりで芝はりいうんですけど、干して食べると松茸によく似た味のするもんです。それを取りに行きました」

「茸ですか」

「ええ、雑茸です。それから夏には、あれ何というのか、何やらどりいうんですわ」

虎杖《いたどり》と叔母。

「虎杖、虎杖。この辺ですっぽん、すっぽんいうんです、神戸辺でね。あれが沢山でけましてね。太いのがありまして、皮むいて食べると酸っぱい。この辺でもいまもあります、芦屋でも。節があって虎の皮によく似てるもんやから、虎の杖と書きます。俳句によう出ます、夏の季題で」

土筆《つくし》はどこでもありましたけど、須磨の子供の頃で覚えてることはまあそんなもんです。それから中学へ入るわけですが、神戸の中学へ行くようになってからはあまり変ったこともありません。中学を終えてからは、この前、お話ししましたように京都へ奉公しました。その話、まだ詳しくしてませんでしたけど、京都では苦労しました。

叔父が神戸一中（入学当時は神戸中学）を卒業して、その頃は九月に行われた三高の入学試験に合格しながら、家業を継ぐために進学を諦め、錦小路の乾物屋に奉公したという話は、「水の都」を書く時に聞かせて貰った。二年間の約束で行ったのだが、徴兵検査を受けて兵隊に取られなかったので、それならもう一年おってくれといわれて、結局、三年いた。

「大阪の商売人の長男は、みんな塩ぶみいうて京都へ奉公に行ったんです。見習いに行くことを塩ぶみいうんです」

とにかく長男に生れたら必ず京都へ見習い奉公にやらされる。京都はしぶい、こすい、細かいという習慣の土地なので、それを見習いに行く。商売を覚えるというよりも、そのしぶい、こすい、細かいところを覚えにやらす。

「沢山行ってました。私らの同業者のものでもほかの乾物屋の長男でも、みんな行ったもんですわ。芦屋におります今川いう人でも、その時分、京都へ奉公に行ってました。いまは楽隠居してますけど」

「その方も乾物屋ですか」

「はあ。胡麻を専門にインドとかそんな方から輸入しています、乾物屋やけど。その息子もやっぱり京都の乾物屋へ見習いに行ってました」

一方、京都の乾物屋の長男はみんな大阪へ奉公に来る。靭中通一丁目の鈴木商店、∧久（やまきゅう）の店にも来ていた。一流の乾物屋の長男さんばかり。二、三人、そういうのを教えました。呉服屋でも同じ。本町あたりの立派な店でも、長男を見習いに京都の室町へやっていた。私らの時代は必ずそうしたものでした。また、それでないと奉公人を使うのに愛情というものが湧かない、ぼんぼん育ちであったら。自分が丁稚奉公の苦労を知っていると、いたわります。

「その時分、親父は身体が弱くて商売できないもんですから、靭の店は叔父が取り仕切っていたんです、お前は須磨で養生せえいうて。この叔父が、商売するもんが学校へ行くことない、そんなことしてたら店潰してしまう、京都へ奉公にやらないかんと喧しいいうもんですから」

叔父さんという人がとにかくきびしい人でしたからと叔母。

「子供が無かったんですわ、その叔父に。この人が学校やめやめいうんですわ。わしはこんな商売すんの嫌や、あとは勇一がしたらええいうんです」

勇一というのは、若い時分の名前。戦後にいまの祐輔に改名した。

「そんなに喧しいいうもんですから、うちの親父が負けたんですわ」

それではお父さんは商売を継がなくてもいいと考えておられたんですか。お父さんが偉かったのと叔母。本当なら高等小学校出して商売やらせたらいいのに、神戸の中学へ入学させたということは、勉強させた方がいいと思ったんでしょう。

「親父の友達で畑さんいうのがおりましてね。大阪の御堂筋の古手屋やったんです。古着の問屋です。この人が学問せなあかんということを喧しくいうたんです、うちの親父に」

現に自分の息子を神戸一中へ入れ、神戸高商へ進ませた。この息子がコダックの写真機を初めて日本に輸入した長瀬商会に入社した。米国へ渡ってコダック社と日本代理店の契約を交すのに活躍したように聞いている。

「私よか三年上でした。私が一中へ入った時は、はや四年でした、その人」

その畑さんがこれから世の中だんだん進化して行くから、商売よりも学問しとかなあかん、商売が好きなら別やけど、本人が勉強したがってるんやったら学校へ入れたらええという。親父もその気になった。ところが叔父が強硬にいい張るものだから、従わないわけにゆかなかった。

「それで私は三高へ入るのを止めましたけど、口惜しかったです。行きたかったのに残念ですわ」

するとと叔母が、いまでも中学時代の英語のノートが残っていますけど、きれいに書いてありますよ、勉強が好きな上に真面目だったから、本当にびっくりするほどきれいに書いてありますのといった。

「とにかく、そんなわけで嫌々ながら京都へ奉公に行ったんですけど、それがいまは却って仕合せになってるかも知れません。どうなってるやら分らしません」

小僧は配達をしなくてはいけない。番頭が註文を取って来た家へ次から次へと品物を届ける。初めて配達に行った先が祇園の「いづう」というお鮓屋。調理場の床に水が打ってある。

「そこへ私、知らんもんやから置いたんです、高野豆腐の箱を。えらい叱られたんですわ。濡れたら湿るでしょう、中の高野豆腐が」

生れて初めて配達に行って、えらいこと叱られました。配達は自転車で？　いえいえ、車引張って行くんです。大阪で大八車といって柄が一つ附いているが、京都ではあれが二つ附いている。手先車という。それを引いて伏見あたりまで行く。往きがけはよろしい、下るんやから。帰りは冬なんか雪がちらつき出す中を空車引いて、空きっ腹抱えて北へ上らなくてはいけない。

「さぶいのとおなか減るのとでね、ほんとに弱ったですわ」

「また京都は寒いですからね」

「さぶいです。それで私、胃腸わずらいましたんですわ、冷えてね」

三年間の奉公を終って靭で働くようになってからも身体はあまり丈夫でなかった、胃腸が弱かったので。

「それと奉公中にいちばん困ったのは、素麺積んで出町いうていまの下鴨神社、あの辺まで持って行くんです。車引張って」

素麺というのは夏、よく売れる。盆前になると殊に註文が多くなる。ところが車引いて川端をずうっと歩いている最中に夕立に出会う。

「えらい夕立に会うてね、傘も何も持ってない。大学の横ですから、雨宿りしようにも家なんか一軒も無い。鴨川の土手ですから。素麺濡れるでしょう。その箱かためて上へ乗って、自分濡れるんです」

あれには泣かされますわ、いまでも思い出すと、あれがいちばん辛かったですわと叔父。

それで食事は？　朝は漬物だけ。昼と晩とは千切り大根とかひじき、それとも菜っぱを焚いたのとか、たいがい決まっている。御飯は何杯食べてもいいが、おかずはそんなもの。ついたち と十五日だけ、若狭の鯖の小さいのが半分ずつ附く。

「若狭から近いでしょう。取れた鯖を焼いて京都の市場へ送って来るんです。鯖なんて安い安いもんです、値段知らんけど」

朝は胡麻洗い。四斗樽の井戸水で洗いながら小石やごみを取る。夜は頭から真白になりながら片栗粉を紙袋に詰める。でなかったら、椎茸の大きさによって選り分けたり、新聞紙で袋を作ったり、何も仕事なしの日というのは一晩も無い。

公休日というものが無くて、盆と正月にちょっと休めるだけ。その正月も京都では初荷は二日でなくて元日にするのが習わし。暮に註文がうんと溜る。初荷が来るのはげんがええというので、そうする。だからみんなで手分けして配達してもまる二日かかってしまう。のんびり出来るのは三日の日だけ。それも暮から碌に寝ていないから、昼前まで眠ってしまい、お昼からの半日が本当の休みになる。四日にはもう店を出す。盆も一日だけ。

「休みいうたらそんなもんしか無かったですわ。ほんとにいまみたいに公休日が無いから」

晩に銭湯へ行くくらいがいちばんの楽しみだった。一日のうちでほっと出来る時間といえばその時だけ。帰りにちょっとうどんを食べたりする。寺町通なんか車引張って通ると、学生がよく歩いている。あれから京極へかけて本屋が沢山あるので。

「そんなん見ると、けなるうてね」

羨ましくてたまらない。そうでしょうね。普通だったらいま頃、自分もあんなふうにしてと思われたでしょうに。

「へえ。学生がようけぶらぶらしてました」

叔父の声が淋しげになる。

「あの辺は同志社やとか京大やとか、学生がようけ遊びに来てましたわ、日曜日なんか」

「そうですか」

「私ら、日曜は無いから、けなるかったもんですわ」

そこでちょっと間が空いたが、叔父は気を取り直したように、

「それから二年ぐらいしたら、番頭さんが一人、兵隊に取られたので、代って得意まわりを受持つようになったんです。手が足りんから、もう一年だけ手伝うてくれいわれて」

配達は小僧がみんなやってくれる。こちらは自転車であちこちまわって註文を取って来ればいい。そうなるとずっと楽になる。上の番頭さんがいて、五つ六つ年の上の人であったが、祇園とかいいところをまわる。こちらは上賀茂、下鴨、伏見とかあの辺へ行く。

主人は月に二回くらい、江州、東江州、彦根、八日市から西江州あたりを売りにまわっていた。仕入れは全部、主人。いつも大阪へ行っていた。鰹節なんかもみな大阪で買って来る。

「私のうちの店の印の入ったのがあると、嬉しかったですわ。ヘ久のが見つかるとね」

大きい樽に入ってるんです、鰹節がというと、叔父は笑った。

七

少し後戻りしますけどと断ってから、神戸一中の入学試験は難しかったのですかと聞くと、叔父は、難しかったですわ、私ら受けた時は千三百人ほどで百三十人取ってくれたんです、ちょ

うど十人に一人でしたといった。

「そして先にみな北野受けたもんです。大阪の北野中学がちょっと早かったです。五日か一週間くらい早かったですわ。北野受けといて合格して、また一中受けるんです。私らの友達、みな両方受けたんです。北野も受かり、神戸も受かり、そして北野より神戸がええいうてみな神戸へ入りました。遠いでしょう、北野いうたって大阪ですから」

前の年に須磨から三人行って、三人とも滑って帰った。田淵という先生が、三人行って三人とも入れないようでは須磨の学校の名前にかかわるといって、落ちた三年生も一緒に週に二回くらい自分の家へ呼んで、一生懸命に算数とか国語を教えてくれた。

「ええ先生でした。ほんとにええ先生でしてね、とにかく熱心にやってくれました。あれはお礼をなんぼかうちの親父も持って行ったように思いますけど、先生、要らん要らんいうてね。ええ先生でしたわ」

いくつくらいの？　若い先生でね、まだ二十五、六くらいでした。播州の赤穂の人で。その先生が熱心にやってくれたお蔭で、今度は受けに行った者が全部合格した。八人行って八人とも受かったいうのは、どっこも無かったらしい。私らも嬉しかったし、先生にも喜んで貰った。千三百人くらい受けて、百三十人入ったんです。

兵庫には県立の商業と工業がそれぞれ神戸に、師範学校は男子が御影、女子は明石にあったが、これは高等小学校四年を卒業しなければ入れない。二年から行けるのは中学だけ。その中学がほかに無いから、東は尼崎、西は加古川、それに有馬、三田あたりからもみな神戸へ受けに来る。

「そして滑った人は関西学院受けに行くとか、伊丹に中学があって、伊丹へ行くとかしたもんです」

「関西学院の中学部ですね、神戸の原田にあった」

「大体滑ったらみな関西学院へ行きました、その当時。いま関西学院、立派になりましたけど」

私たち仁川へ移ってからしか知らないんです、あそこも古い学校といいかけると、そりゃもう古いでっせと叔父。いまの王子動物園の西にありました。二、三年前まで礼拝堂の建物が残ってまして、市の図書館になってました。その上に神戸高商があったんです。

「そんなんでね、学校入り難かったですわ。入れない人は四年卒業するまで二遍も三遍も受けに行ったもんです」

そこで叔父はメモ用紙を見ながら、われわれの学校は、といいかけたら、女学院はその頃あったのと岡山生れの叔母が質問した。いま西宮市の岡田山にある神戸女学院のことを聞いたのだが、叔父は、そんなもの無かったといった。

「女学校は県立がひとつあっただけ。いまの県庁の真ん前にあったんです。それやなかったら親和女学校。あれ、古いです。いまもなかなか立派な学校ですわ」

（初めて名前を耳にした私と妻のために叔父は、親という字と和と書いてシンナと読むのだと教えてくれた）うちの妹はここへ入ったんです。県立へ入れなくてここへ入りました。私、覚えてますわ。すると叔母が、女学院がこっちへ来ましたから、いま神戸の女子の名門校いうたら親和ですという。

――神戸新聞社『兵庫探検――近・現代篇』（神戸新聞出版センター）に「私立学校の系譜」という一章がある。それによると、キリスト教女子教育を明らかに建学の精神として掲げた「神戸ホーム」がいまの生田区山本通に創設されたのは明治八年、キリシタン邪宗門禁止の高札が除かれた僅か二年後であったという。これが神戸女学院の前身であり、女子のミッション・スクールとしては横浜のフェリス女学院（明治十三年）、東京の明治女学院（明治十八年）よりも早かった。叔父がいま私たちに紹介してくれている明治四十年代には、既に神戸女学院という名前になっている。また同じくミッション系の松蔭女学校も既に設立されていたが、須磨から通学していた真面目な中学生の叔父の目にとまるほどの存在ではなかったのだろう。なお、男子のミッションのさきがけとなった関西学院の創立は明治二十二年、仏教系の親和女学校は明治二十年、松蔭女学校は明治二十五年となっている。

「そんなんでね、学校入り難かったですわ」

そうですか、少ないのでねと私。

「そいで大勢試験に行ったもんですわ、その当時」

そんならもとへ戻りましょうか、京都へね。いまも申し上げたようにもうその時分は配達するんやなしに、註文を貰って来たらみな小僧がやってくれますから楽でした、こっちは毎日毎日、あっち行きこっち行きして得意まわりと叔父がいうと、

「その間、本を読むのが好きでしょう、歴史ものを読むんですよ。だからよく知ってるんです。そういう文学的なのが好きでしたから」

と叔母。普通だったら三高から京大へ行くところですからねと私。

「ええ、自分も行くつもりしとったんです。そやよってに三高へ行ってる友達がよく遊びに来てくれました。慰めに来たんや」

今度はちょっと声を高くして、

「今日は慰めに来たんやでいうて、甘い物持ってやって来てくれます。来てくれるんですけど、公休日いうのが全然無いでしょう、京都でも大阪でもその当時は。盆か正月しか休みが無いもんですから、ほん店先でね、話すくらいのことでした」

そこでふと気が附いたように、私、中学時代でいちばん印象に残ってることがあるんですけど、それ書いといてうっかりしてましたといいながら、メモ用紙の中から探し出した。

「三年の時です。三年生の四月の学校の休みに初めて友達と四人連れで大和めぐりしたんです。小西いうて最後は神戸の弁護士会の会長になりましたけど、それがリーダーで、仲のいい友達四人で行ったんです。小遣なんぼ貰ったか忘れましたけど」

和歌山まで汽車、そこから先は歩いて高野山へ登った。あんたどこやというから兵庫県やい

うたら、県によって泊めるお寺が違っていて、そこへ案内してくれた。名前は忘れたが、立派なお寺だった。明くる日は吉野まで歩いた。白雲楼という旅館が蔵王堂の前にある。これはよさそうな旅館やな（といって叔父は嬉しそうに笑った）学生やけど泊めて貰えますかいうたら、どうぞどうぞと上げてくれた。二晩そこに泊って吉野全部見物してから大和へ出た。壺坂へ行く途中、車屋がお客を乗せて坂道で難儀しているのを見かけた。四人で押して上げたら、乗っていた人が気兼して車からおりてしまった。学生さんに押して貰って悪いといって。

岡寺へ出て、橘寺を見物した頃にはとっぷり日が暮れてしまった。通りがかりの人に聞いたら、八木へ行ったら旅館があると教えてくれた。

「大和の八木いうていまだに古臭い町ですわ。その八木へ行ったんです」

八木の旅館へ来て、宿賃を聞くと一晩四十五銭だという。それをお金が無いから四十銭にまけてくれと頼んだら、よろしい、学生やからまけときますといって泊めてくれた。

「小西が値切ったんですよ」

（いかにも頼もし気に叔父はいった）晩飯でも御飯なんぼでも食べさせてくれる。おなかが減ってるのに先に風呂へ入って、御飯呼ばれて、泊って、朝御飯も食べて四十銭。

「私、いまだに八木通ると、いつもそれ思うんですよ。四十銭で泊ったな思うてね」

明くる日は橿原《かしはら》神宮へお参りして、それから桜井へ出た。万葉の道を歩こういうてずうっと奈良まで歩いた。二年生の時から国語を受持ってくれた朝日先生という方がいた。伊勢の神宮皇学館の出身で、文学的なものに非常に興味を持っていた。竹取物語とか伊勢物語などいろいろ教わったが、この先生が万葉集の講義をしてくれた。それで四人で行こうということになった。最後は奈良から関西線に乗り、途中下車して法隆寺を見物し、湊町へ出て神戸へ帰った。

「この大和めぐりだけはいまだに忘れしませんわ。中学時代でこれがいちばん印象に残ってます。八木まで来たらもうお金無うなって、四十銭に宿賃、値切るんですわ、小西が。私らよう値切らなかったですけど」

この方も三高へ？　そうです。これ、弁護士になりましたけど。京都大学の卒業生でね、帝大へ行ったんです。神戸の弁護士会の会長をしてました。私といちばん仲よかったんです、小西正秀いうて。いちばん長いこと、私、つき合いました、好きで。

そうこうするうちに兵隊検査があって、色盲のために第二乙種になった。兵隊に行かなくてもいいことになったが、主人が兵隊に行かんでもええのならもう暫く居ってくれ、手が足りんからというので、その年の十二月いっぱいお手伝いに行った。

それから靭へ帰って店を手伝うようになる。帰って来ても、叔父がきびしい人で、

「お前、嫁貰うまでは店のもんや」

というので、店の者とおんなじように寝起きさせられた。座敷には叔父と叔母が寝ている。こちらは店の次の間で布団のあげおろしをする。拭き掃除は丁稚さんがいるのでしなくてもよかったが、あとは全部一緒。昼は荷造りで忙しい。晩になるとめいめい売上げなら売上げ、仕

入れなら仕入れの帳簿を持ち寄って、店の次の間で「帳合い」をする。その日の分をきちんとする。こんなふうにして叔父から商売を教わった。

「荷造りなんかもその時分にやったもんですから、こないだもそこの袖垣ありますでしょう。あれ、自分で全部直したんです」

ぼろぼろになっていましたの、紐が切れてしまってと叔母。張り替えようといってたんですけど、私が棕櫚縄《しゅろなわ》を買って来たら、全部直してくれたの。この人が結ぶのが上手なの。上手というところにうんと叔母は力を入れたので、私も妻も笑ってしまった。

「男結びいうんです。あれ、絶対解けませんわ。みんな鞆でその時分に覚えたもんです」

海産物を積んだ昔の千石船が築港から入って来て、鞆の永代浜に横づけにして荷揚げする。そこで毎朝、入札が行われる。仲買の叔父は朝早く行って鰹節を買って来る。

「それをまたお客さんが来るもんやから商いしたもんです」

東は京都、名古屋、東京あたり、西は神戸、姫路、岡山、広島あたりまで。九州、四国は産地だけあってさすがに無かったが、山陰は鳥取、米子、松江、北陸は福井、金沢方面まで送る。

「よく売れたもんですわ。いまから考えて、みなようあれだけ鰹節食べたな思うくらい。毎日毎日、何百貫いうて買うても、みんなそれ消えて行きます」

鰹という魚は回遊している。南洋から黒潮に乗って沖縄を通って九州へやって来るのが春。土佐沖、紀州沖をまわって三陸沖まで来ると秋になる。そこからずうっと南へ行ってしまう。四、五月ごろから荷が入り始め、最後に三陸沖で取れたのが正月前になると入って来る。殆ど切れ目が無い。

「みんな大阪の鞠で値段が出来て、あっちこっちへ行ったもんです。そういうふうになってたんです」

毎日、そんなふうに商いをしているうちにいよいよ店を任せられる日が来た。

「私が二十」

といって叔父は少し考えた。

「五やったか、叔父がお前も一人前になったたし、わしはもう五十になったんやから隠居する、商売はお前に任すいうてやめてしまったんです。それで、私がやらんならんようになりました。それから私が店引受けてずうっとやるようになったんです。私がその時、二十五、六です、数えの」

芦屋に家を建ててからは鞠の店まで通勤していた叔父が、この時限り楽隠居。ただし、店はやめても月給は貰う。

「遊んでて月給だけは一人前寄越せいうんですわ。毎月、私、芦屋まで持って来ました。毎月毎月、来るんですわ。来なんだらご機嫌悪いですから」

果物が好きやったから、果物と月給を毎月毎月、持って来るんです。（叔父は嬉しそうにいった）その当時、四、五軒しか家が無かった。阪神電車の方は大分ありましたけれど。

「あそこの通りから見える土塀の家ですね」

と妻。

「ええ、あこに居りました、叔父はあこに居ったんです。よう知ってはりますなあ、あんた」

「いちばん最初に坂田のお茶会に来た時、叔父ちゃんが教えてくれたんです」

「そうでしたか」

「横を通ってたら、ここに叔父が居りましたといって。大きいおうちですね」

坂田というのは芦屋の叔母からいえば甥、私の妻には一つ年下の従弟。大阪の高麗橋で商売をしていたお祖父さんのあとを継いで美術商をしている悦郎さんのことだ。子供が無くて、奥さんの妹の子供を養女に貰ったが、そのお披露目の雛の茶会に私たち夫婦を招いてくれたのが三年前の三月。その折、私たちは結婚以来、不義理をしていた叔父夫婦に三十三年ぶりに会ったのである。

「その当時ですわ、私が伊予へ行ってぱあっとやったんは。その時はもう店任されてたから、思い切ってやったんです」

ここで店を初めて任せられた叔父が伊予へ行っていったい何をしたのか、手短に説明する必要がある。靭には海産物の荷受問屋と仲買人があり、荷受問屋は産地の品物を買附け、仲買人は入札したものを地方あるいは市内の小売業者に売る。問屋が売っても仲買が買附けてもいけない。徳川時代に出来た申合せが大正時代まで守られていた。

ところが叔父が二十六の年に船に乗って伊予の西外海村へ行って、その近辺で出来る亀節（鰹の腹の部分）を全部買い占めた。大阪の問屋へ品物が少しも入らないから大騒ぎとなった。仲買がそんなことした、除名やという。結局、お父さんが心安くしていた人に頼み込み、この人が中に入ってくれ、料理屋へ呼んだ荷受問屋のみんなの前に手をついて、

「私、えらい済まんことしました」

と謝って、やっと許して貰った。

叔父にしてみると、若いし、元気はあるし、いつまでもこんな旧弊なことをしていたのでは商売は発展しないという気持から出た勇み足であるが、伊予へ行く前には店の番頭にちゃんと諒解を取りつけている。行ってらっしゃい、あとは引受けますといわれて出かけた。

不思議なもので、その出来事を境にほかの仲買人も争って産地へ買附けに行くようになる。問屋との話合いの結果、従来の申合せはやめて、新規に大阪鰹節卸問屋組合というものが出来た。

「それから古い昔の規約は無くなって、もう誰がどこで買ってどこへ売ろうと本人の自由いうことになったんです」

そうなったものの旧問屋の人たちは売る先を知らないから困った。新しい組合が出来てからも昔の習慣通り荷物を集めるのに力を入れて、自分で売り先を開拓しようとはしない。小口の分は入札で売れるからいいが、大口の品になるとそうはゆかない。

旧仲買は二十軒あったが、千五百貫もの品が入って来ると買えるのはせいぜい二、三軒だけ。

そこで旧問屋は大口の品は入札にかけないで、その二、三軒の旧仲買を新町あたりの料理屋へ招いて「値組み」をする。一杯飲んで、食べておいて、

「算盤合せしよう」

という。売り手、買い手の双方がお互いに値を出し合う。問屋はかりに五十円なら五十円で売るというので算盤を入れる。こちらは四十円。

「えらい違いやないか。こんなことでは話にならん」

こっちは最初からそのつもりで下の方から値をつけている。向うは済まんけど鈴木さん、もう一軒つき合うてくれ、まだお酒が足らんからといって二次会に連れ出す。芸者さんを揚げてまた一杯飲んで、散財させておいてからやっと値段してやる、可哀そうやから。私と村瀬というのと二人で二次会やないと値段決めんことにしようと申し合せた。

「いまから考えたら、ようあんなことしたな思いますわ。問屋いじめしてね」

苦しい京都の丁稚奉公から始まった道ではあるが、商いの面白さが分り、それ相応の資力を持ってみるとこたえられないのだろう。それに何といっても若かった。店を任せられた当時、ほかの人は三十五、六。叔父は十くらい下でいちばん若かったのである。

「そのうち品評会の審査員を頼まれて徳島県や高知県へ行くようになって」

といってから、その話は前にしましたかと叔父。ええ、手に取ってみただけですぐに見分けないといけない、骨董品と同じだと仰っていました。そうでしたな。そうこうするうちに昭和

六年に大阪に中央市場が出来て、それに入らない者は商売させんといわれたのに私ら鞘の鰹節問屋だけどこまでも反対して、最後は尼崎に入札場をこしらえてそこへ荷物引張った当時のこともお話ししましたですなあ。ええ、尼崎なら兵庫県で管轄外だから知事も口出しは出来ないというので。しかし、いつまでも役所の干渉を受けて窮屈な思いをしているより一つ海外の様子を見て来ようというので、初めて奉天へ行かれたわけですね。みんなお話ししてますなあと叔父。

「そんなら今度、神戸へ戻りましょう」

「ええ」

「神戸へ戻りましょう」

子供のような屈託のない声に釣られて私たちは笑った。

八

「さあ、神戸やったらどこから話したらええやろか」

すると叔母が、神戸の港が栄えたのはすぐうしろに六甲という素晴しい山があったからではないかという意見を持ち出した。

「そやないやろ。神戸は輸入港やったから」

叔父はあっさり否定した。それでも叔母は、こんなに沢山の外人が神戸に住み着いたというのは六甲のお蔭じゃありませんかと粘る。

「いや、輸入港やったから外人がようけ来たんやろ」

ここで叔父が、横浜は輸出が多かったんよ、神戸は反対に輸入が多かった、私らの子供の時分にはといった時、庭で鋭い鳥の鳴き声が聞えた。

「百舌や。百舌が来た」

急に声を低くした叔父は、縁側の硝子越しに庭を見つめたままいった。椿の枝が揺れている。

「ひよどりみたいですね」

関東の多摩丘陵に住むようになって二十年近く、庭へ来る鳥の常連ともいうべきひよどりとは馴染だから、多分、間違いはないだろう。叔父もすぐに分って、ひよや、ひよですわといったが、鳥はすぐにいなくなった。

「神戸は輸入港ですわ」

ともう一度いってから、叔父は、どこから話したらええやろかなあと考えた。私らが中学へ入った時分は、まだ居留地のあとが残ってました。いまの大丸のところから東へ、ずうっと海岸通までが居留地やったんです、あの一角が。

「地図あるでしょう、神戸の地図が。あったら見せて頂戴」

はいと返事して妻が神戸区分地図を取り出す。生田区だ、生田区とこちらは教える。叔父は

地図を受け取って、

「これですか」

これ生田区ですと私。

「これが元町通。これが阪神。阪神はあの時分、大阪の出入橋から出てたんです。私、芦屋の叔父のところへ月給運ぶのにいつも阪神で行くことにしてました。おりてからちょっと歩かんならんのですけど」

あまりに細かいので、叔父は生田区の地図から居留地のあとを指し示すのを諦めた。

「とにかく大丸から三宮駅へかけて、それから南がそうです。いまのオリエンタルホテルのあたりが中心でね」

市役所の南側に遊園地が残ってます。前はもっと広い遊園地でね、そこに外人のクリケット・クラブがあるんです。そのクリケット・クラブと一中の野球部がよく試合をして、私ら応援に行ったもんです。向うは年の行った人もみな入ってました。その時分には早や山手の北野町とか山本通のあの辺に外人の屋敷が沢山ありました。ハンターとかハッサム。外人はみんな家と店とを別にしていました。あの辺はもう全部、外人の居宅やった。テレビで有名になった風見鶏の家なんかもありました。あれはドイツ人が建てたんですわ。すると、三月になったら一遍見に行きましょう、私、まだ見てないのと叔母。

「そして居留地には店だけでした。私ね、思い出したら、ちょっちょっと書いてみたんですけど」

叔父はメモ用紙を取り出してめくりながら、

「ハッサム、ハンター。これは有名ですわ。それから布引炭酸いうのをやってた人があるんです、外人でね」

それも居留地に店を持って、北野町に家があった。これ、布引炭酸の家やいうてよう見たもんです。名前忘れたんですけどと残念そうな口ぶり。

「それからラムネね。十八番いうのはラムネを製造したところです。球入れたラムネあったでしょう、昔。いまもありますけど。あれを日本で初めて製造したのが十八番の家です。十八番のラムネいうてこれも居留地にあったんです」

外国人の女の人は見かけましたか。見ましたよ。外人の女の人はみな帽子かぶって、ここへ網みたいなのを、あれ、何ちゅうんです。ベールですかと妻。ベールかけて、長いスカートはいてね、手をつないで元町よう歩いてました。さすが神戸やな思って、珍しいもんやから私ら、立ち止って見たもんです。そのうちに馴れてしまって、もうそんな失礼なことせんようになりましたけど。

叔母が、三宮から異人館めぐりの観光バスが出ているから、あれに一回乗ってみましょうというと、叔父は、あれ、Ａコースとかコースとあってね、市内ぐるっとまわって六甲の方へ行くのとか、須磨まで連れて行ってくれるのとか、いくつかあるんです。船に乗って港から神戸見るのとかね。二つか三つくらいあるんです。それはよろしいですねと私たち。一遍聞いときましょう、時間を。あったかくなったらご一緒に乗ってもよろしいですなあ。そうですね。今度、時間聞いときますわ。叔母が、私まだ見てないの、風見鶏といった時、

「あら、えらい雪が降って来た」

叔父の声に驚いてみんな縁側の方を振り向くと、庭先に明るく雪が舞っている。

「初雪や。芦屋の初雪ですわ」

日が当ってきれいですねと妻。

「まあ、初雪が降って来た。珍しい。これまた俳句になりますわ。風花」

呟くようにもう一度、ええ、風花でと叔父は庭を見つめたままいうと、ひとつ鼻をすすった。

このあと妻は、キングスアームスというお店が市役所の先にあるんですといい出す。へえ、キングスアームス？ そこで私が、これは英国のどこかのパブリック・ハウスをそっくりそのまま真似て建てたものなんだそうです、八年ほど前に姪の——亡くなった長兄の次女になりますが、その結婚披露宴がオリエンタルホテルであった時、家内と二人でそこへ夕飯を食べに行ったんです、前の日にこちらへ来たもんですからと、いきなり妻が口にしたフラワーロードの店について手短に説明した。昼に店を開けて、それから一回閉めて、夕方の五時ごろにまた開けるんですというと、外国式ですなあと叔父。壁なんかも何回も重ねて塗ってあって、二階へ上る木の階段が料理を運んで来る度にきしんで音を立てるんですとか、一階の隅は投げ矢をして遊べるようになっていて、東京ならきざでとても見ていられないのに神戸だとそうならないん

ですね、若い人が楽しんでいるんですけど、別に目障りではないんですといえば、叔父は珍しそうに聞き入った。

そのうち叔母が玉露を持って来ていれてくれる。叔父は炬燵の上の神戸の区分地図をもう一度手に取って覗き込んでいたが、

「これが中突堤。こっちにあるのがメリケン波止場。私、ここで明治天皇をお見送りしたことあります。日露戦争の凱旋記念の観艦式が大阪湾でありましてね、その時、お出でになったんです」

それは中学へ入られてからですか。ええ、入った次の年くらいやったです。その時、この桟橋の前へ整列して、長いこと待たされてね。いま思い出しました。この辺に私らざあっと並んだんですわ。大山大将、乃木大将、東郷大将、みんな一緒でした。侍従長の徳大寺さんもおそばに附いていて、あの時初めて近くでお顔を見たんです。それまでは御真影ばっかりでね、それは若いお写真やから、私、その通りやと思ってたんです。

「ところが、もうその当時は大分お年召しておられて、小さな身体まるめて、髭生やしてね。私、一生懸命に見たんです。見たいもんやから」

そういいながら叔父は俯いたまま上目使いに注目する振りをしてみせた。

どの辺で馬車をおりられたのか。とにかくここを歩いて、あの何やら艇いうてちっさなボートみたいなものにお乗りになって、軍艦へお帰りになったんです。お召艦が浅間やったんです。

その時分のメリケン波止場は、本当に貧弱なものでした。貧弱な木の桟橋で。「私、いま、これ見てひょっと思い出したんですわ。そうそう、メリケン波止場いうたんです。ここからお乗りになりましてね。それ思い出しましたわ」

それから海岸通に並んでいた中国人の海産物を扱う店、おそらくこの貿易商の人たちの日常の買物のために始まったのではないかと思われる元町裏の南京町の賑わい、今度は芦屋へ飛んで、住吉川には酒米を精米するための水車小屋が沢山あり、つい三、四年前までその名残が見られたという話を聞くうちに、そろそろお暇しなくてはいけない時間になった。

寒いからここでオーバー着て下さいといわれて、二人ともそうさせて貰う。叔父は、昨日かいたという色紙を出して来た。梅に鶯の絵。

「昨夜、慌ててかいたんで、うまくでけなんだんですけど」

というが、なかなかいい。いつもお邪魔する度に土産の色紙を用意しておいてくれる。荷物になって却って御迷惑ですけどと叔父。叔母は、岡山のお菓子の箱のほかに何かの福引でいちばんいいのを引当てたという皮手袋を妻に持たせた。

ふだんは必ず叔母と二人で連れ立って芦屋川の駅まで送ってくれる叔父だが、寒いので用心して家の前で挨拶をして別れる。ショールをかけた叔母と私たちは路地の突当りを左へ折れて踏切の手前へ出る近道を行く。角を曲りがけにうしろを振り向くと、家の前で見送ってくれていた叔父は、こちらに向って頭を下げた。

私たちが帰宅して数日後に神戸の太地一郎から葉書が届いた。

先日は久しぶりの再会でほんとうに楽しい時を過すことが出来ました。その上たいへんご馳走になり、先ずは厚く御礼申し上げます。甲子園でお別れして以来の、お互いの長い空白を一気に埋めるにはあまりに短い時間でしたが、私には得るところが多く、改めて感謝いたします。この次のご西下の節は必ず神戸で食事を共にして下さい。何卒奥様ともどもお越し下さい。意を尽しませんが、御礼かたがた益々のご活躍を祈ります。

この太地の便りと同じ二月十八日附の芦屋の叔父の手紙は、次のような内容のものであった。

「昨日は御遠方の所わざわざ御越し下さいましたのに何の御愛想も出来ず、却って種々御心配に預り恐縮でした。なおその節お話ししました事柄に関聯してあとでふと思い出しましたことを御参考までにお知らせいいたします。

一、算盤合せは伊予へ行く以前にもありましたが、新組合になってからは一層烈しい「値組み」が行われ、その都度、算盤合せなどをして商いをしたものです。このようなことは大阪に中央市場の出来る昭和六年ごろまで行われておりました。なお、「値組み」が出来、手を打ったあとは一層賑やかに酒になるのが通例ですが、私はあまり飲めない口ですし、生来音痴のため歌もうたえず弱りました。

二、中学時代の思い出としては、昼の弁当は全校生徒が運動場で立ちながら食べしこと。アルミの大きな弁当箱を持参、友達同士おかずを交換したりするのが楽しみで、雨の日は控室で同じようにして食べました。お茶は絶対に飲まさないのです。お蔭でその後長らくお茶なしで御飯を食べても何ともない習慣が附きました。

毎月、服装検査があります。シャツは綿のシャツ。メリヤスシャツは禁止。ズボンのポケットは冬、手を入れないように糸にて縫いつけてあります。通学にはゲートルを巻き、帰宅後の外出は着物に必ず袴を着用ときびしく、またみなその通り守っていました。

三、東遊園地での外人クリケット・クラブとの野球試合では、一高三高戦の如き熱狂は全く見られませんでした。相手チームには年を取った人も混っていることですし、当方の応援もごく僅か。多くても三、四十人で、ただフレーフレーと帽子を振る程度のおとなしいものでした。

四、京都に奉公中、正月は元日より初荷配り、三日だけが本当の休みと申し上げましたが、盆の休みには暑くても嵯峨野あたりを歩いたり比叡山へ登ったりすることが好きでした。

五、阪神間のこと。南に海、北に六甲山系があり、大阪、神戸に近く便利なところでもありましたので、いちばん早く御影に立派な別荘地が出来ました。その後、芦屋なども次々と開け、特に水がよろしいために灘五郷の酒で有名となりました。五郷とは西宮、魚崎、住吉、大石、御影をいいます。

昔は芦屋川も堤が広く、川幅も百米以上あり、松が茂って松露などがよく採れしこと。河鹿が鳴き蛍が飛び交い、殊に川上には水車小屋が並んでいました。住吉川も同様、多くの水車がみな灘の酒米を精米していたそうです。

なお私の子供の頃、父は仲良し三名にて芦屋に目をつけ、土地を求めに来たことがあります。阪神の芦屋より下、海岸に到る田畑を僅か坪一円の値で買ってくれといわれ、父は買いたかったが、三人の中の一人が五十銭以上なら止めるといい、結局買わずに帰ったそうです、その後、神戸の呉錦堂氏が殆ど買った由聞きました。

何分遠い昔のこととて私のお話し申し上げることにも記憶違いがあったり、不完全な点もあるかと存じますが、そのおつもりにてお聞き頂ければ幸甚です。

次回お目にかかります折は、天気が良ければ御一緒に神戸市内を遊覧しましょう。家内とも今から愉しみにしています。まだ寒さが続きますが、何卒御身体を大切にして下さい。私らも十分気をつけて余生を楽しく暮したく欲呆けていますます故、お笑いながらも御放念下さい。

先ずは御礼かたがた取急ぎ右様まで」

九

次に芦屋の叔父から葉書を受け取ったのは、お彼岸のおはぎを妻がこしらえ、書斎のピアノの上にある父母の写真の前に供えた日の午後であった。今度一緒に神戸へ行く日取りについて叔父夫婦の都合を問合せた私の手紙に対する返事で、

「御尋ねの三十日（日）は何ら差支えございませんから御気遣いなく御出かけ下さいませ。御待ち致して居ります。では御面会の日を愉しみにしています」

とあったが、引続いてその明くる日には、神戸市内の定期観光バスとタクシーの案内書を同封した手紙が届いた。

今日、一寸神戸へ参りましたので、先日お話のありました神戸市内観光のことを思い、三宮の交通案内所へ参り、別紙の通り二通、案内書を貰い受けました故、御送附致します。バスの方はB2が時間的にも見物場所もよろしいかと思いますし、またタクシーにての案内なら1か2がどうかと思いますが、御時間の都合もおありの事と存じますからよろしきコースをお考えの上御返事下されば予約に参ります。誠に恐縮ですがよろしく、いずれ御面会の節万々申上げます。

その案内書を見ると、「お一人でも気軽に乗れる市内遊覧バス」のB2コースは、神戸港めぐり、湊川神社、相楽園、異人館めぐり、午後一時四〇分の発車で所要時間は約三時間三〇分となっている。このB2の上に赤のボールペンで力強く丸印が附けてあった。ほかにこの前、

叔父が話していた通り、市内をまわって六甲へ行くのがあり（このＢ１には一度、赤丸を附けてから消してある）須磨の水族館を見物するのもあるが、叔父の勧めてくれるＢ２が今回はいちばんよさそうに思える。

一方、個人タクシーによる案内には全部で十のコースがあるが、叔父が挙げた１と２のうち、花時計、居留地跡、中突堤、三宮神社、関帝廟、相楽園、市章山、北野町などの入った「異人館めぐり」の２がよさそうで、１に附けた赤丸よりもこっちの方が少し大きい。観光バスのＢ２コースに入っている港めぐりが無いだけで、あとは似たような内容らしいし、時間も一時間ほど短くなる。叔父夫婦に行って貰うのだったら、タクシーの方が疲れずに済むのではないかと私たちは話した。で、その晩、芦屋へ電話をかけてタクシーの２にしたいが如何でしょうというと、叔父はタクシーやったら融通が利きますと賛成した上、早速、申し込んでおきますという返事であった。

一方、私は神戸の太地一郎に手紙で今回の神戸行きについて知らせた。もし当日、都合がよければ、叔父夫婦と三宮で別れたあと、短い時間でもいいから会うことが出来ると嬉しい、午後四時には身体が空くと思うのでと書いた。太地から折返し速達で次のような文面の手紙が届いた。

「ご丁重な書状を拝読いたしました。前々から今度ご西下の折には神戸で夕食をご一緒したいと思っておりましたので、三十日（日）ご予定の時間をお過しの上、誠に恐縮ですが、左記のところへご夫妻でお運び下されば幸甚です。

神戸大丸デパートの南、明海ビル八階東明閣（電話〇七八―三九一―×××）。ささやかな北京料理を用意いたしました。当日四時半ごろ八階ロビイでお待ちしております。大阪でご馳走になって以来、ご興味を持たれた祖父さんのことなど、その背景を少しノートしてみましたので、お役に立てばと思っております」

そのあとに太地は、一週間ほど前の新聞に自分と海軍で同期であった秋山光和君が、東大教授の父君がボストン留学中に手に入れられたフェノローサの日本美術品収集ノートを補註して今秋本にするという記事を見て喜ばしく思ったと附け加え、いずれにしましても神戸での再会を楽しみにしております、とり急ぎ御返事までと結んであった。

この手紙と入れ違いにふたたび芦屋の叔父から、今日、神戸交通へ参りました所、タクシーの場合は予約の必要は無いとのことでした、大体交通社へ一時頃に行ったらよろしいから、十時半頃に拙宅の方まで御越し願えれば結構です、その上でお話し致します、お目もじを楽しみにお待ちいたして居りますという葉書が着いた。

東京を発った日は暖かな、いい天気であったのに、中之島のホテルに泊った明くる朝、いちばんに窓の外を見ると、厚い雲が遠くの方までひろがっている。雨でなかったのがせめてもの慰みだが、この空模様ではいつ降り出してもおかしくない。寒かったら叔父に悪いと先ずそのことが気になった。

ところが、阪急の十三を過ぎたあたりからいくらか空が明るくなって来た。雲がところどころ薄くなった程度で、まだ太陽は顔を出さないが、この分なら天気はよくなるかも知れないと窓の外を見ながら妻と話し合った。叔父の家の前には、路地の片側に寄せていろんな木や草花を植えてある。紅木蓮の蕾が大きくなっていて、もうすぐ開きそうだ。その下にすみれの花。

約束の十時半より三十分早く着いてしまったのだが、叔父と叔母はいつでも出られるように支度を整えて、私たちの来るのを待っていてくれた。まあちょっと上って下さいといわれて座敷へ。

「大分曇っとりますけど、大丈夫でしょう」

「ええ、少し明るくなって来たようです」

「まあどうぞゆっくりして下さい」

ここで私たちは叔父と挨拶を交し、この間から度々、神戸へ出かけて頂いたお礼を申し述べる。どうぞお楽にしとくれやす、どうぞお楽にして下さい、どうぞお楽にと叔父。

お葉書を一昨日でしたか、頂きました。あのねえ、電話しようかな思ったんですけど、間に合うと思ったもんですから。行きましたら、予約やないんですって、このタクシーの方は。来て頂いた時間にね、いつでも詳しい人を呼びますとそういう話でしたんで。それは結構ですね。自分の随意の時間に来て下さいとそういうことでした。えらいよろしいですわ。観光バスはそういうわけにゆかんので。

叔母が来た。今度は大変お世話になりましてといえば、とんでもありません、ようこそようこそと、小豆色のよそ行きの着物を着た叔母はいまから燥いだ様子。妻が駅前通りの、しっかり者のばあさんの店で買った生菓子の箱と、これも時々寄る、斜め向いの果物屋で包んで貰った林檎と伊予柑のあとへ、これ、ホテルのパパイヤといってお添えものの一個を取り出すと、

「あら、珍しいですなあ。パパイヤ」

と叔父はびっくりしたように眺める。それじゃまあ、飾っといて、写生してから頂きましょうと叔母。済んませんですなあ、いつもいつもと叔父。生菓子の箱を開けた叔母は、三色あるから三色上げんと仏さんが怒るといいながら、皿に取ってお仏壇に供える。笑って見ていた叔父が、

「ええ時候になりましたですわ。楽ですわ」

そうですね、叔父さんは冬の寒いのが。ええ、今年はお蔭さまで風邪は一回もひかずに過しましたので、やれやれですわ。もうこれからは寒くなることもないですしね。もうこれからはあったこなる一方ですから。

するとと叔母が、

「こないだ、大作のあれをかいたの」

と茶箪笥の上に立てかけた絵の方を振り返った。

「やっとでけたとこですねん、二、三日前にね」

と嬉しそうな叔父。あれは夜の？　ええ、夜の富士です。絵具はいつもの色紙におかきになるのとは。いや、違います。摺り絵具です。何かお手本が？　こういう絵がありましたんでね、ちょっとそれ見てかいたんです。これは甲府の方から見た富士らしいです。一回、夜の富士かこう思うて、夜の富士にしてあるんです。向うへお月さん、また入れんなりません。ちょっと三日月を入れよう思うて、左の上へ。それだけまだ残っとります。かいては乾かし、かいては乾かししてね。

少し早く来て下さると、出かける前にこういう楽しみが出来ていいのといいながら、叔母はお茶を点てる用意をする。ちょっと一服飲んでから出ましょう。そこで私は、この前お話しした外語の友達が四時半に明海ビルでというと、叔父は、ああそうですか、明海ビルで。ありまま、あります。そこで北京料理に呼んでくれるというので。そうですか。明海ビルなら近くでよろしいですわ。四時半でしたら、ゆっくりできます。

叔父は、これ、こないだ銀行にあったんですけど、ちょうどええ地図がありましてといいながら、神戸市内の中心部の地図の入ったちらしを取り出した。方々に赤のボールペンで印が附けてある。この赤いとこだけまわるんです。どうぞお持ちになって下さい。そうですか。それじゃこれを見ながらと私。これ、よろしいですわと覗き込んで、この辺に異人館、相楽園やとか関帝廟やとかこういうとこみんなまわって、これが居留地です、昔のと指で辿って行く。

そこで叔父さんはもう神戸のこういうあたりは掌を指すように分っておられるわけですねといえば、叔父は照れて、いやいや、そんなことはないですけどと笑い、

「まあこの辺はよくね」

と、これもボールペンの印の入った元町通のあたりを指す。すると妻と門の前の草花の話をしていた叔母が、

「そこを通って一中へ行ったんですから。須磨から」

ここを毎日毎日、歩いてと叔父。その話は二月にお邪魔した折に聞かせて貰ったが、いい塩梅に目の前に分りよい地図がある。あれは神戸でおりたんですね。ええ、この辺でと叔父は銀行の支店を中心としたその地図には入っていない神戸駅の位置を示す。三宮がここでしょう。これでおりたらいかん。ここでもう下車して、必ず歩いて。一中ここにあったんですと叔父が指したのは、三宮駅よりずっと東寄り、辛うじて地図の右端に入ったところだ。

「ここに川がありましてね、いまでもあります。生田川いうのが」

この川のふちにあったんです。阪急がいま通ってますけど、阪急の通ってる真あ角っこでした。いまは西灘のずうっと上の方に出来てます。あの辺が狭くなったもんやから、もっと広いところへ移ったんです。労働基準局になってます、一中のあったとこは。

その間に叔母は、お薄を点ててみんなに出してくれる。私たちはおなかを空かしておかないといけないからといい、お茶だけ頂く。お父ちゃんは甘党だからと叔父には桜餅を添える。そ

の時分は一中いわなんだんです。神戸中学いうた時代です。何も無かったから、中学ひとつやから。私らがおる間に二中が出来たんです。ここで叔父はおいしそうに桜餅を食べた。今朝は随分早くホテルをお出になったでしょうと叔母。いえ、九時ちょっと前です。いつもはぶらぶら阪急まで歩くんですけど、今度は春休みの土曜日だったせいか、いつものグランドホテルが満室で部屋が取れなくてロイヤルの方へ、同じ系統のホテルですからというと、甲子園の野球が始まってますでしょう、昨日から、それもあるかも知れませんよと叔母。

そのうち話は叔父が須磨から一時間半かかって神戸の中学へ通っていた時代へと移る。家を出るのは毎朝、五時すぎ。それが列車が無かったんです、その時分に。列車が無いもんですから、五時なんぼの貨物列車がありましてね、その前とうしろに一輛だけ客車が附くんです。

「横からこうやって開けて出入り出来る小さい箱の列車が。御存知ですか」

いいえ、僕らは知らないんです。入ったら両側に板の腰かけがあってね、前の人と膝こぼしがぶつかるくらいの列車でした。その前の方へ男子の学生が乗るんです。うしろはまた女子ばっかりで。それに私ら毎日、乗ってね、通うたもんです。汚ない列車でよう通学してましたと叔父は笑った。朝、何時ごろ発ですか。五時半ごろでした。それじゃ冬なんか真暗? ええ、真暗でした。明石、垂水からみんなそれに乗って来るんです。列車も遅いですわ。ひと駅来たと思うたら、じいっと待ってるんですから暫く。貨物ですから何やいっぱい積んでました。

そこへ叔母がまた苺を出してくれる。そりゃ列車いうたって、そんなもん、貨物列車に附けてあるだけですもんね、一輌ずつ。朝、五時に来るんですよと叔母。五時半や。苺を頂きながら妻は笑い出す。明石くらいから来る人は通うてました。それより遠方の人は寄宿舎。それじゃ起きるのは五時前に？　ええ、もう起きて、朝御飯食べて弁当持って。お母さん、大変ですね。ええ、でも弁当は前の晩に作ってましたけど。

それから私は、お母さんはどういうお方でしたかと尋ねた。叔父は笑いながら、別に変ったといいかけると、叔母が、私がお嫁に来たからいちばんよく知ってますけど、育てられてね、中学へ行くまで自分の母親が後妻さんいうことを知らなかったの、中学へ行く時に初めて僕はお母さんが違ういうことが分った、そういう方ですといった。昔風の、物をあんまりいわない、決して自分の意見を先にいわない方です。お裁縫が好きで。

お国はどちらですかと私。大石です。この前、私、手紙に書きましたでしょう、灘五郷のこと。ええ。あの中に大石いうところあるんです。御影の西ですけど、そこの出です。酒のでけるところです。その大石の庄屋しとりました、先々代まで。大石というのはどんなところですか、その当時。もうその時分、酒どころですから酒蔵ばっかりで。酒作ってるところへ私ら子供の時分に連れて行って貰って、中へ入ったことありますわ。幼稚園から小学一年くらいの頃です。西宮にも母親の親戚がこの辺にちょいちょいありまして、白鹿の支配人してるのがいました。従兄か何かでした、母親の。それで白鹿へも二、三遍、連れて行って貰ったことあります。それではもともとこの阪神間には馴染が深かったわけですね。ええ、そうなんです。

叔母が机の上の苺の皿を引き、手伝おうとする妻に、いいの、いいの、うちは片附けは要らないのと止め、台所へ。すると庭先が明るくなった。

「明るくなって来ましたね」

「はあ。ぼちぼち明るうなりますわ、お蔭さまで」

あんさんはお天気まんのええ方やからと、叔父は私のせいにして朗らかな笑い声を立てた。

縁側の向うに赤い花を付けた鉢植の、先の方だけが見える。

「あれは木瓜《ぼけ》ですか」

「木瓜です。あれね、私、挿しときましたんですわ、三年ほど前に」

それが去年くらいから花が付くようになった。去年また切り込んだ、ちいさな鉢で。それで枝ぶりだけ恰好のいいように鋏を入れたら、ええ塩梅に恰好ように出来て、花がみなあのように付いたんです。可愛いもんですなあ。

「あの、いま入って来ました路地のところにあります木蓮。蕾が」

「だいぶん大きくなりました。ここから見えます」

下にすみれが。ええ、すみれと叔父は楽しげな笑い声。あれは？　植えたんです。どのくらいになります。もうあれで三年目ぐらいですか。だんだん殖えて来ましてね。その左手にちょっと花の咲いていているのは？　あれ、何とか牡丹いうんですわ。背の低い、牡丹によう似た花です。うすくれないのねと私。この頃、何でも度忘れしてしまって。うちの家内、知ってますわ。あれはうちのお隣がみな植えられたんです。木蓮は叔父さん？　あれもお隣がね、植えさしてくれいうて植えられたんです。木蓮ええからいうて私いいましたら、すぐ買うて来てね、お隣の主人。好きなんですわ。ほんならお宅の前へ植えとこういうて。

そこへ叔母が出て来て、今日は最後に六甲荘のロビイで時間待ちをしながら話をしたらどうかといってるの、ちょうど北野町からの帰りみちではあるし、三宮までは下りばかりで歩いても五分しかかからない、公立学校の先生の宿舎で、いまは結婚式場もしているの、このロビイの隅っちょこを借りる分には別に差支えはないからといえば、前の川崎さんの別荘やったんです、新築になる前の古い建物の時にそこで家内と二人で仲人したことありますと叔父。そうですか。それではそこへ参りましょう。三、四年前に新築して、それから行ったことはないんですけど、家内がこの間、岡山の女学校の同窓会をそこへ持って行ったんです。そしたら、きれいになっててよかったというもんやから。私は知らないんですけど。前には二、三回行ったことあります。一中の友達と月見の会をして、一晩泊ったこともあります。もう十年ほど前になりますけど。

出発前のお茶と座談はこの辺で打ち切って、ではぼつぼつ出かけましょうかと立ち上る。私は戸を締めて裏から行きますからと叔母。あとの三人は表へ。コートを着て帽子をかぶった叔父は、念のためにひとりだけ折畳みの傘を持って出た。

十

三宮行きの阪急電車は混んでいなかったので、芦屋川の次の岡本で叔父と私は並んで坐ることが出来た。叔母と妻も斜め向うの離れたところに坐って、しきりに話し込んでいる。空は晴れ、六甲の山がうす紫に見える。

「いま渡ったのは住吉川です。この辺は昔、御影の住宅街でえらい金持ばっかりでね、阪神間でいちばん早く開けたんです。その時分、芦屋なんかまだ寒村です」

その御影へ須磨から住友さんが移ったのはかなり早い時期でしたと叔父が話すうちに御影、六甲を過ぎる。あれが摩耶山と叔父は窓の外を指す。

「前は阪急は次の西灘までしかなかったんです。上筒井までやったんです。それから市電でね、いまの新幹線の新神戸駅のあたりを通ってずうっと三宮へ出てました。三宮へでけたのは大分遅かったです」

――『兵庫探検――近・現代篇』の「阪神と阪急」によると、明治四十年に箕面有馬電鉄として発足した阪急電車の神戸本線が、梅田・上筒井間を四十五分で走るようになったのは大正九年。それまでは梅田・宝塚を結ぶ宝塚本線とその途中の石橋・箕面を結ぶ箕面支線の二つしか運転していなかったことが分る。

「いま停る西灘の駅の上に一中が出来てるんです。ずっと上に。いまこんなに家が出来て、見えなくなりました。これまで見えたんですけど」

いまは何という名前になっているんですか。神戸高校いいます。その西灘のフォームに入る前に、ここに関西学院があったんですと叔父。あ、ここにあったんですか。ええ、神戸高商がその真上に。原田っていうところですか、ここ。そうです。この辺はもう田圃の中で、関西学院が広く取ってね。その時分から敷地を広く取っていましたか。ええ、広く取ってました。僕らは甲山の麓の仁川へ行ってからしか知らないんです。兄二人に弟と兄弟三人、みんな関西学院へ行きましたから。ああ、そうですか。いちばん上の兄が入学したのが昭和四年、ちょうど神戸の原田から仁川へ移った年だったんです。はあ、そうでしたか。関西学院と仁川についてもっと叔父に話したいことがある。それは亡き父母と長兄の思い出につながるものだが、会話はそこまで。春日野道を過ぎる。

あの辺の山へよく登らされましたと叔父。一中の時ですか。ええ。朝、学校へ行ってから、みんな用意せえいうて。弁当、風呂敷で背負うて、校長先生を先頭に全員で登るんです、六甲へ。授業を止めて？　ええ。年に二、三回はやりました。

「冬の寒い時分は氷柱《つらら》がきれいでね。山に小さな滝があるでしょう。氷柱になってしもうてね。今より寒かったですわ、あの頃」

全校登山の話が終ると間もなく、

「これ、ここです。この一角です」

と校舎のあったあたりを叔父は指した。ここら全部、この辺までありましたと弾んだ口調。

「毎日、この辺を歩いたんです、東海道線の北側を。淋しいとこでした」

笑い出しながら、いまこそ三宮、こんなに立派になりましたけど。大井の肉店というのはその頃からあったわけですか。ええ、ええ、あれは古いですなあ、異人館なんかと変りません、前の建物はいま明治村へ行っとりますというちに電車は終点の神戸三宮に着いた。

叔父を先頭に日曜日の人出で賑わっている三宮の地下街へ入って行く。いきなり浮き浮きさせるような音楽の演奏が聞えて来る。これが「さんちかタウン」。若い女の人が（そこがスタジオなのだろう）人垣の中でエレクトーンを弾いている横を通る。こっちへ、そごう、こっちですからと叔父。大きなもんですね、「さんちか」っていうのはと私。いちばん賑やかですわ、神戸では。


「もう元町あきません。元町はさびれましたね」

いつ頃出来たのですか。「さんちか」が出来てもう十年くらい。そうすると、姪の結婚式に来た時には既にこんなふうになっていたのだろうか。こちらは地面の上ばかり、それもトアロードのあたりを主に歩いただけだから、気が附かなかった。

叔父にくっついて行くと、そごう百貨店の地下の食料品売場へ入る。そこも人が一杯。タクシーで市内見物をする前にここの食堂でお昼を食べることになっている。エレベーターでいったん上まで上り、小鳥売場を抜けて屋上へ出ると、小さな舞台で仮面を着けた黒いタイツの人物が二人、何やら大声でいい争っている。向うから同じ服装をしたのが四人走って来た。見物の子供たちの前で立ちまわりが始まる。若い女の人の演奏していた曲が、春の日の降り注ぐ屋上にも流れている。

「碇があるでしょう。あれ、碇山いうんです」

叔父が指したのはすぐ向いに見える山。なるほど碇のかたちに木を植えたのが見える。

「それからこっちのが神戸の市章です。神戸市のマークです。あれが市章山。昔、あれへ電気がついたんです、晩になったら。最近どうなったか知りませんけど」

その下の右側が諏訪山公園。あの辺みな遊園地になって遊び場所になってます。あのずうっと右の方ね。これは何山？　六甲ですかと妻。これはもう六甲です、六甲山系のうちの西六甲ですと叔父。町のすぐうしろがそうなんですねと私。それからこの近辺が全部、異人屋敷です。北野町？　ええ、北野町。それから赤い屋根が見えるでしょう、あの真下が新幹線の新神戸駅。

それでは行きましょうという叔父のあとについて名店街の食堂のある方へ。いろいろおいしそうな店が並んでいて目移りするが、「よすし」の前で飾り窓を見て、何を食べるか相談した。叔父と叔母はちらしがいいといい、それに決める。時間がまだ少し早いせいか、中は空いていて、奥の窓際の眺めのいい席に向い合って坐った。叔父は窓の外を見て、

「あれがいちばん高いとこです、六甲山で。それでも九百メーターぐらいしかないんですけどね。低いですわ、六甲は」

給仕の女の子が来たので、上ちらしと赤出しを頼む。今度は叔母が徳光院というお寺のある場所を私たちに教えようとして、新幹線の駅の上に赤い家がありますね、あの右のちょっとあの辺がというと、左やと訂正してから叔父は、私たちの方を向いて、

「神戸にもね、京都みたいなとこがあるんです、あそこへ入ると。もう森ばっかりでね、赤い屋根の向う側。神戸にもこんなええとこあるかなあ思うくらい」

そこに徳光院がある。川崎さんが一建立して建てた、立派なお寺。

「私らそこで会なんかやったんです。いいお寺です」

一遍行ったね、うちの老人会も連れて行ったねと叔母を振り返る。芦屋に老人会連合会というのがある。なかなかの大世帯であるが、叔父は商売から身を引いたその翌年からずっと役員をしていた。何しろ新年会と初詣に始まってバス旅行やら秋の文化祭、運動会など行事が多いので、企画から準備一切をしなくてはいけない役員は大変な苦労である。そのうち、副会長を引受けさせられた。誰かに代って貰おうと、適当と思う方に頼みに行っても、身体がえらいとかいって断られる。嫌がって誰もなり手が無い。仕方なしに選挙で決めると、また同じ者がやらされる。

「もう勘弁して貰います。年も年やし、いつまでも役員してたら笑われます」

そういっていた叔父が、やっとのことで副会長をやめさせて貰ったのが一昨年の春。常務理事になってからちょうど十年目であった。

「あそこに布引の滝があります、お寺の向う側に。神戸では滝はそれひとつです」

布引炭酸のお話、こないだ聞かして頂きましたねと妻。ああ、布引炭酸と叔父が笑いながらいったところへ上ちらしと赤出しが来たので早速始める。うちではいつも朝はパンに決まっているのと叔母。牛乳と果物とコーヒー。パンは焼いて？　焼いて。バターをうんと附けてね。いやお若いわ、二人ともと妻。その間へこの穴子、おいしそうとか、お魚はこれ（醤油）つけて食べるの？　そのつもりらしいと合の手が入る。横浜はもっと広いですね、山と海の間が、ここは山がすぐですから、海と山がほんとに近くてと叔父。ここへ上ったお蔭で神戸の街がよく見えてよかったと妻。またここはいちばん山手がよく見えるの、そごうはいいとこへ建てましたと叔母。放っといても人が入るようになってるんですねと私。

叔母ははじめに蛸を箸でつまんで、

「これはお父ちゃんには固いよ」

といったが、その蛸も含めて叔父は残さず食べ終った。

「私がいちばん先に食べて。よう食べるんですわ」

いや、それが何よりですと私たち。まだ時間はあるので、なおもゆっくりと窓際の席で話を続ける。その頃から次々と客が入って来て、店を出る時にはどの席も一杯になっていた。

観光案内所で運転手が迎えに来てくれるのを四人で待っている間のことだが、

「来年はえらいこってすぜ、神戸は。博覧会で」

という叔父に、それは何博覧会というのですかといささか間延びのした質問をすると、ポートアイランド博覧会。そばから叔母が、埋立地が出来ましたのでね。甲子園の百二十倍ありますと叔父がいうのをはたで聞いていたらしい案内所の娘さんが、

「また来年どうぞいらして下さい」

と渡してくれたのは、ポートピア'81のパンフレット四枚。どうも有難うといって叔父と叔母と妻に配ったが、それにしても気の利く、可愛い子がいるものだ。来年の三月二十日からと表紙にあるが、これは是非とも見物に来なくてはいけない。そこへ金茶色のカーディガンを着た年輩の運転手が現れ、私たちを近くの路上に停めてあった車へ案内してくれた。うしろに叔父、妻、叔母の三人、運転席の隣へ私が乗る。走り出すとすぐに、どちらからお越しですかと運転手。私と家内は神奈川ですけどこちらの親戚と一緒に。それはそれはようこそとこの人もさっきの娘さんに劣らず愛想がいい。

車は三宮駅前の雑沓を抜けて海岸へ向うフラワーロードに入る。五月の第三日曜の神戸祭りにはここが舞台になる、中央のグリーンベルトは移動式でその間だけ撤去して、終ったらもとへ戻すという説明を聞くうちに、

「この右手が日本で最初の花時計なんです。前市長がスイスの方へ行かれてね、ああ、こら面

白いやないかいうことでね」

丸い花壇の、黄色と紫のパンジーが桜の花の模様を描いた中に白い、長い針が見える。これは二代目。最初、国内の業者に入札をさせたところ、日本にカタログも何も無いので、見積り価格の上下の開きが大変なものだったらしい。花の模様は神戸市民から一般募集した。いったん使ったデザインは二度と使用しない。両端に立っているのは、アメリカのシアトルから姉妹都市になったお祝いに贈られたガス燈。

「ところがね、これが市役所ですけど、向って右側が昔の居留地の跡。この中に百二十基ほどあった街燈はね、メイド・イン・ロンドン製なんです。だからチャップリン時代の映画に出て来る、あの角張ったのが現在、五基だけ残ってます」

その花時計のうしろのトーテムポールは、これもシアトルから姉妹都市の記念に頂いたもの。その時、インデアンの酋長が原木を持って来て、この市庁舎の前に四十日間、テントがけして刻んだ。これを聞いて、和やかな笑いが起る。それはいつ頃ですか。もう十四、五年くらいになります。

それから神戸が姉妹都市を結んでいるのは、中国は天津、アメリカはシアトル、南米はブラジルのリオ、東ヨーロッパではラトビアのリガといってから、

「フランスは恰好のええマルセーユと来てます」

マルセーユのところに調子をつけていったので、また私たちは笑った。運転手さんは神戸生

れと聞けば、私は神戸生れの神戸っ子。タクシーは三十年のキャリアを誇ってます。それはいい方に案内して頂いてと乗っている四人が口々にいう。神戸のどこですか。和田岬のちょっと外れ、親は播州ですけど。

うしろの席から叔父が、

「東遊園地、あれですか」

そうです。昔は異人山いうてね、ここの居留地の外人さんの球技場なんです、この右手がね。叔父は小さな声で隣の妻に、昔、クリケットやってたのはここですわと話す。よくここへ野球しに来ました。この辺、もっと広かったです。そこは木立に囲まれた一角。いまから七十年ほど前、応援の生徒の中にいる叔父が、フレーフレーといいながら帽子を振っていたところだ。

「そいでね、三年ほど前に国鉄のポスターに出した組模様で、この左側のキングスアームスの上のね」

つい先月、叔父に話した店の名前が不意に出たのに驚いてそちらを振り向くと、八年ほど前、姪の結婚式に出るために神戸へ来た時、妻と食事をしたキングスアームスの前を通りかかろうとしている。

「騎士が燭台持っとるでしょう、上へ出てるのが。これが評判がよくてグランプリ頂いたんです。これと白い異人館ともう一つ何やったか、三組の組み合せのポスターが」

この店、前に来たんですといえば、叔父も思い出して、この前、そう仰ってましたな、ここ

ですか と覗くようにする。お茶の支度か何かで席を外していたので聞き落した叔母のために妻が手短に訳を話す。こちらもうしろ向きになって、あれは戦後に出来た建物だそうですけど、二階へ上る木の階段がきしんで音を立てましてねといっていると、

「いま現在、ニューポートホテルいうて建ってますね、そこに」

市役所の前のこの広い通りが間もなく終ろうとするあたりで、運転手は左手の高い建物の方にみんなの注意を集めてから、

「この一角が外人墓地の跡なんです、小野浜の」

といった。

小野浜といえば太地一郎のお祖父さんが英国のジャーデン・マゼソン商会へ納める茶箱を作る工場のあったところだが、それはもっと海岸寄りなのだろう。(これは現在、三井倉庫や生糸検査所などの建物がある小野浜町ではなく、商工貿易センタービルに近い磯辺通にあったことが分った。東明閣でこの日、私たちが会ってから大分日にちがたった頃だが、太地が耳の遠いお母さんに一晩かかっていろいろ昔のことを聞き出してくれているうちに初めてはっきりしたのだそうだ。従って海岸寄りでなくて、このニューポートホテルの東側になる)

「こんなところに外人墓地があったように思やしませんでしょう。お墓の上なんです、この一角全部」

この東の春日野墓地の外人さんのお墓を戦後、再度公園の修法ヶ原へ持って行った。嘗てこ

の町に住んでいた五十ヵ国を越える人たちのお墓が、現在そこにある。だから、ここに外人墓地があったとは誰もあまり御存知ない。

ところがつい先日、この先の臨港線の踏切で信号を待っている間にふと目がとまった。「外人墓地踏切」と書いてある。こら面白いもんが残っとうやないかと感心した。ちょうどええ機会やから、それ、ちょっとお見せしますといって、この神戸好きの運転手さんは車を踏切の横に停めた。

十一

三十年タクシーの運転手をしていながらつい最近までそんな名称がこの踏切にあるとは知らなかったというのも無理はない。ちょっと待って下さい、それです、それと車の中から指したのを見れば、なるほど柵の下のあたりに小さく、目立たないペンキの字で「外人墓地踏切」と書いてある。

「運転手さん、いまでもここ、汽車走ってますか」

と叔父が聞く。予期しない質問に少し慌てた様子で、勿論これは通ってます、臨港線ですから、からんからんいわせてと答えてから、無用の長物で、遮断機がおりると大渋滞、もうええ加減にせいといいたくなる、今日なんかがらがらやけど、それにあいさに（時々）ラッシュ時にちんちんちんいうておりるねん、そうしたらディーゼルの機関車が一台、ちょっちょっちょっと行くだけやとたまらないような声を出してみんなを笑わせた。

「あれが神戸税関ですから」

茶色の石造りの建物が線路の向うに見える。本当にこの税関があるというのがいいですね、横浜と神戸独特のものでと私。そうなんです。妙なもんで関西ではすべて何でも大阪中心でしょう。大阪鉄道局、大阪造幣局。ところが大阪に無いのはこの神戸税関。これは自慢できますよ。

「いま、もう昔の居留地の中へ入ってますので」

これがアメリカ領事館の職員宿舎。現在、百二十年近くたってますからね、慶応三年に神戸は開港されてますので。私ら子供の時分によくうたった、「しもつきななようか」いうて。戦前の神戸祭りの歌です。ということは慶応三年の十二月七日に兵庫が開港されたので「しもつきななようか」となる。はじめは神戸やなしに兵庫。だから神戸で初めて建てられたホテルが「ヒョーゴ・ホテル」で、初めて発行された英字新聞を「ヒョーゴ・ニュース」という。兵庫が幅を利かせてた。本当に何でも知っておられるんですね、運転手さんと叔母。

車は神戸税関の向いにある、これも「横浜さんと神戸だけ」にしか無い生糸検査所の、戦後のものとはいえ、どこか趣のある建物の前まで行ってから、休日でひっそりしているビル街の中へと入って行った。

「そいでね、KSKベアリングと書いとうでしょう、そこに。これが百一番さん。ということはこの百一番におられた英国の貿易商のミスター・グルームさんがやね、六甲山を開拓した。ここから見たら東の方にえらい立派な山があるやないか。一遍そこへ登ってみろかいうてアタックしてね」

当時、二挺駕籠で登って行ったわけ。お友達を誘い合うて、山荘をこしらえろかいうて山荘をこしらえた。じゃあゴルフ場をこしらえよやいうことで出来たのが、世界で三番目、日本でナンバー・ワン、最初のゴルフ場の神戸クラブ。その方の奥さんは日本人、宮崎さんいうていまもお孫さんがおってです。ゴルフ場はいまはどこでも沢山ありますけど、神戸クラブは日本最古のゴルフ場。明治三十六年に始まったんです。

「この道路を挟んで真正面が大丸百貨店ね。これから南側が居留地の跡。これも百二十年前の道幅をそのまま使用してますので。はい。文字通り神戸のオフィス街の大中心になってますから。はい」

いまそこにストロング・ビルなんていうのがあったけど、あんな名前も何となく古めかしいねというと、ええ、そうなんですと頷く。

「運転手さん。この辺、道がきれいに出来てますね」

と叔父。はい、ここはね、当時もやはり下水工事は施してあった。これをご覧下さい。自動車も無かった時代にこれだけの歩道をたっぷり取ってあった。そこで私たちはまたしても感心した声を立てる。ここは何という通りですか。これは京町筋。ちょっとおりて頂けますか。シャッ

ターがおりとうけど、蔭に面白いものがあるから。あとについて行きながら、叔父は私たちを振り返って、

「町の名前は知ってるけど、こんなに詳しいにね」

と嬉しそうに笑う。小さい時分、この辺へ来られましたかと妻。ええ、この辺が居留地でね、建物がまだぽつんぽつんと残っとりました。その時分は。連れて行かれたのは、とあるビルの玄関先の薄暗いあたり。古い御影石の柱にアラビア数字の68が入っている。

「ここは居留地の六十八番館。明治のはじめにここを百坪単位、二百一円なんぼかでオランダ人が落札した。ここに書いてありますやろ。私、ちょっと暗いので目がよう見えないんですけど」

神戸市長の碑文にしるされた落札価格を何銭何厘まで確かめながら読もうとしているところへビルの守衛が出て来た。

「あ、お邪魔します」

愛想よく声をかけ、顔馴染らしい守衛が電気をつけましょうかというのを断って説明を続ける。

百二十六の区切りのうち、いちばん沢山買いに来た国は「世界のエゲレス」。それも東洋の居留地に土地を求めて来るというのは、その国を代表する商社、昔の日本でいえば三井、三菱クラス。それだけの財力を要するわけ。この六十八番を買った方も、おそらくオランダの国内で一二を争うような商社だったに違いない。イギリスに次で多かったのがドイツ、それからオ

ランダ、フランスの順になる。アメリカが少ないのは、建国後間が無いというお国の事情でこれは仕様がない。いずれにしても当時の世界の勢力分野を示している。出がけにいま、ここはどこの建物と聞くと、運転手は「広告の大広さん」と答えた。

——大正七年に神戸の英字新聞ジャパン・クロニクル社が創刊五十周年記念号として発行した「ジュビリー・ナンバー　1868—1918」が『神戸外国人居留地』（堀博・小出石史郎共訳・土居晴夫解説・のじぎく文庫）として神戸新聞出版センターから刊行されたことを知ったのは、叔父夫婦と連れ立っての神戸市内見物から帰っていくらもたたない時であった。書店に註文した本が手に入るまでに日にちがかかったが、神戸居留地の成り立ちを愛惜をこめて記録した新聞の特別号が、こうして六十余年ぶりに日の目を見るようになったのは喜ばしい。

第一部「神戸の歴史」の筆者は、第四部「初期の居留民へのインタビュー」と同じく、ジャパン・クロニクルの創業以来の経営者であり編集長でもあったスコットランド生れのロバート・ヤングに間違いあるまいとされているが、その第二章「居留地の形成」によると、第一回の競売が行われたのは一八六八年（明治元年）九月で、その場所は居留地の東端にある税関であった。価格は非常に高かったにも拘らず、或る区画では活潑なせり合いの結果、定められた坪当り八分の基準価格をはるかに上まわるものとなった。この時は居留地の表側（というのは海通に面した方を指す）、翌年と翌々年に行われた二回目と三回目の競売は裏側であったが、この三回目には大変な高値になったそうだ。

「居留地に家屋を建てるためにはまず排水をし、満潮時の水面よりも高く盛土をするなどして居留地を水から守るために大工事をほどこさなければならない。一八六八年の五月下旬に至っても建設にとりかかれる状態ではなかった。居留地の北側と西側に掘った排水溝は山手から流れ込む水を処理するにはまだまだ不十分で、居留地の地面は大量の流砂を含んだ水の海であった。しかし関係者の精力的な努力の結果、困難はつぎつぎと克服され、ついに九月には土地の競売も可能になりかなりの買手を集めることができた」

「土地を購入した人たちはすぐに商館の建設を始めた。最初に竣工したのは十月上旬に完成した一〇番のグッチョウ商会の倉庫で、その時八番ではシュルツ・ライズ商会が建設にとりかかり、L・クニフレル商会は建築準備中であった。奇妙なことにこれらはいずれもドイツ系の商社で、英国人はあまり急がなかった」

参考のために附け足すと、第一回の競売で売り出されたこの海岸通の十二区画の買主の内訳は、米国四名、ドイツ、オランダがともに三名、英国二名となっている。これが四十六年たった一九一四年になると、英国六名、米国三名、ドイツ三名となる。私たちを案内してくれた和田岬生れの運転手さんの話だと米国はお国の事情で僅かしか買えなかったというのだが、海岸通の見晴しのいい場所に限っていえば英国よりも一区画多いことになる。また、第一回の競売の後、約一ヵ月後に早くも行われた居留地会議の民間委員の選挙に、英国のマッケンジー、ドイツのハイネマンとともに米国のブライデンバーグが当選しているのを見ても、神戸居留地内での米国人の数が特に少なかったとは思われない。
兵庫県知事と各国領事と前記の民間委員とから成る居留地会議は、街路の建設、排水溝の整備、警察の設置、財政問題の処理など、ひとつとして放ってはおけない大きな仕事を抱えて発足したが、いち早く実現したのは街路樹を植えることであり、お蔭で居留地は早くも「英国の田園都市のような雰囲気」を漂わせることになる。植樹に励む一方、公園を造るための努力が続けられる。海岸の保護岸壁と道路の間の細長い場所には芝生が植えられ、海に面した田園風の建物に芝生の緑が融け込む。夕方になるとこのプロムナードに集まって来た居留地の住民は、気儘に散歩を楽しんだ。

「(彼等は)ベンチに腰をおろし、視界を妨げるものがすっかり取り除かれ、見晴しのよくなった海を、いつまでも眺めていたものである。なかなか上手なポルトガル人の素人楽団が美しい旋律を奏でるなかを、華やかで魅惑的な衣裳の淑女たちがそぞろ歩いている夕暮れの海岸通は、まるで一幅の美しい西欧の名画のようであった」

この海岸通ではないが、明治十一年ごろの居留地風景を偲ばせるものが、『兵庫探検——近・現代篇』の「外国人居留地」の章に載っている。説明によると、「ロンドン・ニュース」の画報通信員のC・B・バーナードの絵で、いまの京町筋の山手から浜の方を眺めたところを描いたものらしい。道幅の広いのに先ず驚かされるが、向うから人力車が空車を引いて来る。こちらから裸に褌ひとつの駕籠かきがそれぞれ片方の手に棒を持って駕籠をかついで行く。歩道の角のところに弁髪の中国人が二人、立ち止って話しており、その先を白服を着た居留地の巡査が悠々と歩いて行く。商館風の建物の間から大きな木が道路へ枝をひろげ、歩道の古風なガス燈とともに画面に趣を添えている。空には穏やかな雲。バーナードさんのこの絵は、私たちに古き、よき時代の居留地の匂いを嗅がせてくれる。

なお、神戸で初めて発行された英字新聞を「ヒョーゴ・ニュース」と教わったことについて補足を加える必要がある。『神戸外国人居留地』によると、それよりも三月早い一八六八年一月四日に第一号を出した「ヒョーゴ・アンド・オーサカ・ヘラルド」を挙げるのが正しいようだ。ただ、この新聞は米国以外の各国領事の布告などを独占掲載できるなど有利な立場にありながら、競争紙の「ヒョーゴ・ニュース」に次第に押されて、やがて姿を消してしまったという。そしてこの「ヒョーゴ・ニュース」が一八九九年、ロバート・ヤングの経営する「コーベ・クロニクル」に吸収され、その翌年、同紙は社名をジャパン・クロニクルと改めたことを附け加えておきたい。

では、この辺で『神戸外国人居留地』はひとまずおいて、市内遊覧へ戻ろう。次に来たのは、ひっそりとした通りに面した古い洋館の二階建。

「これが当時の商館の建物です。いま残ってるのはこれひとつだけ」

いまはどこの？　ノザワ・セメントの本社です。ノザワの本社はここですかと叔父は驚いたようにいってから、ああ、そこに書いてありますな。庭先にパンジーや連翹の花が見える。

「それでこのノザワさんが居留地の十五番」

車が明海ビルの前を通った時、叔父は妻にこれが明海ビルですと知らせ、妻は私にそれを伝える。私たちが太地一郎の招待による北京料理の卓を囲むことになっている場所を叔父はちゃんと覚えていてくれた。そうですかと私はそちらを振り返るうちに、居留地の一番——ジャパン・クロニクルの五十周年記念号が発行された大正七年には、ストラッチャン商会とカナダ太平洋汽船の建物が並んでいた場所を最後に居留地の跡に別れを告げる。

このあとメリケン波止場、旧正月には爆竹が鳴り、大勢の華僑の人たちの参詣で賑わうという関帝廟（立てられた線香の香りのいいのに四人とも驚いた）、もと神戸市長小寺謙吉氏の邸宅あとで、本宅は戦災で失われたが、北野町から移した、英国人ハンセルの設計といわれる旧ハッサム邸と明治時代の煉瓦造りの廐舎、樹齢五百年を越える楠のある相楽園をまわって、私たちは神戸の街を一望のもとに見下す諏訪山公園へ向う。

神戸は海と山が近くてと昼御飯の時に叔父がいったが本当にその通りだ。たったいま校庭を境にして隣合せに仲良く建っている諏訪山小学校と山手小学校を見て過ぎたばかりなのに、たちまち栗石の防護柵の続く急な山道を登り出したから、驚いてこれはどこへ行くのですかと聞けば、再度山から摩耶山、六甲、有馬へ抜けるという返事。小学生の頃に父と母に連れられて六甲へ来たことはあるが、街の通りのすぐうしろがこんな深い山になっているとは知らなかった。

「六甲山は標高なんぼおまっかと聞きますやろ。六甲山は覚えやすいねん。覚えやすいし、教えやすい。クサニイチバン。九百三十二・一メーター。簡単なもんや」

それでは千メートル近いわけですねと私。だから、今年は割に暖かかったけど、例年、寒波が押し寄せたら天然のスキーが可能やからねというちに展望台に着く。

「ああ、ここで全部見えるわ」

と車から出るなり叔父の嬉しそうな声。山の斜面に白い花を見つけて、あれは木蓮？　桜かしら。木蓮やねと叔母。木蓮やと叔父がいう。だが、ふくらみ切った桜の蕾を見ると、もういまにも咲きそうだ。空は一層晴れわたり、日差しは暑いくらい。道路からベンチのある展望台まではちょっとした上り坂が続くが、私と肩を並べた叔父の足取りは確かで、息切れもしない。それをいうと、笑って、

「歩きつけてますからね」

冬は散歩はなさらないんですか。いや、やっとります、もう間があったら。午後ですか。午前中も歩きます。これから夏へかけては朝早くに山の方へ。滝があります。そこまでみな往復します。

家族連れの客が子供たちを遊ばせている展望台の下は一面の桜。口々にもうすぐ咲きますよといっていると、ちょっとこちらへと運転手に呼ばれる。

「私が三日ほど前に来た時にかいた地図が残ってます」

車の鍵を手にその地図の上をなぞりながら、これがそこの国旗掲揚塔です、これが碇がちょっ

と斜めになっとうけど碇山、これが神戸市のマーク、こういうことになってます。これはね、神戸の場合は沖合から見ますと扇をひろげたような恰好の防波堤になってる。だから別名を扇港。そいでね、神戸市のマークは扇の要を合せたものになった。だからここの山を市章山。「これはもう常夜燈で、四季によって点燈する時間が多少違います。冬時間は早い。日没と同時に自動点火するようになってます」

ところが第一回の石油ショックの時、勿体ないから消したわけ。そしたら人口百四十万からおりますから、神戸のシンボルやないか、何をいうとんのや、けちけちせんとつけんかいと。十日ほどおいてまたつけたら、この世の中、オイルが無うなってみな困ってるのにつけるやつがあるかい。好きなことをいうてる。しかし、これはシンボルであるということで神戸市のマークは現在、常夜燈でついてます。一般の市民から碇のマークもつけやという声が出た。日露戦争する前にこの沖合で大観艦式が行われた。その時、小学生が人文字を作った。そのあとを植樹しておりますから。代々、植樹した木は変ってますけどね。(いまは何ですかと聞くと、和歌山の県木。ウバメガシとか何とかいってました) これが案外、成功しています。そして来年度の予算に市長のアイデアでいまの省エネルギー時代に最もふさわしい風力発電でイルミネーションをつけろかと、こういうことです。ここで地面の上の説明を終って展望台の正面へ場所を移す。

「右手のいちばん山が沈んだところが一ノ谷の古戦場の跡です。向う側に島が二つあるように見えとうでしょう。あれが淡路島。そしてお天気がよかったらあっちに和歌山が見える」

次に来年三月二十日から新しい「海の文化都市」の創造をテーマとする（案内所の娘さんがくれたパンフレットにそう書いてある）ポートピア'81が始まるが、その会場になるポートアイランドをこしらえるために、一ノ谷の裏手の高倉山の土をどのようにして海上輸送したかという話になる。オランダからヒントを得たプッシュ船、引張って行くんじゃなくて押して行く船十二はいを新造した。須磨の海岸でコンベアを使って土砂を流し込んでは、二十四時間の海上輸送をする。ここまで来たら、おなかがぽっと開く。土を落したら、またすうっと帰って行く。甲子園球場の百二十倍もあるんです、このポートアイランドは。これだけの大きな埋立てをしているのを一般市民はご存知ない、われわれは仕事でしょっちゅう行くから知ってましたけど。

更にこの左側にかなり陸地が浮いて来ようでしょう。この六甲アイランドがポートアイランドの一・五倍の規模。いま、また作ってます。それから四十億もかけてポートアイランドをこしらえるのに、神戸市民の税金は一銭も使ってない。市中銀行からも借りてない。神戸市はやることがごっついねん。全部、西ドイツのマルク債でまかなった。例えばこの東西三十キロにわたる港湾の施設はみな神戸市のもの。この港湾の売上げが大きい。とにかくコンテナの時代が来てますので、昨年度と前の年と二年間にわたって世界の二冠王を取ってます、神戸港は。コンテナの扱いは世界一、雑貨の扱いは世界一。神戸市は裕福なんです。

展望台から車へ戻る坂道を下りながら、今度は、日本でも神戸ほど登山熱の盛んなところは無いという話になった。一年三百六十五日やけど三百七十回も八十回も登る人がいる。方々に山登りの会がありますから。すると、朝登山が盛んですわ、芦屋でもと自分も実行している叔父。年に一回、六甲全山縦走市民大会というのが開かれます。須磨浦公園を振出しに終着は宝塚。全行程は五十六キロ。ところが途中で落伍する方が少ないいうから大したもんです。

——『兵庫探検——近・現代篇』の「六甲山」によると、神戸市民の裏山登山の歴史はかなり古い。それも最初に登山道を作ったのは居留地の外国人、英国人のドーント、ワレーなどがその代表で、彼等は巨額の費用を投じて居留地に近い布引筋、再度山筋にいくつかのルートを整備し、出勤前の山登りを楽しんだ。そのうち、早朝登山の外国人目当ての茶店があちこちに誕生する。メニューはコーヒー、紅茶にトースト。やがてこの裏山登山が一般市民の間にひろまり、各登山筋に多くの茶店が生れたが、この舶来メニューは、新しがり屋のハイカラ好みの神戸っ子に迎えられた。いまでも再度山筋の茶店で「定食」といえばこれが出るという。

明治三十六年ごろ、六甲山の三国池でスケートを楽しんでいる居留地外国人を写した写真がある。中折帽をかぶって口髭を生やした、いい体格の紳士が上着のポケットに手を入れたまま滑っている。離れたところに帽子をかぶって襟巻をした婦人がいて、この紳士の悠々たる滑走ぶりを見守っている。明治三十六年といえば、先ほど私たちがその前を通って来た居留地百一番のグルームさんが西六甲の三国岩近くに最初に建てた山荘を「百一番山荘」と命名した日から八年たっている。おそらくグルームさんも山荘仲間の人たちとこうしてスケート遊びを楽しんだに違いない。

なお、神戸で最初に生れた裏山登山会の名がこの「六甲山」の章に記されているので、ついでに紹介しておきたい。明治四十三年、銀行に勤務していた塚本永堯氏らによって作られた神戸徒歩会（後に関西徒歩会）。会の第一目的は登山道の整備で、諏訪山を中心に西は烏原貯水池、東は摩耶山に至る半円ルート作りを手がけ、総延長四十キロに及ぶ新道を開拓したが、これも居留地の英国人ワレー氏らの活動に刺戟されたためであったという。

「この山に野生の猪がようけいます」

え、猪がいるんですか？　推定百頭くらいおります。

「うちの個人タクシーさんもこの間、猪一匹、拾いましたんやで」

このドライブウエイ通りよったら、犬の子供みたいのが一匹ひょろひょろしている。トランクに入れて帰ったら、猪の仔やった。いま、それ飼うてます。

十二

異人館めぐりの若い娘さんたちで大賑わいの北野町からほんの少し離れた六甲荘の前で車をおろして貰った私たち四人が、豊富な話題と生きのいい語り口とで少しも飽きさせなかった神戸っ子の運転手さんにお礼をいって別れたのは、午後三時をまわっていた。予定より少し遅くなった。

春休みの日曜日で結婚式がいくつも重なったらしく、披露宴を終って一服する人たち、始まるのを待つ人たちで六甲荘のロビイは大入り満員。最初のうちは叔父と私、叔母と妻が二ところに分れて坐らなければいけないほどであった。叔父は窓の方を見て、

「昔はここから海岸がずうっと見えたんです。海岸から東灘の方まで。この下、船が通ってるのが見えるんです。桜の木が植わってね、よかったですよ、この辺。もう見晴しも何もないですけど」

暑かったので四人ともアイスコーヒーを希望したのだが、カウンターまで頼みに行った妻が戻って来て、冷たいのは出来ないのといい、熱いのにする。叔母が楽しみにしていた「風見鶏の館」は、門から玄関まで順番待ちの列が出来ていたので、中を見物するのは見合せた。こんな日は入れませんしねといいながらもいくらか心残りの様子の叔母に向って、

「あれで十分や」

と叔父がいう。

「中へ入っても部屋とかそういう何が見えるだけで。想像する方がかえってよろしいですわ」

ふだんの日でも地図を片手に連れ立って北野町の坂道を歩く娘さんたちの姿が目立つというから、日曜日ではこの混雑もやむを得ないだろう。そこで、お父ちゃん、きれいになったでしょうと叔母が話題を変えた。前はここから向うが結婚式場だったの。それをここを買い取ってと

いいかけて、これあったね、前から。前から庭やった、芝生やった、全部、この辺と叔父。

「あの、橋本のな。橋本君の息子な。結婚式、僕がいうてここでしたんや。それが最初やったんや」

それからきくちゃんの結婚式と叔母がいえば、きくちゃんの方はずっと後やと、二人だけにしか分らないやり取りを楽しく聞きながら、コーヒーを飲む。このあと、叔父が大正十四年に初めて芦屋へ来た時は、いまの水道みちの北側に四、五軒あるきりで、阪急の南側と山手には家らしい家も無く、山の方まで畑ばかりの淋しいところで、芦屋川の駅の真ん前にあった小さな平屋の二軒の片方を借りて入ったこと、一年半くらいそこにいてから、いまの家よりずっと南へ下った岸の下というところに家を建てて移ったが（この家は小学生の頃に妻が遊びに行ったので、叔父の飼っていたシェパードや庭の薔薇を覚えている）、それは須磨にあった三階建の借家を潰して持って来て二階建の家にしたもので、その家に入っていた鐘紡の麻生さんが中学終ったら慶応へ入れなさい、そしたら私が鐘紡へ入れて上げるとお父さんにいってくれたことなどを話した。あちこちで笑い声が起り、ソファーの離れたところから何か叔母が話しかけるが、その声も何度かかき消される有様。

「もっとこっちへいらっしゃい」

と叔父がいったので、私たちは笑った。

次は、大阪から芦屋へ来たその当時、初めて仲人をした堀江さんのこと。この人は芦屋の西の岡本の人で、三男坊であった。京都帝大の工学部を出て、川崎の日本鋼管に勤めていた。

「その時分、私、あんまり身体が丈夫やなかったんです。胃腸がどういうものか、弱かったんです。京都で奉公してたんで冷えたんでしょうね。それが原因ですわ。物をあまりよう食べませずね」

そんなんで、いつも病気するとかかってた医者が岡本の堀江さん。ひとり娘で、その娘に養子さん欲しい欲しいといっていた。鈴木さん、探してくれいうもんやから、隣にごく親しくしている方がいたので、どこかに養子さんに行く人の心当りは無いか尋ねてみた。すると岡本にいる親戚の家に三人、男の子がある、その三男がひょっとすると養子に出すかも分らんというので、それで私、この三男坊を話したんです。そうしたら到頭、この人、養子にやるいうことになって、話がでけた。それが私、仲人した始まりです。大阪ホテルで披露宴したんです。結婚していくらもたたんうちに社長についてドイツへ行きました、夫婦で。ドイツに一年くらいおりました。炉の研究に行ったんでしょうな。

そんな話をしているうちに四時になった。では、ぼつぼつ行きましょうかと席を立つ。叔母が出がけにいった通りの下り坂を叔父と私、うしろを叔母と妻が話しながら歩く。中学の同窓会で六甲荘へお出でになったのはいつ頃ですか。大分前ですわ。もう二十年くらいになります。大勢集まりましたか。はあ、その時は賑やかでした。神戸やこの近辺のもんばかり、そうですなあ、二十七、八人ぐらい来ました。一緒に中学に上った連中です。今度は月見の会に来て、泊りました。五、六人でお月見しようういうて。お酒飲んで？　ええ、ええ。そのお友達はいまもお元気ですか。いや、みな亡くなりました。一回目に来たもんも殆どみな亡くなりましたなあ。割に七十五、六くらいで沢山亡くなる人が多いですね、ばたばたと。そうですか。八十から上というのはなかなか難しいんですね。

三宮駅のそばまで来ると、叔父はガード下の一軒の店を指して、ここの鰻、おいしいです。こんな汚ないとこですけど、ここのはうまいんです。古いんですか。古いでっせ。戦前からやっとります。叔父がおいしいというと、本当においしそうに聞える。

「闇市が終戦後でけたんです。この辺、全部闇市でした」

うしろから叔母が妻と腕を組んで歩いて来る。そごうの見える方へ出た。叔父は絵具屋へ寄る用事があるといい、昼前に通った「さんちかタウン」の上を一緒に浜の方へ向って歩いたが、間もなく立ち止って、

「ここを右へ行かれましたら、約一丁ありますけど、角っこが大丸。それをもう少し南へ行ったら明海ビルです」

と教えてくれる。約束の四時半まであと十五分だが、明海ビルの中で顔と髪を直したいと妻がいう。車で行った方がというと、叔父は、

「いいえ、ついそこですよ。歩いて五、六分です」

それではここで、いろいろお世話になりまして有難うございます、またお目にかかりますと

二人、頭を下げる。

「どうぞお静かに」

と叔父。街角で右と左に別れたが、少し行って振り返ると、叔父夫婦は立ち止ったままこちらを見ていた。


居留地跡の一画を占める明海ビルは古びた、貫禄のある建物であった。エレベーターの八階でおりると、そこが東明閣。すぐ前のロビイの椅子にいた太地が立ち上って迎えてくれた。時間を気にして駆けるようにして来たので、挨拶はしたものの、ふき出す汗が止まらない。ちょっと失礼させて貰って洗面所へと断ると、僕は向うでお待ちしますからどうぞごゆっくりと太地。暫く間をおいてから中国人のボーイさんに案内されたのは、大きな部屋の港を見渡す窓際の、いちばん奥のテーブル。濃いグレイの背広で、いつもながら身だしなみのいい太地がゆったりと坐って待っていてくれた。

「五分前だからね。気が急いた」

「いや、十分間に合ってますよ」

大尉と少尉の違いこそあれ、お互いに「五分前」には次に待っている課業にかかれるようにしていなくてはいけない海軍生活を経験した身である。笑ったところへ前菜の大皿とビールが運ばれる。先日はすっかり御馳走になりましてねと太地。いいえ、こちらこそ遠くからお出かけ頂いて有難うございましたと妻。では、取敢ずとコップにビールが注がれて、乾盃する。咽喉が乾いていたので、格別うまい。

「まあ、天気に恵まれて何よりでした」

「朝、起きた時は雲がひろがっていてね、どうかなと案じたんだけど、本当にいいお天気になって」

「よかったね」

蒸どり、鴨、鮑など、どっさり入った前菜を頂くことにする。これはおいしそうだな。珍しくもないけど、神戸へ来るとやっぱりこれがねと太地。鰻もあるんですけど、これは東京が本場だから。広東料理にもいい店がありましてね。僕はどちらかというとそっちの方が好きなんだけど、海が見えた方がいいだろうと思って。いや、どうも有難う。それから今日は家内を連れて来るべきところなんだけど、何さま母親が高齢で目が離せないので、よろしくと申していました。

ところで今日はいかがでしたと聞かれて、フラワーロードの花時計から始まって北野町の異人館まで二時間あまりかかってまわった道順をひと通り報告する。じゃあ、六甲山にはお登りにならず？　ええ。隣のテーブルにもその向うにも家族連れの客が入って、あたりが賑やかになって来る。

「小さい時分、この浜へいま甲子園にいる弟と来て、悪いことしてね」

砂浜だったんですかと妻。いや、港です。小学校へ上るか上らんかという頃にね。私の家からちょっと坂道をとろとろとろと来ればもう海ですから。十分か十五分で行けるんだよ。太地は窓の外へ目をやって、ここが今日、あなた方が行かれたメリケン波止場。それから中突堤があって、その右手に弁天浜があるんです。いまは弁天埠頭といっていますけどね。そこで竿に糸を附けて簡単な仕掛で魚釣るわけですよ。釣れた？　釣れましたね、さよりとか。いや、小さい、こんなもんだけど。

一回、甲子園の弟が海にはまってね。どうしたのか一緒じゃなくてね、弁天浜の近所の人が助けて、太地さんの子供やないかいうてうちへ連れて来てくれた。お祖父さんの関係で？　それもあるし、親父もよく知ってましたから。浜の連中が大勢、柔道を習いに来ていたから。艀《はしけ》の親方とかそういった人たちが。まあ、やっぱり身体がいいし、みんな力自慢なんだな。町道場を作っていましたからね、うちの親父は。そんなわけで割に顔が利いたらしい。

ランチがあってね、そういうとこへ行って遊んで、乗せてくれというと、須磨の沖まで連れて行ってくれたりね。ボート浮かして、そこから海へ飛び込んだり。よくそんなことをして遊ばしてくれた。

どこかで元気のいい万歳の声が聞える。硝子越しに西日が差し込んで、少し暑くなったので、失礼して上着を取らせて貰う。

あの頃は艀が貨物船に横づけして、沖仲仕が積荷をおろしていた。だから港に活気がありましたね。いまはコンテナになったから、ひそかに積下しをしてひそかに何万トンという船が出て行く。昔とはすっかり変りましたね。

レースのカーテンの間から白い船がゆっくり入って来るのが見える。船腹に赤い太陽のしるしがかかれている。あれは？　あれはフェリー。内海航路のさんふらわあ号でしょう。フェリーも図体がでかくなってね。さっきから行ったり来たりしているのは？　あれはパイロット・ランチでしょう。それから水上警察のランチもいるかも知れない。なかなかきびしくしてますよ。外国船が来ると、和田岬で必ず乗り込んで来て検査をする。（和田岬といえば、叔父夫婦と私たちを乗せて楽しい市内見物をさせてくれたあの年輩の運転手さんの生れたところだ）同時にパイロットが乗り込んで案内をする。

港湾の一日というのは、われわれには分らんけど相当いろんなことがあってね。神戸の水はうまいというので外国船が入ったら必ず水を積込む。とにかく神戸の水がいちばんうまいという水うんだ。山の水ですからね。昔はわれわれはそれを飲んでいた。ところがいまはそのうまい水は外国船だけ。神戸の市民は淀川の水を飲まされている、カルキ臭いのを。そこで私たちは笑ったが、この話を聞いて、前に芦屋の叔父が駅前の通りを歩きながら、これが水道みちいうて神戸までずっと続いてます、淀川の水を分けて貰って、下に水道管が入ってるんですと話してくれたのを思い出した。

さっき万歳の声がしたあたりで今度は校歌の合唱が始まった。もういい年をした卒業生の集まりらしく、人数もそんなに多くはないのだが、ゆったりとしたいい曲である。

十三

前菜に続いて鱶ひれと野菜のスープ、そのあと貝柱と筍ときぬさや、豚肉とパイナップルの二つの料理が運ばれる。窓の外は次第に暮れて来た。

「この前、手紙に書いたように小野浜に茶箱の工場を作ったうちの祖父さんに興味がおありかと思って、ちょっとノートしてみたんだけど」

かたわらの椅子に置いた鞄から部厚いノートを取り出すと、太地は眼鏡をかけた。

「祖父さんは安政四年の生れでね。それから万延、文久、元治と来て、慶応四年が明治元年。その順でいうと明治元年が祖父さんの十二歳になる。十年で二十一歳、二十年で三十一歳、三十年で四十一歳、明治四十五年で大正になって五十六歳。その辺で祖父さんの男盛りは済んでるんじゃないかと思うんだ。僕が中学に入った頃にはもうすっかり隠居していた」

祖父さんの祖父さんは島根県邑智郡。城喜屋という家号の商家で、かたわら農業をしていた。祖父さんのお父さんの代になってこの前、お話しした広島県の三次へ移住した。そこの次男坊の祖父さんが明治のはじめに神戸へ出て来たわけだけど、当時の様子は誰も知らない。祖母さんは八つ年下の慶応元年、播州赤穂の生れです。こちらでどなたかお世話をして下さる人がいて夫婦になったんでしょう。最初、海岸通に薪炭業の店を開いた。苦労しながら炭を売ったり、夏には氷を売ったりしているうちに小野浜に茶箱を作る小さな工場を建てた。これが明治三十年前後じゃないかと思う。

「何か書附でも残っていればはっきりするんだけど、何も無くてね。僕は大福帳を見た覚えはある。でも、戦災でみな無くなった」

太地さんのところ、空襲でお焼けになったんですかと妻。いや、焼けなかったんです。焼けなかった代りに例の強制疎開に引っかかりましてね、母屋を間引きされて、中庭の続きの離れだけ残りました。だから僕が海軍から帰った時、家は焼けて無くなっているものと思って諦めていましたら、やや奥まったところに小ぢんまりとした二階家があって、それがつまり離れだったわけですが、そこに親父もお袋も祖母さんもいてね、それでまあ助かりました。いろんな書附なんかも、母屋を取り毀される時にそっくり処分したんじゃないかな。

ここでお酒にしますかと太地が聞く。それでは僕は老酒を頂こう。ああ、その方がいいね。ボーイさんを呼んで、太地は老酒とビールを頼む。

「本を読んでみたんだけど、神戸港の輸出品の中ではお茶が大変な量を占めていたらしい。明治二十年代の中頃まで輸出のおよそ半分はお茶だったというからね」

ところが、ヨーロッパへ行くとなると一航海に相当な日数がかかる。長持ちさせるためにはどうしても一遍火を通さないといけない。そこで居留地内の商館の中にお茶の再生工場を作ってその作業をしたらしい。明治二年には既にそういう設備をした商社があったと書いてある。祖父さんが茶箱を納めたのは英国のジャーデン・マゼソン商会だけど、居留地で最初にお茶の輸出を手がけたのはアメリカの貿易商ウォルシュ・ホール。それからお蝶夫人で名高い長崎のグラバー邸のグラバー商会。あれも神戸の居留地に商館を持っていた。ほかにスミス・ベーカー商会、デント商会といった名前が出ている。とにかくいずれも有力な貿易商であったことは確からしいね。

ここでジャパン・クロニクル紙五十周年記念号の『神戸外国人居留地』を開いてみると、第一回の居留地の区画競売のところに、いま太地が読み上げた名前のうち三人が登場しているのに気が附く。

「香港上海銀行とウォルシュ・ホール商会がある二番は坪一〇分、総額五二七七・七七ドル。今、三井物産が大きなビルを建設中の三番は坪一〇・七五分でスミス・ベーカー商会が買ったが、同商会は同時に四番を坪一〇分で手に入れた。この二区画は最近まで同商会が所有していた」

「しかし、最高値がつけられたのは海岸通ではなくて、新しい波止場と結びついた橋（京橋）につづく京町通として知られている広い通り一帯だった。それは八四番で実に坪三二・二五分という値でグラバー商会が落札した」

これだけの資力を持つ貿易商が競ってお茶の輸出を手がけたというのは、それがいかに大きな利益をもたらすものであったかを物語っている。

「そこで祖父さんとしては何とかしてこれにあやかろうという気持があったんだろうね。茶箱を作る方にまわった。お茶の商人は本当の大金持。こちらは請負仕事で箱を納める。今度いつ船が入って来る。それまでにこれだけの茶箱をこしらえて納入せよというんだろう。いわば神戸開港とともに始まったお茶の輸出の端くれにつながっていただけ」

それでも祖父さんの最盛期には、小さな工場だからせいぜい十何人かの程度ではないかと思うが、かなりの職人さんを抱えていた。賃銀の支払いを一等職人とか二等職人というふうに仕分けをしていたという話を聞いている。そんな中に混ってうちの親父も働いていた。祖父さんは中国山脈の奥から裸一貫で出て来てやり上げたくらいの人だから親父にきつく当ったんじゃないかな。やれっちゅうて、金槌を持って大分箱を作らされたということはいってたね。お袋がよく僕や弟たちを連れて小野浜の工場へ行ったというんだけど、多分、その頃のことなんだろう。そういえば、夏の暑い日に祖父さんが工場の前かそれとも倉の前で大八車に腰をかけてお茶を飲んでいた、縮みのシャツに腹巻がけの恰好でね。これははっきり覚えている。それとこれも夏の思い出だけど、盆の附届けをいろんなところへ持って行くのにかんかん帽をかぶった親父が僕の手を引いて道を歩いているところも記憶に残っている。お袋にいわせると、うちの親父はその時分、工場を手伝いながら柔道の稽古に通っていたそうだ。蟹の春巻、海老とピーマンの二つの皿が運ばれて、卓上はいっぱいになった。太地はたまにちょっと箸を出すだけで、私と妻がせっせと食べるのだが、追いつかない。

「そのうちにグリーン・ティーの輸出は、静岡の清水の方に移ってしまったらしい。本を読んでみると」

それはいつごろ？　太地はノートを覗き込んで、清水の開港が明治四十二年、それ以後、神戸港におけるお茶の輸出というものは急激に振わなくなったというんだねといった。ところが鉄道が岡山の方まで開通して、麦稈が、麦藁帽とか茣蓙とかそういったものが輸出されるようになってから、祖父さんはそれを入れる箱も作り出した。箱ばっかりの箱屋さんだ。そんなことで小金を溜めて、いまの下山手通八丁目のところに土地を求め、家を建てた。家作も十軒あまり出来た。この家作は、慶応元年生れの祖母さんの才覚によるところが大きいそうだ。終戦の年の暮に急に亡くなったこの祖母さんがしっかり者で、うちの会計を預っていた。工場がうまく行っている頃から将来に備えて少しずつ家作を殖して行ったらしい。そういえば、学生時代の僕の小遣の出どころはこの祖母さんだったよ。

それから太地は、女姉妹三人の間に男の子ひとりで、身体が大きくて、小さい時分から近所の餓鬼大将であったお父さんが、柔道を習い始めた頃は二十二、三貫あり、いい先生のもとで可愛がられて力を伸ばしたこと、嫌々ながら働いていた工場をしまいにおっぽり出して祖父さんを歎かせはしたが、柔道では定評のある御影師範から招かれて師範となり、全国制覇を何度か果し、教え子の中から素晴しい柔道家を何人も出したこと、死ぬ前にこれらの教え子がみなで寄って八段を贈ってくれたこと、ほかに篠山の鳳鳴義塾、三田中学、報徳商業にも教えに行っていたが、自分の柔道は御影師範の頃がいちばん油が乗っていたといっていたこと、離れの裏手に二十畳か二十五畳かの町道場をこしらえて、小さな子供たち相手に柔道を教えるのを楽しみにしていたこと、ダンロップゴムに勤めている英国人、フランス汽船の支配人、アメリカ人の船員、ロシア人の貿易商など外国人も何人か習いに来ていたことを話した。

「僕が海軍へ入ったのをいちばん喜んだのはこの親父だね。とにかく、勇ましいことが好きなんだから。神戸で観艦式があった時も、とにかくその辺の水兵さんを七人くらい家へ連れて来るんだから。泊れといって」

いきなり連れて来られたんですかと妻。そうなんです。家へ上げて、泊って行けいうて、すき焼して一緒に酒飲んでわあわあやって。同じ軍艦の水兵さんが交替で来たんじゃないかと思うけど、二晩か三晩泊めた。小学校の四年ころだったろうと私。そう、神戸沖の観艦式の時だ。僕もそれは覚えてる。帝塚山の同級生のお父さんが自分の店の者と家族を連れて行くのに誘ってくれた。阪急の、あれは多分、岡本か六甲あたりじゃないかと思うけど、電車を降りて山の中腹の海を見下すあたりまで登った。

僕は軍艦に乗せて貰ったと太地。おそらく水兵さんの世話をしたので招待してくれたんだろう。神戸港から親父や弟と一緒にランチに乗って行った。そして夜はイルミネーションでどの軍艦も電気を煌々とつけた上にサーチライトだ。僕の家から何丁か上ったところに大倉山といって小高い丘がある。神戸港から大阪湾が一目で見渡せる。うちに泊っている水兵さんも一緒にみんなで行ったんだけど、きれいだったなあ。あれが何、あれが何といって教えてくれるんだ。僕がいまだにお召艦霧島のほかに那智、羽黒という名前を覚えているところを見ると、うちへ親父が連れて来た水兵さんはそのどれかに乗っていたのかも知れない。

とにかく親父はそういう勇ましいことが好きだった。今度の戦争当時だって輸送船で神戸から出る兵隊さんを連れて来て、泊らせた。これは陸軍で、バイアス湾に上陸した部隊だったと思う。僕が中学五年の時だ。そういうことをして家のことなんか考えないんだ。自分が柔道の師範をして貰って来る月給なんかは、殆ど小遣にしてたんじゃないかな。親父は気性も激しいし、一生柔道ばかりしていたような人間だけど、小鳥を飼うのが好きで、四十雀、山雀、頬白、目白なんか次から次へと餌づけしては育てていた。僕の小学校の頃だけど、そういう一面があった。それに非常に子煩悩だった。僕は一度も親父に殴られたことはないね。

次に太地は、家に安政四年生れの祖父さんと慶応元年生れの祖母さんがいて、二人とも長生きしたので、万事、昔風に季節ごとの行事、しきたりをきちんと守る方だったという話をした。二人とも行楽が好きで、春はお花見に弁当持って瓢箪に酒を入れて行く。祖父さんの愛用の瓢箪があって、いつもこれをさげて行く。魔法壜が出まわるようになっても、瓢箪を手放さなかった。祖母さんの好きなのは信玄袋とバスケット。お花見はどこへ？　須磨寺の境内の続きに大池というのがあって、そのぐるりの桜並木が神戸一の桜の名所。殊に夜桜が有名で、祖父さんも祖母さんもここの桜見物は毎年欠かしたことは無かった。それから摩耶山の麓の青谷（叔父さんがご存知だと思うんだけどと太地は妻の方を見て、いった）、ここの桜は古木が多くて、広さは須磨のようにはないけど、なかなか見事なものでした。

秋は紅葉。これは六甲の篠原から石屋川沿いに上ったところに一王山十善寺がある。阪急の六甲駅から歩いて行くと、途中に水車がいくつもある。ここのお寺の鐘を鳴らすと、僕が恐がって、早くあの鐘を黙らせてくれ（ここでみんな笑った）といって泣きわめいたという話をよくお袋から聞かされた。

続いて太地は、工場をしているので祖母さんもお袋も忙しい、そこで小さい頃は広島から来ていたねえや相手に過す日が多く、春秋の楠公さんのお祭りとか生田さんのお祭りにはこのねえやに手を引かれて行ったこと、家の前の通りは海から山への燕の通り道になっていて、夏になると玄関の土間の梁に毎年のように燕が巣を造り、店の間に坐った祖父さんとその巣に出入りする燕を見ながらいろいろ話をしたこと、おにやんまもよく飛んで来たこと、晩になると必ず家の前に夕涼みの縁台が出されたこと、正月には南京町へ爆竹を買いに行って、家の前の通りで弟や近所の友達と鳴らして遊んだこと、小さい爆竹をパチパチ、大きな音のするのをドンパチと呼び、ドンパチの方は缶詰の空缶をかぶせて火をつけると空高く舞い上ったことなど話した。私たちの一つ置いたうしろには、おばあさんを交えた、賑やかな家族連れが卓を囲んでいて、お母さーん、おいもー、おいも、おいもという男の子の声や（私たちの卓にもそのさつま芋の飴だきが来ていた）、ビールの追加をボーイさんに頼む声が聞えた。

このあと、クイラークーチへと話は移る。二月に中之島のホテルで会った時に話がちょっと出たが、外語の頃から太地が関心を持ち続けている英国の詩人、古典文学者である。

「一八六七年に神戸で開港式が行われたわけでしょう。クイラークーチは一八六三年にコーンウォールで生れているんだ」

コーンウォールで生れてるの？　うん。コーンウォールと聞くなり、つい私も妻も笑ったのはそれだけで一遍に親しみを覚えたからだが、その理由をいわないといけない。ワイルドの童話に「わがままな大男」というのがある。この大男はコーンウォールの鬼のところへ遊びに行ったきり、七年間帰らなかった。しまいに話の種も尽きたので戻ってみると、近所の子供たちが庭へ入り込んで楽しそうに遊んでいる。大男は怒って追い出し、高い塀をこしらえて入れないようにしてしまう。この友達の鬼のいるところがコーンウォール。つい百年くらい前までは英国でも全く未開の地方であったという。

「それじゃ、岩手の山奥かな」

と太地は私たちを笑わせてから、話を続けた。

コーンウォールの生れということと何らかの因果関係があるのかどうか、これは僕も分らないけど、あれは頑固な男であったらしい。しかも長生きしている。亡くなったのが一九四四年だ。それじゃ第二次大戦の終り近くまで？　そうなるね。彼はエドワード七世のために英文学を講じた功績をもってサーの称号を与えられた。自分はオックスフォードを出ているんだけどケンブリッジ大学の英文学教授になった。詩人というより文学批評の方でかなり重い地位にあったらしい。日本ではあまり知られていないけど。僕の女房の縁につながるのがいまスイスのＩＬＯに勤めていてね、それに頼んで'Q'の、クイラークーチの本、何でもいいから古本屋へ行って探してくれといって、五、六冊送って貰った。その時、彼の曰く、

「おじさん。どうしてこんな変てこりんなのが好きなんですか。いまどきクイラークーチなんていう人はおりませんよ」

僕は彼の詩を少し訳してみたけど、難しいや。古語を使っているし、ひねくれている。それにワーズワースとかああいった華やかな、楽しい詩じゃないんだ。とても僕には歯が立たない。それなら止めりゃいいのに、ご覧のようにこの年になってもいまだに'Q'、'Q'といってるんだから始末が悪いよ。いや、そんなことはないと私。

クイラークーチから外語の教室での授業の思い出へと移る。一年の時に上田さんの最初の授業で習ったフェローﾞ・トラヴェラーは面白かったな、僕はエッセイというのはああいうものだろうと思うねと太地はいい、こちらもそれに賛成したのだが、もう一つ印象に残っているのはドーバーのヒースと彼がいったのはよく分らない。それ、君の正月にくれた葉書にも書いてあったけど、誰のに出て来るのと聞くと、同じガーディナーだという。

「フェロー・トラヴェラーだけじゃなかった？」

「二、三篇あったと思うね。その中にドーバーのヒースのことを書いたのがあったように僕は

記憶してるんだけど。長い鎌を使って草刈りをする風景が。あるいは間違いかも知れない」

あの上田さんの教科書が残っていればいいんだけどねと私。僕は持っていたんだよ、戦争中にも焼けずにね。ところが新聞社っていうところは転勤があるんだ。東京から名古屋へ行く時に荷物を抜かれてね、その中に入っていた。惜しいなあ、それは。暗くなった海の上をさんふらわあ号がゆっくりと出て行く。それから吉本さんの授業でジャパン・クロニクルの論説を読まされたの、覚えてると私。覚えてる。あれは確か日曜版の論説特集じゃなかったかなと太地。難しかったな、あれ。いや、ほんとにあれには手こずったよ。『神戸外国人居留地』の土居晴夫氏の解説によると、英本国にも愛読者が多かったといわれるこのジャパン・クロニクル紙が廃刊になったのは昭和十七年一月三十一日だから、太地や私を含めてまだ散り散りばらばらになる前の私たちのクラスを苦しめた論説の載った号というのは、開港以来七十余年の歴史を神戸とともに歩んで来たこの英字新聞が幕を閉じるほんの少し前ということになる。

それから太地は、休講で空いた時間を持てあまして、近くの生国魂神社の境内へ入り込んでその高台から大阪の市内を眺めたり、時々は学校の小さな図書館の薄暗い机で時を過したこともあったといった。

暫く学生時代に観た欧州映画と主演の女優の話が続いたあと、それはそうといって太地がかたわらの鞄から大きな本を一冊取り出すと、これ、ご存知ないと尋ねた。『日本近代文学図録』。僕が有楽町時代、出版の方の副部長をしていた頃に手がけたものだといい、編集委員はこういう顔ぶれでと見せてくれる。部長が僕のところへ来て、売れんと思うけど、こういう本を作ろうというから、売れんとあきまへんでといった。しかし、作っておきさえすれば、資料として価値のある本になることは間違いないというので、うちで出した。その部長はこういう売れない本ばかり作った人でね。だけど僕はその男が好きで、彼が相談に来ると何でもやろうやろうといった。まだ生きておられる？　いや、亡くなりました。これ、本の写真が沢山入ってるんだけど、サイズによって菊判ならどう、四六判ならどうと寸法の指定をしないといけないから面倒でね。索引作るのにも苦労したんだ。

大きなその本と入れ替りに太地が、

「これがあなたに貰った」

と笑いながら取り出したのは、掌に載るくらいの、薄い『詩集夏花』。この前、中之島のホテルで会った時、彼から聞いてはいたものの、私も妻も思わず驚きの声を立てた。見返しの和紙の朱の上に墨で、太地一郎君　日軍ハワイ急襲の日に、として署名をしてある。挟んであった原稿用紙の手紙は？　ある。こっちは十二月十八日附になってるな、昭和十六年の。私が中学一年の時に国語を教わった伊東静雄の作品が立原道造、丸山薫ら四人と並んで入った『現代詩集』２（河出書房・昭和十五年）を本屋で見つけ、堺東の丘の上にある家を度々訪ねるようになったのは、この年の三月からであった。見せて貰うと、

「太地君。御活躍頼もしい。伊東先生の詩集に添えて僕の哀れな歌を送る。試験が済んでほっ

としている。大阪の連中、殆どすべて二月入隊と決まった。ではお元気で」

とある。これから海軍に入隊しようとしている友に、しかも米英両国との大きな戦争が始まった直後というのに、どういうつもりで「僕の哀れな歌」など見せようとしたのか、またその内容がいったいどんなものであったのかも覚えが無いが、そっちは出て来なかったというから有難い。

「それにしてもよく無くさずに持っていてくれたね」

「僕は六回くらい転勤してるからね、東京、名古屋、大阪と。その間、僕は持って歩いているんだ」

あなたにひとつお尋ねしたいと、本を鞄に仕舞った太地が改まった口調でいい出すから、何かと思ったら、僕らの卒業式はあった？　あったよ、クリスマス過ぎに。おれ、行ってない。だから卒業免状が無いんだよ。神戸の家へ送って来なかったの。来ない。もし来たら、親父が取ってくれている筈だしね。アルバムは？　それも無いんだ。おれ、ほんとに卒業してるのかなあ。私たちは笑った。カーテンを透してすっかり暗くなった海に燈が映って揺れるのが見える。どこかで胡弓を鳴らし始めた。

十四

勘定を済ませて戻って来た太地に妻と二人でお礼をいう。すると太地は、これお菓子ですけど帰りの汽車の中ででも召上って下さいとフロインドリーブの包紙の箱を取り出した。今日は休みなんで昨日買っておいたんだけど。御馳走になった上にお土産まで頂戴したのではと私。妻はフロインドリーブと耳に懐しい名前を聞いただけで喜んでいる。有難く頂くことにして、こちらは東京から持って来たウイスキーを太地に手渡した。

エレベーターに乗る前に三人でテラスへ出てみる。港の方を向いて、あそこに見えるのは船だと思うけど、貨物船か何かといいかけた太地が、ふとあたりの明るさに気が附いて、

「ああ、今日は満月かな」

なるほど満月だ。星も出ている。これがバンド、要するに海岸通ですよ。あれが郵船。それから向うに青とか赤とかくるくるまわってるでしょう。あれがオリエンタルホテルです。この辺が居留地の真ん真中ですよ、オリエンタルを中心にしてね。君の子供の頃はもう無くなっていたわけ。ええ、明治三十二年に終ったから。でも、居留地という言葉はまだ残ってたよ。居留地へ行こかあといって。暫く港と街の燈を眺めてから私たちはエレベーターで下におりた。

明海ビルを出て、人気のない通りを三人、靴音を響かせながら歩く。神戸なんて多少華やか

に見えるけど、一歩裏へ入ると田舎でねと太地。播磨路の加古川の近くに鶴林寺というお寺があってね、僕の好きな寺の一つなんだけど、この前、お彼岸の中日にふらっと行ったら、名物の植木市が出ていた。山茱萸《さんしゆゆ》、万作、白木蓮といった早春の花木を広い境内いっぱいに並べてね、それを近郷近在の農家の人が買って帰って庭へ植えるわけ。山茱萸とか万作というのは黄色い花でね。僕は山茱萸っていうの、知らないと私。かなり大きくなりますけど、黄色のきれいな花がいまちょうど咲いてます。もうそろそろ終りになるかな。それと万作ね。僕は万作も知らない。兄が庭へ植えたらと勧めてくれたんだけど、いまの家へ越した時に。そこまで手がまわらなかった。僕はいわゆる雑学事典で、そういうのは割に知ってるんだ。春の花は黄色のが多いですね、連翹とかと妻。

そんな話をするうちに音楽の聞える繁華街へ来た。今日、歩かれたかどうか知りませんが、元町よりもここの方が賑やかになったね、戦後はと太地。これは？　三宮センター街。元町がさびれたと叔父がいってたけど。確かにその通りなんだけど、老舗が多いせいだろうな、落着いた雰囲気は残っている。僕ら戦前の者は元ぶらといってたんだけど、鈴蘭燈があって、大体十一時ごろまでは歩いとったんです。この頃は店を閉めるのが早くなったね、どこも。

太地はどうやら阪急電車の乗場まで送ってくれるつもりらしく、歩かして悪いねといったり、またこれに懲りずに、電話一本頂いたらすぐ迎えに上りますから来て下さいといったりした。大阪まで帰らなくてはいけない二人だから、あまり遅くならないうちにと気を遣ってくれるのは分るが、こちらはまだ電車に乗りたくない。僕はちょっとウイスキーを飲みたいんだけど、どこか適当な店は無いだろうかというと、新聞社に出ている時は大阪でばかり飲んでいた太地は、どこも心当りが無いらしく、足らなかったかなあと済まなさそうにいう。いや、そうじゃない、このまま別れるのはちょっとね。大阪へ帰る前に一杯か二杯、飲みたいんだ。コーヒーじゃいかんかなあ。コーヒーは眠れないから。紅茶は？　ここは割にお菓子もおいしいしねというちにその店の前まで来たが、本日は終了しましたという札が出ている。そこで昼間、叔父夫婦と一緒の車でその前を通り過ぎたキングスアームスを思い出し、あそこはどうだろうというと、それじゃ行ってみましょうかと太地。で、早速、浜の方へと向きを変えてフラワーロードへ出、信号が赤になりかけるところを三人で駆けて渡った。

キングスアームスをご存知とはねと太地が笑いながらいうので、その訳を話す。結婚している長女の主人が横浜の会社に勤めていて、仕事で岡山とか広島へ出かける時に神戸を通る、前にその店へ行ったことのある友人に勧められてそこでローストビーフか何か食べたらしい。僕らが姪の結婚式で神戸へ行くと聞いて、名前を教えてくれた。昼間、探しながら行ったら、ちょうど店を閉めるところで、夕方の五時に開くという。トアロードをぶらぶら歩いて、もう一度出直して夕飯を食べた。それはいつ頃？　もう七、八年前になるかな。僕が戦後に行った時は、豪州兵の髭を生やした軍曹がいて、例のデイをダーイというオーストラリア訛りでしゃべるのに会ったりした。その時分は僕はまだ勤務がこっちだったから。

市役所の前を通り過ぎる。この前をどーんと突当ったところが神戸の税関、それを左へちょっと行ったあたりにうちの工場があった、小野浜のと太地。ここが東遊園地。外人クラブがそこにあってね。神戸一中、二中のラグビーの定期戦がいつもこのグラウンドであった。叔父さんなんかよく知ってると思うけど。(太地も二人の弟さんも神戸二中の出身であることは、二月に中之島のホテルで会った時に聞いた)

キングスアームスの重い木の扉を押して入ると、カウンターに黒人が三人、テーブルに若い男のおとなしい二人連れがいるだけ。日曜日のせいかひっそりしていた。入口に近いテーブルに坐る。僕はブラック・アンド・ホワイトがいいと太地はいい、それとチーズの盛合せを貰う。新聞社へ入って暫くはウイスキーが好きでね、しかもブラック・アンド・ホワイトしか飲まなかった。有楽町時分は銀座の或るバアにこれを預けておいて、友達と一緒に行ってはあれといってね。お前と行ったらうまいウイスキーを飲ますなあといわれて、それをまた得意がっていた。随分飲んでね、よく給料を前借りしたから女房も苦労したと思うよ。銀座のバアへ気安く行けるようなこっちは分際じゃないんだけど、そこは蛇の道はへびで安く飲める方法がある。たまたま戦前のよき時代の雰囲気を持った人がそこのマダムだったからね。殆ど毎晩のように出かけていた。あの頃が僕の第二の青春時代かな。

そのうち、新聞社へはどういうふうにして入ったのと聞く。僕はこの前もお話ししたように終戦の時は大和田の通信隊にいた。降伏式のあったミゾーリの連中が来ることになって、司令はお前は通訳が出来るからというので帰してくれない。あの辺の農家に僕は下宿していた。ミゾーリから来るのを迎えて最後の御奉公を済ましてから神戸へ帰った。強制疎開にかかって母屋は無くなっていたけど、離れの二階建の方に出入口をつけて親父とお袋と祖母さんが住んでいて、ほっとした。僕は十八年の五月にラバウルから大湊に移動した時、三日ばかり休暇が貰えたことがある。その時はまだ母屋は無事だった。ところが今度帰ってみると、取り毀して何も無くなったあとの空地が南瓜畑になっていて、鶏を何羽か飼っていた。離れの裏に親父の建てた平屋の町道場があって、そこも無事だった。神戸は無論、大きな空襲に何回も会っているんだけど、僕の家の一区画は焼けずに残っていた。親父の顔を見た時は本当に嬉しかったな。暫く呆然自失していたが、これからどうやって飯を食おうか、差当ってそれを考えなくてはいけない。そしたら或る会社のタイピストをしている女性が僕に英文毎日で人を募集していることを知らせてくれた。試験を受けに行ったら、四十人ぐらい来ていた。通ったのは三人。一人は一橋、あとの一人は独学で神戸のＹＭＣＡで勉強した人だった。筆記試験は簡単だったけど、面接の方がなかなかうるさかった。入れ替り立ち替り何やかや聞く。月給、いくら欲しいといわれて、僕は海軍で戦時手当を入れて百何十円貰っていましたといったら、そんなにやれないよという。あまり高くいったら入れてくれないと思って少な目にいったら、そんなにやれないよといわれたのには参ったよ。九十何円だったような気がする、最初に貰ったのは。それでも生活費の方が大きかった。月給はどんどん上げてくれるけど、足りない。僕が東京へ転勤になった二十六年ごろはまだきつかった。二十七、八年か三十年ごろじゃないかな、どうにか暮しが落着いたのは。テネシー・ワルツの曲が静かな店の中に流れる。

このあと、それぞれお子さんはと太地が尋ね、こちらは近くにいた長女の家族がつい先日、小田原の方へ引越したことや去年の秋に結婚した長男のことなどを話した。奥さんも三人のお子さんを育てられて大変でしたねと太地。僕には子供が無くて、甲子園の弟のところは娘と男の子がいる。その上の子がもう二十六か七で、僕は早く嫁にやらないといかんと弟にいつもいうんだけど、それをいうと機嫌悪いね。男親というのはよっぽど娘が可愛いんだね。お宅でもそうですかと太地が聞くから、僕は公平だったつもりだけどという。

水割りのお代りをする。黒人の三人連れが席を立って、ゆっくりと出て行った。今度は外語の一年の夏休みに西明石にいた小山という友達から泊りがけで来ないかと誘われ、ほかの二人(というのが、前にラグビーの語部対抗試合のところで名前の出た村木と松井であった)と一緒に三日間くらい泊めて貰って、釣りをしたり泳いだりしたことを私が話した。すると、小山は明石中学だと太地。おうちは何をしておられたの? 何かなあ、古い家でね。小山によく似た、いかにも温厚なお父さんがいた。勧めておられるようでもなかった。じゃあ、あの辺の旧家なんだろうな。

それから日米関係が険悪になったために、明治が大正に変って間の無い頃から三十年近く住み馴れた日本に別れを告げて帰国することになったグレン・ショウ先生を神戸の港に見送りに行った昭和十五年の秋の日の午後へと話は移った。僕はどういうわけか全く覚えてないんだよと太地。その前に阪急の六甲にあるショウさんのお宅へこれもクラスの何人かでお別れの挨拶に行ってるんだ。いや、それも知らないな。その時、短冊に俳句を書いてみんなにくれた。ああ、ショウさんは俳句が得意だったからね。僕のは「紀の川に鮎飛ぶ城は日に聳ゆ　尚紅蓮」。その短冊、いまもお宅にある？　ある。いつだったか家内が押入を片附けていたら袱紗箱の中から出て来た。神戸へ見送りに行ったのはそのあとだ。いや、この前、ちょっとその話が出たでしょう。僕はもう軍令部に取られたあとだから知らないといったんだけど、これは訂正しなくちゃいけない。三年の二学期かと思ったんだけど、二年だったんだね。あの時はもう一人のジョンズさんも帰国したんだ、ニュージーランドへと私。ジョンズさんは外語のほかに和歌山高商でも教えていたんじゃないかな。

ショウさんの船は？　クーリッジ号。じゃあ、プレジデント・ラインだ、鷲のマークが煙突に附いたね。第四突堤にいつも入っていたよと太地。そのクーリッジ号がゆっくりと時間をかけて沖まで行って、そこで向きを変えると一斉に燈がついた。日暮れ時で、少し寒かった。帰りにみんなで南京町の中国料理店へ行って二、三品取って食べた。神戸組が案内してくれた店でね、お酒も少し飲んだ。おれ、どうして見送りに行かなかったのかな。いま頃、そんなこといったって手遅れだけどと太地。そこへブルウ・カナリイの曲が鳴り出した。

それから太地は、甲子園の叔母の主人は郵船の機関長をしていて外国航路の乗組が多かったこと、叔母が随分可愛がってくれたので、上筒井にいた頃からまるで自分の家のように出入りしていたこと、宝塚へ連れて行ってくれたのもこの叔母であること、下山手小学校の頃、ブラジルへ向う移民船をよく見送りに行ったが、日の丸の小旗を持ってランチに乗り、「行け行け同朋海越えて、遠く南米ブラジルへ」と歌ったこと（太地は手を振ってその歌詞を二度、口遊んでみせた）、外語の一年か二年の頃に菊五郎劇団が来て、甲子園球場を野外劇場にして公演したことがあり、叔母がかぶりつきのいちばんいい席で観せてくれたのが病みつきになって、予備学生に入隊してからは、築地の海軍経理学校に近い歌舞伎座へ外出の日によく観に行ったことなどを話し続けた。

その間にカウンターから出て来たバーテンが、投げ矢遊びの壁との間にある古い、大きな柱時計の鎖を上げたりおろしたりしてねじを巻いた。給仕の女の子は観葉植物の鉢植に水をやり、布切れで葉を一枚ずつ拭いた。

十五

神戸から帰って間もなく芦屋の叔父から手紙が届いた。

昨日は御遠方の処御苦労さまでした。またその節は結構なお土産を頂き、且つまた種々と御配慮に預りまして、私の方では何一つ御接待も致さず誠に誠に申訳もなく恐縮でした。若し次回御出かけの御用があれば、私の方より舞子、須磨方面の海岸、史蹟へ御案内させて頂きたく御待ち致して居りますから、是非心おきなく御光来下さいますようお待ち申上げます。では乱筆乍ら御礼まで。

そのあと三、四日して太地一郎の手紙が着いた。四月五日附となっている。

先日はご夫妻でご来神頂きましたのに充分なおもてなしも出来ず、かえって結構なお土産を頂戴いたしまして恐縮しております。あれから一寸予定の小旅行を致しましたので、お礼の返事が遅れてしまいました。またその節、大兄のためのノートを用意するなどとえらそうなことを申しましたが、そんな大層なものでなく、お会いした時に話題に上った事柄に関聯して折にふれてちょっとした「メモ」をお送りしたいと思っております。何かの御参考にでもなれば幸いです。

大和の秋篠寺にはご承知のように有名な伎芸天がありますが、いまこの寺に白木蓮が満開で、金堂におのおのしずまる仏たちが何か花やいでおりました。白毫寺の椿も盛りで、新薬師寺からこの高円山の麓の寺への道はなかなかの風情があり、思いたって一日を歩いて来ました。その大和の田舎道でうぐいすの高音を聞きました。すっかり鳴き定まったさえずりは張りがあって、いよいよ春本番の到来を思わせるのに充分でした。そして桜があっという間に咲くことでしょう。末筆になりましたが、奥さまによろしくご鳳声下さい。

引続いて太地の葉書と芦屋の叔母の手紙が同じ日に着いた。

早速ながら本日、おこころづくしの品が届きました。ありがたく頂戴いたします。ささやかな料理を喜んで頂いて恐縮です。この次は広東料理でも用意いたしましょう。清明の季節です。万木の木の芽がさわやかに吹き出てまいります。何卒ご健勝でお過し下さい。御礼まで。

お心尽しの品とあるのは、私たちのために神戸の港を見下す旧居留地の東明閣においしい北京料理の卓を設けてもてなしてくれた太地へ心ばかりのお礼のしるしに送ったビスケットを指す。それをイギリスのものにしたのは、いまから四十一年前の四月、一年の最初の授業で主幹の吉本先生が、

“Up to mighty London came an Irish man one day.”

で始まる歌詞を黒板に書いてから、反らした胸のチョッキに右手の親指をかけた姿勢でティペラリーを歌うのを聞いた共通の思い出を持っているからであった。

叔母の手紙は、上天気に恵まれ、何もかも都合よく運んだ中でただひとつ六甲荘が日曜日と

重なって大混雑でゆっくりお話をする気分にもなれなくて申し訳なく思っていること、昼は大好物をおいしく御馳走になりお客様気分で甘えてしまったこと、次回は静かな舞子辺へ御案内したいと二人で話していること、頂戴したパパイヤは珍しいので、明日、豊中にいる子供が孫たちを連れて来る折に一緒に賞味するつもりでいま冷蔵庫に入れてあることなど書き綴ったあとに、芦屋の桜はここ二、三日が満開ですと附け加えてあった。

このあと私は、太地が海軍軍令部の嘱託になった時期について問合せの手紙を出したところ、折返し返事が来た。それによると、彼と同期の友人が書いた「ある情報士官の回想」の中に、海軍省は昭和十六年の九月に専門学校の学生を通信情報の要員として採用したとあるので、自分の場合も学校の夏休み中にそれぞれの調査を終って、英語部三年生の中から指名された者が派遣されて来た海軍少佐の口頭試問と軍医の身体検査を受けた上で、九月のはじめに霞ヶ関の海軍省に出頭し、直ちに軍令部嘱託として命じられた仕事に就いたのではないかと思うと書かれてあった。私が帝塚山の自宅で後に南方へ行った友人から私たちのクラスに起った変動について知らされたのは夏のいちばん暑い盛りであった記憶があり、面接から出発までにいくらも日にちが無かったとすれば、実際に軍令部に配属されたのはもう少し早かったのではないかという気がするのだが、いずれにせよ太地がほかの何名かの級友とともに私たちの前から突然姿を消したのは、三年の夏休み中であったことは間違いなさそうだ。

「……私は東京に縁故の者がいなかったので、差当って住むところが無く、当局の計らいで新橋土橋の近くにあった政友会本部（現在、東京電力の本社のビルがあるところです）が海軍省の分室となっていて、暫くそこで寝泊りしておりました。神戸の親許からのんびり外語へ通学していたのが、急転直下、思いもかけない生活に飛び込んだわけです。当直の陽気な小笠原兵曹と一緒に、夜になると折畳式の簡易ベッドで寝ていましたが、結構大都会の街の燈に親しみながら、毎朝、日比谷公園を抜けて霞ヶ関の海軍軍令部まで歩いて通いました。いつまでもそこに居据わるわけにゆかないので、伝手を頼りに渋谷の神泉の近くに下宿を見つけて移った次第です。ここは三業地の中にあった素人の家で、実直な勤め人の二階を一間借りていました。二月に中之島のホテルでお目にかかった折、お話ししましたように、場所が場所だけに手紙を受け取った神戸の家の者が心配して、父と祖母が日光見物を兼ねて様子を見に出て来たりしたことがありました。それでも恙なく、予備学生の試験に合格して十七年一月二十日、築地の海軍経理学校に入隊するまでここにおりました。街の桜が一遍に咲いて夜道にところどころ花明りがしていたのに、今日あたりはもう落花紛々です。イースターも終りましたが、日本の春は平和そのもののようです。なお別紙にまたメモを二つ三つお送りいたします」

前回の手紙に同封された「太地メモ」は、明治十一年ごろの神戸港における輸出入品に関するものであった。更に居留地に外国人がいて貿易の仕事をしていたので、明治の早い時期に洋服屋、食肉店、洋家具屋、洋菓子屋が店を開いたこと（その代表として明治三十年創立の元町通の風月堂、明治二十五年の明治屋神戸支店を挙げてあった）、外国人の洋風館は明治四十二年から大正七年ごろまでに北野町界隈を中心にして五百五十五軒を数えたことなどもしるされていた。今度のは太地の下山手小学校時代の思い出である。

小学校の同級生のなかに神戸の港の船を家にしている海上生活者の子がいて、何かにつけて学校を休みがちでした。子供ごころにも海の生活は大変なんだろうなあと思っていました。或る日、弁天浜でいつものように弟と遊んでいた時、ポンポン蒸気に引かれて行く船の上にその子が両親と一緒にいるのを見かけたことがあります。

やはりその頃かもう少し小さい時です。神戸の市電が下山手通の私の家の近くを走っていて、一番電車が朝のしじまを破ってやって来ると、決まって祖父が目を覚まして起き出したものです。私は「祖父さんの電車時計」といって皆を笑わせたことをふと思い出しました。

臨港線のこと。これは子供の頃、浜へ遊びに行くにはどうしても渡らねばならない線でした。踏切にはそれぞれ呼び名があるのです。第四突堤の外国船の船着場へ行く時に通るのは「税関の踏切」または「四突の踏切」といった具合です。――外人墓地踏切という名称があるとは知りませんでした。当時は東海道線が地上を走っておりましたから、そこを通るにも踏切があります。こちらは一番の踏切、二番の踏切などと呼んでいましたが、運の悪い日は先ず東海道線の踏切で待たされ、臨港線の踏切でまた待たされて、やっと浜に辿り着いたものでした。臨港線の汽車には、アメリカの西部の平原を走っていたような機関車の前に鐘（べル）が附いていて、通り過ぎながら騒々しい音をまき散らしましたが、それもいまは懐しい風景です。

ここで私たちが神戸から受け取ったもう一通の、予期しなかった便りについて報告しなくてはいけない。封筒の裏に郭ジェーンという名前を見出した時、すぐにそれが一昨年の四月下旬、二十年ぶりに妻とともに訪問した米国オハイオ州のケニオン・カレッジで一週間の短い滞在中に会った偉光の家族の方だと分った。私たちはカレッジの正式の主人役である古典科のウエバー助教授と邦子さん夫妻からピアース・ホールでの朝昼兼用の食事に誘われたのだが、その折、一緒に部厚い木のテーブルで話し合った学生の一人が神戸から来ている郭偉光であった。（彼は途中で私がまわした手帖に漢字で署名をした。ついでに英語の読みも添えてくれるように頼むと、WAIKONG KWOKと書き、あとでみんなに出身地も書くように頼むと、KOBEとしるした）

偉光は神戸っ子らしい明るさを持っていて、ピアース・ホールの玄関で私たちを迎えた時から別れるまで笑顔を絶やさず、こちらの話を面白そうに聞き入った。お父さんは香港生れの貿易商で、兄さんが前の年にケニオンを卒業している。物理を専攻する偉光は、空手部の選手で初段であった。

手紙を読んでみると、郭ジェーンさんは偉光のお母さんであった。ウエバーさんからの便りで、近く神戸へお出でになる由承りました。当地は一年後に迫ったポートアイランド博覧会を控えて活気づいております。日程が決まり次第お知らせ下さい。神戸の街を御案内したいと思います。なおアメリカに留学中の子供たちもそれぞれ元気に勉学に励んでおります故、他事ながら御安心下さい。ではお目にかかります日を楽しみにしております。あらましそのような内容の手紙であった。ただ、どうしてジェーンという名前になっているのか分らない。偉光がお父さんは香港の出身といった時、いまの中国でなくてイギリスの方のと附け足したことと何らかのつながりがあるのか。もしお母さんが英国人ならきっとウエバーさんは私たちに話している筈だし、偉光の顔だちにはどこにも混血児を思わせるものは無かった。ジェーンは洗礼名なのだろうか。郭さんの住所は生田区中山手通六丁目だから、太地のところからいくらも離れていない。

まだお目にかかったことの無い神戸の郭さんからの親切な手紙を読んで、私も妻も大喜びしたのはいうまでもない。いつも忙しい中から（邦子さんはコロンバスにある州の国際貿易事務所に勤めていた）ガンビア村の親しい友人たちの消息やカレッジの行事をその折々の自然の風物とともに伝えてくれるウエバーさん夫妻に、こちらもなるべく筆まめに身辺の出来事や自分の仕事の報告を怠らないようにしている。十二月に芦屋の叔父夫婦を訪ねた折、暖くなったら一緒に神戸へ出かけようと話したことも手紙の中に書いたに違いない。それですぐにウエバーさんは神戸の偉光の御両親に知らせてくれたのだろう。

何でも書き始めると余計な枝葉にまで入り込んでつい長くなってしまう私の癖で、多分、その手紙にまだどうなるか分らないが、二十年ぶりのガンビア訪問の記録を書き上げたあと（それはウエバーさん夫妻の助力なしには出来ない仕事であった）、今度は須磨で少年時代を送った叔父からいろんな思い出を聞かせて貰うつもりでいること、自分が子供の時分から親しみを抱いている神戸の街と六甲山に沿ってひろがるそのまわりの地域を主題にした小説を書くようになるかも知れないと書いたような気がする。

あるいは、亡くなった私の父が――大正六年に創立された帝塚山学院の校長をしていたことはウエバーさんは承知していた――欧米の教育視察のために日本郵船の香取丸で神戸の港を出帆したのが昭和二年（一九二七年）の四月であり、見送りの人たちに混って小学一年になったばかりの私は、船と岸壁とを結ぶ紙テープが雨に濡れて次々と切れ落ちるのを残念な気持で見つめていたこと、帰りに家族と親戚の者とで南京町の料理店へ行き、生れて初めて口にした中国料理の油と香辛料などの入り混った独特の匂いに驚いたこと、それが私にとって最初の、そうして忘れられない「神戸」であることを、私は書いたかも知れない。オハイオ州ガンビアで一年間を送ることに決まった私たちが小さな三人の子供を祖母の手に預けて、横浜の港をクリーブランド号でサンフランシスコへ向けて出帆したのは、ちょうどそれから三十年後の一九五七年であったことも。

おそらく私はウエバーさんに「仁川コロニー」についてもひとことくらい書いたのではない

だろうか。それは父が外遊から帰国して四年目の昭和六年八月に甲山の麓の仁川に開設され、第二次世界大戦のために閉鎖しないわけにゆかない状態になるまでの約十二年間、在校生ばかりでなく父兄、卒業生にまでひろく親しまれた帝塚山学院の林間学舎である。これをコロニー（植民地）と名づけたのは私の父だが、その意味とは別に明るくて快い語感、やわらかな響き、いい易さとでたちまちみんなは新しい名前に馴染んだ。いまになってみると、コロニーという英語がまるで「仁川コロニー」のために存在していたとさえ思えるほど、ぴったりしていた。換言すれば、その名前が約束する明るくて快いものの実質をコロニーでの生活が私たちに与えてくれたからこそ、馴染まずにはおられなかったといえるかも知れない。

まさかウエバーさんが神戸の郭さんに手紙を出すとは思っていなかったが、神奈川県にいる私たちの近況報告が米国オハイオ州のガンビア村にいる若いラテン語の先生のウエバーさん夫妻を通じて、ふたたび太平洋を越えて神戸の郭さんのもとに伝えられ、この嬉しい手紙となってこちらに戻って来たのに驚き、それがいかにも神戸らしいという気がした。

私は折返し郭ジェーンさん宛に返事を出した。先ず親切なお手紙を頂いた礼を述べた上で、芦屋の叔父夫婦と連れ立ってタクシーで神戸市内の見物をして帰宅したところ、留守中に手紙が着いていて、入れ違いになったのを大変残念に思っていること、ウエバーさん夫妻から去年の五月下旬、偉光さんの卒業式に出席するためにみなさんでガンビアへ行かれた折の様子を詳しく聞いていること（ウエバーさんは偉光の名前が出て来る日曜日のピアース・ホールのくだりが載った文芸雑誌をお父さんに見せたそうだ）、都合で次の神戸行きは六月になるが、お目にかかれる日をいまから楽しみにしていますというふうに書いた。

十六

ここで先ほどちょっと話の出た帝塚山学院の仁川コロニーについてもう少し詳しく紹介してみたい。昭和三十一年に刊行された『帝塚山学院四十年史』の中に「コロニー教育」なる一章が設けられている。（なお、これが出た時は私の父が亡くなってから六年たっており、外部から迎えられた人が二代目の院長に就任していた）その書出しは、「庄野院長は、欧米十八ヵ国教育視察の旅の途中、昭和二年七月二十九日に、独乙のベルリン郊外シャーロッテンブルグの森の学校を訪ねて、その実際をみ、さらに田園学塾運動展開の実情を詳しく知ることが出来た」となっている。以下、一九一九年に初めて数校に設けられたドイツの田園学塾が、年とともにその数を増し、父がベルリンに着く二年前の一九二五年には二十三校に達し、なお多くなりつつあったことや、生徒が本校から出かけるのは主に週末で、利用の時期は殆ど夏に限られていること、学塾に滞在することそのものが一つの授業であるという考えに立って運営されていることなどを紹介したあと、創立当初は一面の松林に囲まれていた帝塚山学院では、自然の恵みの中にあって教育を行うのを特色としていたが、年月たつうちにまわりに住宅が多くなり、現実はかけ離れたものとなって来ていた、大正六年の小学部設立の趣意書の中で、出来るかぎり本学院においては自然物を愛玩するの習慣を養成せしめ、この理想的環境を利用しようと思いますと書いた庄野院長にとってはまことに遺憾なことであった、そこへ田園学塾の実際を知る機会を得たと述べ、仁川コロニーが生れるまでの史的背景ともいうべきものを明らかにしている。

『十八ヶ国欧米の旅』(昭和三年四月・高橋南益社)によると、父が仁川コロニーの発想を得たシャーロッテンブルグの森の学校は広い松林の中にあり、朝はベルリン市内から先生が生徒を連れて来て、午前中は授業、午後は花園の手入れ、遊戯、水泳、ピンポンなどをして夕方六時に先生とともに帰宅するようになっている。仁川コロニーはそうではない。これを利用するのは小学部の三年以上と女学部の生徒で、コロニーでは三、四日、滞在するのが決まりであった。梅田から阪急電車に乗って西宮北口へ向う。ここで宝塚へ行く今津線に乗り換えるのだが、このあたりからいわば導入部の楽しさが始まる。次が門戸厄神。もんどやくじんという名前は、「厄神さん」に一度も参ったことのないわれわれにとっても何やら有難味のあるものに聞えた。

次は甲東園。ここまで来るともう仁川コロニーの玄関へ来たような気がする。昭和五十五年七月発行の(ということは神戸市内見物と太地一郎との二度目の会食から帰っていくらもたたない現在では、まだ出ていない)、古い、珍しい写真入りの『阪急電車駅めぐり――空から見た街と駅・神戸線の巻』(阪急電鉄広報課編)によると、甲東園という駅名は、明治二十九年、この甲東村に大阪の芝川又右衛門が開いた果樹園の名前に由来し、その広さはおよそ十町歩、園内には葡萄、夏蜜柑、桃、梅、梨、林檎、李、ネーブルなどがたわわに実っていたという。

——芦屋の叔父が大阪の靭から引越した須磨の海岸に大きな別荘がいくつも建っていて、その一軒が「芝川さん」であったことを思い出す。その時、私が父と親交のあった芝川又四郎という方がいますが、その方と関係のあるお家でしょうかと聞くと、叔父は確かなことは自分も知らないが、おそらくその芝川さんではないかと思うと答えた。

シャーロッテンブルグの赤松の林の中で先生たちの話を聞きながら、

「私が豫て考えていた森の学校をここで見たのである。郊外電車が発達したから、子供を一時に輸送して郊外で教育する必要がある。わが学院の如きもつまり森の学校であったのである」（『十八ヶ国欧米の旅』）

と考えた父にとってお誂え向きともいうべき敷地と建物を見つけてくれたのは、この甲東園に広大な果樹園を持っておられた芝川又四郎氏であった。この芝川さんは、父が外遊から帰った翌年の秋に、帝塚山学院の南側に幼稚園の敷地と建物を寄贈した方でもあるが、父のよき理解者であった。

戦争中に父がルース・リーフのノートにしるした自伝風の年譜（『庄野貞一先生追想録』昭和三十六年・帝塚山学院）によると、大正十一年（三十五歳）のところに、

「この頃、芝川氏とよく話が合い、互いに往来した」

とあり、夏休みには一緒に青島から大連へ旅行している。翌々年には神戸から船に乗って長崎を見物したあと、上海、杭州に遊んでいる。おそらく芝川さんはお父さんの又右衛門さんが甲東園と名づけたこの果樹園を引続き経営しておられたに違いない。それが父に幸いしたのである。

年譜の昭和六年（四十四歳）のところに、父は次のように書いている。

「芝川氏とよく交際して、芝蘭社家政学園を昭和三年より創設したが、次第に発展した。（註を加えると、これは父が新しい時代の花嫁学校の必要を説き、それに賛同した芝川さんが大阪東区のビルの中に開校したものである）丁度、仁川にある経営不振の女学校を、芝川氏の援助で買収して、それを仁川コロニーとし、八月の夏休みから児童生徒を宿泊させ訓練した。またその近くに小屋を建て、家族連れで暮した。仁川は非常に好きな土地として、庄野一家は勿論、学校の生徒も喜んでいた」

女学校とあるのは父の記憶違いで、銀星学院というカトリックの小学校であったらしい。小屋は組立式の簡単なもので、私たち家族のために芝川さんが果樹園にあったのを提供してくれたのであった。父はこれを「仁川コッテージ」と名づけた。

甲東園の次の仁川で電車をおり、滅多に水が流れているのを見たことの無い、河原だけのような川に沿って（もしそれが夏なら月見草がいっぱい見られる）少し上流へ行ったあたりで橋を渡り、住宅の間を左へ折れ、坂をおり切ったところに「仁川コロニー」の門がある。まわりは赤松の林で、少し足を伸ばせば水遊びの出来る仁川の峡谷がある。丘の方へゆるやかな坂道を上って行くと、赤い瓦屋根にクリーム色の壁の関西学院の校舎が見えて来る。そのうしろに甲山がどっしりと控えている。

もう一つ、仁川コロニーにとって幸運であったのは、管理人に松本さん夫妻というい人を得たことだ。小母さんの方はともかく、松本さんの方は既にかなりの年輩であった。当時、関西学院に在学中であった私の長兄は、ひそかに「コロ爺」「コロ婆」という愛称でこの穏やかで親身に生徒の世話を見てくれる夫妻を呼んでいたくらいだから。

松本さんは花崗岩質の砂地の校庭の一隅に掘った小さな池に鶩鳥を泳がせ、また山羊を飼った。コロニーの動物は次第に殖えて行ったが、いつも楽しそうに餌を与えている松本さんの風貌、動作にはどことなく西洋風のところがあり、ひょっとすると本当にどこかのコロニーで暮していた人ではないかと思えるほどだった。

小柄できびきびした物いいの小母さんは調理係で、一人の手伝いも置かずに一クラス三十五名の朝、昼、晩の食事を作っていた。このおかずと御飯のおいしかったことが、コロニー生活の何より大きな魅力であった。いったいどこでこんな腕を磨いたのだろう。夕食にはカツレツ、ビフテキ、海老フライなどに豆腐の入ったお澄しと上手に漬かった漬物が添えられるという献立が多かったが、朝御飯に出る味噌汁をいちばんの楽しみにしているという者も中にはいた。コロニーへ来たというだけの解放感でみなよくおなかを空かせた。空になったお櫃を持った食事当番が炊事室へ駆けて行くと、小母さんが喜んで大きな釜から御飯を追加してくれる。

私が小学校の生徒としてコロニー生活を経験したのは五年と六年の僅か二年間であったが、卒業して中学へ入ってからも夏休みによく泊りがけで行った。外語にいる時も行った。コロニーが開かれた最初からその場に居合せたので、自分は何もしない癖に開拓者の一人のような気持を持つようになったのだろう。

最初の年、キャンプよりも不便な「コッテージ暮し」に閉口した家族が大阪へ引きあげたあと、父に頼んでひとりだけ仁川へ行かせて貰い、一週間ばかり赤松の林の中で長兄と一緒に寝起きした。兄はそれまで水泳部の寮にいたのだが、いいものが出来たとばかりこの小屋を自分の書斎にしたのである。

兄が水泳部にいた関係で夏休み中にコロニーへ来た生徒はよく関西学院のプールを使わせて貰った。最初にここで泳いだのは六年生の男子だが、一緒について行った私は、みんながプールの縁で準備体操をしている時、太った、茶目気のある生徒をうしろからちょっと押した。彼はわざと大きな声を上げてプールへ落ちた。私は図書館の裏にある池で泳いだことも何度かある。

「戦争がはげしくなるにつれて、仁川コロニー行は段々困難になり、飼育している家畜類の飼料も入手しにくくなって来た。万事がコロニー経営にとって不都合な状勢になったのである。そこでコロニーは荒れて行った。熱心に管理を続けていた松本老夫妻が故郷に帰るのを最後として、備品一切を学院に移して、一時コロニーを放置するようになった。昭和十八年三月のことである」(『帝塚山学院四十年史』)
最後は十九年の六月一日に海軍予科練習生の集会所となって接収され、昭和六年以来、熱心に経営を続けて来た仁川コロニーはその幕を閉じた。
時計の針を逆に戻して、『十八ヶ国欧米の旅』から父が日本郵船香取丸で神戸港を出帆する前の、慌しかった日々を振り返ってみることにしたい。

四月八日。商船ビルの英国領事館へ行き旅券の裏書をもらい、郵船支店へ行き切符を買う。一等Cデッキ三十四号室Bパースで九百七十円であった。先日、二百五十円払ってあったから残金を支払った。

四月十二日。一寸学校へ行く。職員は見送りのための旗やら何やら忙しくしてくれている。感謝の外ない。不在中の事務の大要も既にそれぞれ依頼してあるので、津田氏を誘う。旅費は三井物産の信用状がよいというので、同伴して下さって三井物産へ行く。結局五百円は日本金で、残りは研究の結果ポンドにして二通の信用状にしてもらった。支局は門司、上海、香港、シンガポール、倫敦、ハンブルグ、巴里、紐育、シアトル、桑港などにある。正金銀行のよりも三井物産のがよいという話である。津田氏と小出画伯とロンドン屋で昼食の馳走になり、また津田氏の店へ行き、小出氏に私の顔のスケッチをしてもらう。これは外国で絵葉書にしたいためである。

ここに出て来る小出画伯とは、当時、大阪島之内に住んでおられた小出楢重氏を指す。大正十四年六月にまだ幼稚部と小学部しかなかった帝塚山学院に洋画部が設けられた時、父が小出画伯にお願いして指導に来て頂いて以来、おつき合いがあった。昭和二年の三月、前の年に開校された女学部の生徒の作品も含めて第一回の洋画展が開かれ、その後も恒例の行事となった。なお、『十八ヶ国欧米の旅』の汽車、劇場、美術館などの切符を組み合せた装幀は小出画伯を煩わせたものである。

——四月十三日。登校第一時に小学部女学部生徒と公堂にてしばしの別れを告げる。地図により大体の私の視察の方面と旅程とを話して聞かせ、不在中の勉強と健康とを祈った。そして生徒に何を見て来るべきかと質問すると、中々面白い註文がある。ピラミッド、倫敦塔、ウルワース・ビルヂング、地下鉄道、飛魚、エッフェル塔、アルプス、ナイアガラなど続々と希望がある、次で職員一同と会議室にて不在中の協力一致努力を信頼す。幼稚園でも別れを告げる。この時一寸涙ぐんだ様に思う。別れるということはつらいものである。それから学校を出て理事の宅などを順々に挨拶に廻り、二時頃帰宅。国からは父と義弟が来ている。次々と訪問者が見える。在阪の親類友人が来る。晩餐を共にする。あれこれしている内に、妻と散髪屋へ行ったのが十一時であった。ちゃんと荷物をこしらえて漸く床に入る。

こうして四月十四日の出発当日を迎える。校門の外に整列した児童の万歳の声に送られて帝塚山を出発した車が梅田駅に着くと、送庄野校長の大旗の翻る中に父兄、理事、知人が二百七十名前後、見送りに来てくれている。

——発車と共に万歳が湧く。児童も喉元裂けよと万歳を連呼する。車中には妻や子供や山本さんなど一団となってさんざめく。一応車中を廻って礼をいう。最後の車に行くと生徒ばかりで、総立ちで万歳である。

曇った空からは雨が落ち出した。六甲の麓の桜も今年は落着いた気持で見られぬ。間もなく岸壁に着き直ちに香取丸に乗船。見送りの大部分は司厨部同盟のため乗船出来ない。山本、森下理事を始め多数の人々が挨拶され、朝日毎日記者のインタービウや撮影がある。

テープが飛ぶ。猛者が私の代理に投げてくれる。理事の浅野氏の顔も見える。せっかく女学部と六年の生徒の投げるテープは雨に濡れて切れてしまう。幸い、酒の元気で涙は出ない。万歳につれて出帆。舷側にはランチに旗を立て小旗を揮って同僚達が見送ってくれる。ランチと交歓をする。それも春雨の中に相別れた。

この日の神戸港での出帆の模様を伝える作文の一つが『帝塚山学院四十年史』に収められているので、ついでに紹介したい。女学部二年生徒のものである。

見送人が船から出る合図のドラが、ひとしきり船の中に響き渡った。

「どうぞ、お身体をお大事に」

「おさわりありません様に」

見送りの人は、名残を惜しんで船からおりた。赤、黄、青、紫など色とりどりのテープが、船から栈橋からひかれる。私の心の綱、どうぞ切れません様に、どうぞ長く続きます様にとねがう。

ジャン、ジャン、ジャン。またドラが鳴る。出帆の合図である。島のような船が、汽笛と共に黒煙を吐きながら……。

「庄野先生万歳、万歳」

大浪のように起る。船は次第に栈橋から離れて行った。

『十八ヶ国欧米の旅』の七月二十四日のところに、前記の作文の掲載された「児童生活」第三十九号をベルリンの下宿で受け取った父が異郷にあって自分の学校の機関雑誌を読む感慨を書きとめている。

「特に私の出発見送りについての生徒の綴方が沢山出ている。非常に感激した。これほど真実こめて私の為に祈ってくれているのであるから、しっかり勉強して獲物を沢山持って帰らねばならない」

この「獲物」の中でいちばん歓迎され、成功を収めたものが「仁川コロニー」の開設であったことは、おそらく学院関係者の誰もが認めるところだろう。

ジャパン・クロニクル紙の創刊五十周年記念特別号である『神戸外国人居留地』によると、ヨーロッパから最初に神戸に入港した船は、ハンブルグから百三十二日間の長い航海の後、一八六八年十月九日(慶応四年八月二十四日)に到着した二本マストのドイツ帆船イリス号であったという。(私の父を乗せた香取丸は、イリス号入港から五十九年後に反対にヨーロッパへ向けて旅立ったわけだが、途中、上海、香港、シンガポール、コロンボ、アデン、カイロに寄港しながら目指すマルセーユに入港するまでにかかった日数は、そのほぼ三分の一に当る三十九日であった）外国との定期航路を初めて開いた船会社は、米国のパシフィック・メイルで、神戸開港の一八六七年の暮から二ヵ月に一回、旧型の外輪船コスタリカ号ともう一隻の船が交替でサンフランシスコ、神戸、上海間を横浜経由で結ぶようになる。お茶の輸出のところで私たちが初めて名前を知ったスミス・ベーカー商会が最初のうち代理店をしていたが、定期航路が始まる前に同社の神戸支店が開設される。

このパシフィック・メイルの上海・横浜航路に配船されていた外輪船五隻を購入してその業務を代行したのが、日本郵船の前身で明治八年（一八七五年）に創立された汽船会社三菱であり、この時、同社の神戸における代理人となり、三菱が合併して日本郵船となってから後も引続いて合せて二十年間も業務に従事したジャワ生れのオランダ人、フェルディナンド・プレートは、神戸に最も早く住みついた居留民の一人として第四部の「初期の居留民へのインタビュー」の始めに登場している。世界有数の船会社として知られるようになった日本郵船の草創期の功労者であり、引退に際して社長から立派な感謝状を受けたプレートは、それから二十年余り、冬は須磨、夏は有馬で悠々自適の生活を楽しみ、神戸近郊の山々についてこの人以上に豊富な経験と知識を持つ者は日本人にもいないだろうと、第四部の筆者と目されるロバート・ヤングは述べている。

プレートさんがオランダから長崎のアドリアン商会へ派遣された時、わざわざロンドンまでまわり道をして英国船を予約したという挿話は興味がある。日本までの長い航海中に英語しか話さない人々の中で暮せば、英語の力が大いに附くだろうと思ったからだが、彼がただ一人の乗客として便乗した有名なティー・クリッパー、三本マストの帆船ミン号は、航海中ずっと悪天候に祟られ、上海到着までに実に百五十三日を要した。(お茶を満載した帰りは福州からロンドンまで同じ航路を八十一日間で走破したというのに)これでは思うように英語の勉強も出来なかったに違いない。

十七

ロンドンから百五十三日もかかって上海に着いたプレートさんは、ここで三本マストの帆船ミン号のメルヴィル船長と乗組員に別れを告げ、今度はバーディス船長の汽船オーサカ号に乗り換え、一八六八年五月一日に長崎に到着する。アドリアン商会の船舶部門に二、三年勤めた後、同商会が解散したため暫く他の商社で仕事をしていたが、新しい港神戸に次の人生を賭けてみようと決心して一八七二年の秋に神戸に来た。

プレートさんはメサジェリー・マリティムの代理店レナード商会に就職する。メサジェリー・マリティムは神戸開港の頃、既に横浜に千八百トン級の汽船二隻を配船していたフランスの船会社で、香港から他の主要な航路の船に接続していた。はじめはアドリアン商会が神戸代理店であったが、レナード商会に代ったのである。『神戸外国人居留地』の第四部「初期の居留民へのインタビュー」の中でのプレートさんの回想によると、神戸での仕事はいつも多忙というわけではなかったそうだ。

「ただ週一度の郵便船が入港する前後に港が活気を見せるぐらいなもので、それ以外のときは、商売ものんびりしていた。そのため、レクリエーションを楽しむ機会が多く、冬の狩猟、夏のボート、各種の運動競技も盛んで、生田神社の東にある競馬場で催されるたまの競馬もいろどりをそえた。神戸の外国人社会はまだ規模も小さなものだっただけに、さまざまな国籍をもつ居留地の人々の人間関係は、非常に親密で申し分なかった」

オランダのフェルディナンド・プレートさんのように神戸に初めて住みついた外国人が、自分の仕事に精を出す一方、どんなに娯楽やスポーツに力を入れ、楽しんだかについては別の章に詳しくしるされている。隔月に一回届く郵便だけが彼等と海の向うの世界を結ぶ唯一のきずなであり、その郵便すら最初の頃は定期的に届くことは稀であったというから、淋しさを紛らせる気晴しは欠かせないものであり、それがまた国籍を越えてお互いの間に強い信頼と友情を生み出したに違いない。

神戸居留地で最初のクリケット競技が行われたのは一八六九年十月十六日であった。入港中の英国軍艦オーシャン号を迎えて神戸チームは一二一対一二八で大勝し、記念すべき第一戦を飾った。数日後のリターン・マッチで惜しくも敗れたのは、オーシャン号が英海軍の面目にかけて大いに奮起したからだろうか。神戸チームの選手の中には六甲山開拓の父で居留地百一番のグルーム、「ヒョーゴ・ニュース」のF・ウォルシュのほかW・G・ジョンソン、H・ルカス、ロバート・ヒューズらがいた。(このウォルシュは以前、「ナガサキ・タイムズ」という小さな新聞を発行していたが、長崎の将来に見切りをつけ、印刷所を神戸に移して「ヒョーゴ・ニュース」を買収し、それまでの謄写印刷とは見違えるような充実した紙面の新聞を作った人物)「彼らこそ自分たちのその後の人生を神戸に委ね、神戸と共に歩んだ人々である」

最初の試合から三日たった十月十九日に早くもクリケット・クラブ結成のための準備委員会が組織され、翌一八七〇年には同クラブが誕生する。やがて神戸・横浜両居留地対抗親睦試合が年中行事として両港で交互に開催されるようになるが、第一次世界大戦のため中断されたという。中学生の芦屋の叔父が東遊園地のグラウンドへ神戸クリケット・クラブと一中の野球の試合を応援に行ったのは明治四十年代の前半である。

「向うは年の行った人もみな入ってました」

と叔父はいうのだが、創立当時とは顔ぶれがすっかり入れ替っていたに違いない。「ヒョーゴ・ニュース」のウォルシュは一八八八年に引退して英国に帰ったとしるされている。

ここで神戸居留地とスポーツについて語る場合、真先に名前を挙げなくてはいけないアレキサンダー・キャメロン・シムが登場する。ジャパン・クロニクル紙の創刊五十周年記念特別号を編集したロバート・ヤングと同じスコットランドの生れで、一八六六年から香港に住み、当時、既にスポーツマンとして知られていた。化学者であり薬剤師であるシムが神戸へ来たのは一八七〇年で、居留地の十八番に商館を開いた。その顔写真が出ているが、面長で額がひろく、男らしい口髭を生やし（これはシムに限らなかったらしいが）、落ち窪んだまるい目と福耳の持主である。

シムは神戸へ来るなり、レガッタ・アンド・アスレチック・クラブの設立を提唱し、賛同する者が多く、一八七〇年（明治三年）九月二十三日にK・R・A・Cの名で知られるようになったクラブが発足する。彼は委員選挙で最高票を獲得したが、実際、期待に違わぬ活動をした。このK・R・A・Cが主催した事業や競技会、特に横浜・神戸対抗競技会、健全なレクリエーション愛好運動を推し進める上にシムが果した功績は、ひと口にはいえないくらい大きかったという。

そういった企画、運営に並々ならぬ力を発揮したばかりでなく、彼自身、ボート・レースを始め、殆どあらゆる競技に率先して出場し、目覚しい働きをしたであろうことは想像に難くない。ロバート・ヤングはシムのすぐれた運動能力を示すものとして一八七二年四月五日に行われた居留地と摩耶山頂往復マラソンを挙げている。これもK・R・A・C主催の大会であったが、参加したのはシムと、後に「ヒョーゴ・アンド・オーサカ・ヘラルド」に加わったA・H・ブラックウェルの二人だけ。走路の一部は非常に険しい上に、最後の区間には心臓破りの石段が二百六十段もある。スポーツマン揃いのクラブの人たちが尻込みしたのも無理はない。

「スタートは四時三〇分三〇秒、ランナーが石段の上に到着したのは、シムが五時二〇分三〇秒、ブラックウェルが同四五秒、帰路はシムが俄然優位にたち、五時五五分にゴール・インした」

急な上り坂を含めた八マイル半をシムは見事一時間二四分三〇秒で走り抜いた。一九〇〇年(明治三十三年)十一月に彼が死んだ後、多くの人が挑戦したにも拘らず、K・R・A・Cでいまだにシムの記録を破った者はいないという。ジャパン・クロニクル紙の特別号が発行された一九一八年(大正七年)現在の話であるが、四十六年間もその記録を破る者が出なかったわけで、これ一つを以てしてもシムがどんなに卓越した運動能力と堅忍不抜の闘志の持主であったかが分る。

一方、シムは公共のために尽すのを自分に課せられた義務と考えていた人であった。ロバート・ヤングは英国人のH・セント・ジョン・ブラウンとともにシムを三十年間の居留地会議の傑出したメンバーとして名前を挙げているが、それが決して母国を同じくする者の身贔屓でないのは、シムが亡くなって数ヵ月後に東遊園地の一隅に神戸、横浜、長崎にいる友人の手で彼の功績を讃える記念碑が建てられたことを見ても明らかである。これは神戸で外国人のために建てられた唯一の記念碑だという。

「初期の居留民へのインタビュー」の中で居留地の三十番に住んでいた英国人P・S・カベルドウは次のようにシムの思い出を語っている。

「私が神戸に来たころ、英国、米国、それぞれ鳶口と梯子の隊が附属する消防隊を持ち、火事が発生すると、競い合って火事場に向かい先陣争いをしていたものです。シム君は非常に熱心な男で、最初の警報が出ると直ちに駆けつけることができるように、いつもベッドのそばにズボンやヘルメットを用意していました。そのころ居留地には警官が八人ほどいて、火事が起きると彼らが警報を鳴らし、ほとんどの居留民が消火作業に出動したものです」

英国消防隊長として活躍したシムは、消火用の井戸を掘るのにも非凡な腕前を持っていた。最初、英国領事はE・C・カービイ氏に十八番の向いに井戸を掘る許可を与えたが、これは失敗に終った。シムが他の場所に掘ってみるとうまく行った。その後は彼に井戸掘りの許可が与えられ、現在の居留地の防火用の井戸は全部シムが掘ったというから驚く。一八九九年（明治三十二年）七月十七日、居留地が消防器具一式を添えて日本側に返還された際、火災保険会社はシムに対して長年の功労に報いるために金一封を贈ったが、彼はその翌年の十一月二十八日、六十歳で世を去るまで日本の名誉消防顧問を勤めた。

カベルドウさんはシムとはかなり親しくつき合っていたらしい。神戸へ来たのも同じ一八七〇年であった。翌年の夏に居留地の三十番で夫人が最初の赤ちゃんを出産した。インタビューでカベルドウさんはその話をした時、この子が神戸で生れた最初の外国人の赤ん坊の筈ですといったが、実際はその二年半ほど前にケネリー夫妻のところで生れたのが神戸生れの最初の外国人の赤ちゃんだとジャパン・クロニクル紙の記者はしるしている。

カベルドウ家で赤ちゃんの産声が聞えたその晩に神戸は津波に見舞われる。夜中の一時ごろに友人が来て、次の津波が来る恐れがあるからすぐに避難するようにと知らせてくれたので、二人は四十七番にいた夫人のお母さんと一緒に直ちに避難したそうだ。神戸、大阪間に就航していた（まだ鉄道が開通していない時である）二隻の小蒸気船がチャイナ・アンド・ジャパン貿易会社の敷地に、一隻の帆船がヒョーゴ・ホテルの近くの浜にそれぞれ打ち上げられ、高さ五フィートの大きな金庫がジョンソンの競馬場の外側からワイマークの店の近くまで流されて来るという被害が出た。（九十一番に建設中の家が吹き倒されたとあるから、地震ではなくて台風による高波であったと思われる）まだ三十そこそこのカベルドウさんと夫人にとって生涯忘れることの出来ない一夜となった。

「私たちの水泳場とボート小屋は古い桟橋が現在残っているところに設けられていて、泳いでいる外国人が誰にも邪魔されないように何年間も警察官が配置されていました。そこで最初に行われたボート競技は、スカル競技だったと思います。一八七一年でした。ヘンダーソン君、マクファーソン君、シム君などがこのレースに参加しましたが、ハンディなしで参加したシム君が、スタートこそ出おくれたが最後には見事に勝ちました」

みんな若かったのである。一八七一年にお母さんと一緒にエジプトから来て以来、四十六年間も神戸に住んでいるフランス人のJ・R・ドレッドウェル夫人の回想の中にも、一八九一年十月、岐阜の大地震が発生した時、シムが二、三の友人とともに被災地に赴き、罹災者への食料や衣料の配給に当ったという話が出て来る。

ところでシムが居留地の十八番に商館を開いたと聞けば、芦屋の叔父がメモ用紙を繰りながら語った、

「十八番いうのはラムネを製造したところです。球入れたラムネあったでしょう、昔。いまもありますけど。あれを日本で初めて製造したのが十八番の家です」

という言葉が思い出される。シムが作ったのだろうか。ここで一遍に夏の終りへ飛ぶのを許して頂いて、八月三十一日附の太地一郎の手紙に添えられたメモの一部を読んでみたい。(私たちはその間に梅雨も終りに近くなった神戸で太地と会い、夕方の東遊園地を一緒に散歩している)

「神戸は今日も雨が降りました。かなり強く降りました。これで四日間、連続して降りました。水害が起らなければよいがと心配しております」

という書出しの手紙である。

ふたたび、またシムのこと。

シムが人づき合いが良く、災害救助等を含めて社会奉仕をすることが出来たのは、勿論その人柄によるところが大きいのでしょうが、最近出た神戸の財界開拓者列伝の中にシムが入っていて、それによりますと、シムは居留地の十八番館に店を持ち、清涼飲料水のラムネを製造販売していたといいます。当時、これが内外人にたいへん好評で、シーム水、ラムネ十八番と呼ばれてよく売れたとのことで、かなりの財を成していたと想像出来ます。われわれの年代の者にとってラムネは懐しい飲物であり、興味を持った次第です。

これでシムが清涼飲料水の傑作ともいうべきラムネを最初に製造したことがはっきりした。太地のいう通りシムはこのラムネでかなりの財を成したと思われるが、金銭欲というのはあまり持ち合せていなかったようだ。カベルドウさんの回想の中にそれを実証する談話が出て来る。居留地の土地が殆ど値打がなく、ただ同然の時期があったらしい。

「たとえば、ボート小屋の敷地を持っていた人は、それを五〇〇〇円で売ろうとしました。私はシム君のところに出かけ、我々でそれを買おうじゃないかと勧めましたが、シム君はあまり乗気でなかったようです」

しかし、カベルドウさんがこの絶好の機会を逃がす手はあるまいと強調したので、シムはマクファーソンに会いに行き、資金調達が出来るかどうか相談を持ち込んだ。しかるに彼の返事は「そんなもの必要ないよ」であった。マクファーソンはボートの仲間だが、この人もシムと同じでお金のことに頭を使うのは嫌だったのだろう。半年先に本気でみんなが買う気になりかけた時は一万円の値が附き、結局、手に入れるには入れたものの一万五千円を支払わされたそうだ。このカベルドウさん自身も、六甲山がいまに保養と避暑の地としてきっと大開発されるとジャパン・クロニクル紙の記者に強調したが、彼がそこの土地を買ったというようなことは書かれていない。では六月の末になってやっと出かけることが出来た神戸で、私たちが初対面の郭さん夫妻とどのようにして会ったか、その報告に移ることにしよう。

十八

明け方、音を立てて雨が降っていたが、五時半に妻が起きた時は小降りになっていた。家を出る前、折畳みの傘にするかどうか少し迷って、結局、持ち馴れた竹の柄の傘をさして行くことにする。暑い日が二日も続いたあとで、汗をかかなくて助かるといって妻は喜んだ。

私たちの乗った列車が東京駅を発車した頃にまた勢いのよくなった雨が、静岡あたりへ来るまでに上って青空がひろがった。田植のあとの田に水が光って、稲の色が目に染みるようである。ところが名古屋の手前で空が暗くなり、雨が降り出した。十一時半ごろ、サンドイッチを一箱とコーヒーを二つ買って、サンドイッチは二人で分けて食べる。いつもは新大阪でおりるのだが、今日はこのまま乗って行く。郭さん夫妻が新神戸駅のフォームで私たちを待っていてくれるからだ。速達の手紙を受け取るなりすぐに電話をかけてくれたジェーンさんと三日前の午前中に打合せを済ませてある。向うに甲山が見えたと思ったら、武庫川の鉄橋を渡る。

新幹線で神戸まで行くのは初めてだなといったら、智ちゃんの結婚式の時に来ましたと妻がいう。ああ、そうだったか。ええ、あの時、新神戸でおりて、タクシーでオリエンタルホテルへ行ったんです。オリエンタルホテルに泊ったのは分っているが、新幹線で神戸まで行った方はきれいさっぱり忘れているから頼りない。あの時は午前中に式が六甲の教会であり、披露宴はオリエンタルホテルで行われたのだが、前の晩にキングスアームスの二階の小さな部屋で酒を飲みながら食事をしていると、隣の窓際のテーブルへあとから来て、ローストビーフのサンドイッチを食べながらおとなしく話し合っていた男女がいた。明くる日、その二人がホテルの宴会場の前で新郎と新婦の服装をして立っているのを見かけた時は驚いた。そんな思い出を妻と話しているうちに新神戸に着く。

ジェーンさんに聞かれて何号車ということは知らせてあった。フォームにおりると、私たちよりも年の若い、品のいい夫婦が寄り添うようにして立っていた。開襟シャツの上から背広を着た、日焼けした顔の郭さんにはじめましてと声をかけ、迎えに来て頂いたお礼を申し上げる。

次に焦茶のワンピースのよく似合うジェーンさんに、先日はお電話を頂いて有難うございましたという。それぞれ初対面の挨拶を交すと、郭さんと私、ジェーンさんと妻が肩を並べて話しながら階段をおりる。改札口を出て、車を停めてあるところまで行き（雨がほんの少し降っていた）、郭さんは私たちの荷物をトランクに入れてくれる。

「はじめにね、ちょっとお茶飲んでね、それから家へ行ってね、食事に行きましょう」

車が走り出すと、前の座席からこちらを振り向いてジェーンさんがいった。髪の左の耳の上に白い毛糸の小さな花を附けている。どうしてその花を附けているかという訳をあとでジェーンさんから聞くまでは、私は飾りの一種だと思い込んでいた。

「先生、今日は一日、時間あるのでしょう」

ええ、あとは何にもありません。すると、ジェーンさんはよかったわ、いまちょうど夏休みでウエイ・ミンがガンビアから帰ってるのといった。これは偉良と偉光の二人のお兄さんが卒業したケニオン・カレッジに目下、在学中の三男の偉明である。（私はあとで郭さんのお宅へ行ってから、ジェーンさんに頼んで四人の名前を英語と漢字の両方で手帖に書いて貰った。ウエバーさんと邦子さんは頭にアクセントを置いてワイ・コンさんと呼んでいたが、ジェーンさんはアクセントをあとの方に置いてウエイ・コンという）先日、ウエバーさんから受け取った手紙によると、神戸の親許へ帰る前に偉明は大事な荷物をウエバーさんの家へ預けに来たそうだ。

「私、神戸で生れて育ったけど」

とジェーンさんはまたこちらを振り向いていった。

「日本の学校へ行ってないの。それで日本語下手やしね」

いいえ、とてもお上手です。この前、電話を頂いた時、大らかな、明るいお声を伺って、今度、神戸でお目にかかるのが本当に楽しみだと家内と話していたんですよ。三月の末に頂いたお手紙は、あれもジェーンさんがお書きになったのですか。あれは知ってる人に書いて貰ったの。私、うまく書けないから、頼んだの。

車はやがて静かな通りに面した門の中へ入って行って停った。建物の正面に Kobe Regatta & Athletic Clubとある。これは嬉しい。スコットランド生れのシムが創設したK・R・A・Cへ神戸へ着くなり連れて来られるとは思いもしなかった。扉を押して入った玄関に何人もの名前が並んだ大きな掲示板のようなものが懸っている。帰りがけに郭さんが教えてくれたが、本年度のプレジデント以下、いろんな部門の役員で、スポーツ、レクリエーション、バアなどという文字が目にとまった。

ジェーンさんは廊下の右手の卓上で大型のノートに何やら書き入れる。これもあとで郭さんから聞いたのだが、私たちのようなゲストを連れて来た時は必ずその人の住所と名前、間柄を記入することになっている。会員は書かなくてもいいそうだ。赤い絨毯を敷いた階段を上ると、明るく静かな食堂の一隅では、大きな画面のテレビの前のソファーに四、五人集まって、ビールを前に置いてラグビーの中継放送を見ていた。よく分らないが、おそらくヴィデオで撮ったものを映写しているのではないだろうか。有名な五ヵ国対抗というのがあって、イングランド、スコットランド、ウェールズ、アイルランド、フランスの間で毎年、優勝を争う。その試合の一つかも知れないし、ニュージーランドや豪州が相手かも知れないが、観客席の様子からすると、英国の競技場のように思えた。途中でコマーシャルが入る。はじめは四、五人であったのが私たちが食堂を出る時には三倍くらいにふくれ上っていた。とにかく熱心に見ている。郭さんはK・R・A・Cはスポーツを目的にしたクラブで、神戸にあるもう一つの外国人のクラブは社交を目的にしたもの、いまテレビの放送を見ているのはラグビー部の選手でしょうという。

郭さんはテニス部に入っている。あとで建物の中をひとわたり案内してくれた時、二階の窓から道路を隔てた隣の敷地にかなり広いテニスコートが見えた。テニス部の者はクラブの定められた会費と別に年にいくらかお金を払うそうだ。また裏手には大きなグラウンドがあって、雨の中でサッカーの試合をしていた。水溜りが方々に出来ている。ここはK・R・A・Cのものではない。ラグビーのボールを持った人たちがいて、ラインを引いていたから、あとで試合があるのかも知れない。

最初、駅のフォームで挨拶が終るなりいちばんにお昼はとジェーンさんが尋ねたことを私は書き落していた。汽車の中で済ませましたからといったのだが、郭さんは昼御飯を一緒に食べるつもりでいるらしく、年輩の日本人の給仕の女の人から献立表を受け取ると、何がいいですかと聞いた。サンドイッチを食べましたから、僕らは紅茶か何かといいかけると、

「それならランチ、食べましょう。ここのランチ、軽いです」

心配ないというふうに郭さんがいい、ジェーンさんは、あまりおいしくないけどといってから、うしろの給仕の女の人と顔を見合せて笑った。で、勧められるままに一緒にランチを頂くことにした。先生、お酒は何がいいですか、ワインでも何でもとジェーンさん。昼ですからといったら、ちょっとはいいでしょうと郭さん。では、ドライ・シェリーを頂きます。

はじめにキャンベルの野菜スープとパン。牛肉の焼肉にカリフラワーとフライド・ポテト。ジェーンさんはパンが大好きで、本当はおいしいパンとバターがあればほかの料理は何も要らないくらい。パンを薄く切って、バターを厚く塗って食べる。ところが沢庵も好きだというから変っている。パン好きのジェーンさんと郭さんがここのパン、おいしいですというだけあって、うまい。肉も柔かくておいしい。

「パパはね、肉好きなの。それも脂の附いているのでないと嫌なのね」

ステーキならフィレよりもサーロインがいい。だからコレステロールが多い。中国の人は食物の関係でどうしても日本の人よりコレステロールが多くなる。野菜を食べさせなさいと医者にいわれて、毎朝、生野菜を食べている。マヨネーズもドレッシングもかけない。はじめはお箸で食べていたけど、この頃は手で持って(ジェーンさんはその真似をしてみせた)食べている。

鳥みたいですねと妻がいったので、みんな笑った。生野菜はお好きではないでしょうというと、はあ、あんまり、好きではないですと郭さんは笑いながら頷く。目鼻だちの大きな、福相な顔なので、こちらまでゆったりとした心持になる。

ラグビーの放送を見守っている人たちの間から声が起ったが、すぐにもとに戻った。食事をしているのは私たちのほかに一組いるだけで、食堂はひっそりしている。日曜日のいま時分は家庭にいる人の方が多いのだろう。会員はどのくらいですかと聞くと、三百人くらいといったのだろうか。郭さんは入会してから約十年になるそうだ。

食卓に着いて間もない時にジェーンさんがいった言葉も書きとめておかなくてはいけない。

「私たち、こんなオープンでしょう。そいで心配してたの。ウエバーさんから先生のこと聞いてたけど、お会いするまでどんな方かなあ思っててね」

今日は十五分前に駅へ行った。パパ、何のお話ししたらいいのかしらといったら、パパも、ビジネスの人なら僕、話しすることあるけど、そうでないから何話したらいいかなといった。日本の人は、年取った人は旦那さんが威張っていて、奥さんはうしろにいて何考えているのか分らない。若い人は反対に奥さんが威張っている。先生のとこ、日本人と違うみたい。私、嬉しいわ。

生れてからこの方、日本人と違うみたいといわれたのは初めてで、面喰わないわけにゆかないが、考えてみれば私たちが郭さん夫妻と会ってからまだ三十分とたっていない。しかもこんな率直な感想を聞かせてくれるのだから、嬉しいのはこちらの方だ。

郭さんは香港生れで、一九五一年に神戸に来て以来、貿易商をしている。輸入だけを取扱っていて、事務所はトアロードにある。先日、お父さんが亡くなられて、郭さんだけ香港へ帰っていた。(ジェーンさんは新神戸駅のフォームで会った時、妻にいちばんにそのことを話して、四月に私から受け取った手紙に次の神戸行きは六月になると書いてあったので心配していた、タイミングがよかった、先週だったら香港からパパが帰ったところで疲れていたし、その前だったらパパがいないしといった)一方、ジェーンさんは神戸生れ。両親は中国人だが、セント・メアリーズ・スクールへ通って英語とフランス語を子供の時分から習った。フランス語は学校を出たとたんに忘れてしまった。郭さんと結婚するまでは中国語は話せなかった。いまでは家にいる時、郭さんとは広東語で、四人の息子さんとは英語で話しているそうだ。

ジェーンさんの話す日本語は融通無碍というべきものであるが、英語の単語が挟まる時だけ英語の発音になる。極く自然にそうなる。ところが驚いたことにジェーンさんはクリスチャンとばかり思っていたら、そうではなくて天理教の信者で、毎月、天理まで行くそうだ。一方、郭さんは、

「私、何もありません」

という。私は郭さんが英国籍であり、子供をケニオンへ留学させているのだから、英国国教の流れを汲むエピスコパル教会に属している信者かと思っていた。

この上には体育館があって、偉光は須磨の高校へ行っている時分にそこで空手を習った。週に二回、先生が来る。偉明もここで習った。空手の練習をして、終る頃に私たちが来て、一緒

にここで食事をしていた。ケニオンではジョーダン学長が空手部の顧問になってくれている。ジェーンさんはそんな話をした。

食後の紅茶を飲みながら、これから神戸のどんなところを見たいかと聞かれ、三月に来た時、芦屋の叔父夫婦と観光タクシーで居留地跡、メリケン波止場、関帝廟（とそこまでいうと、ジェーンさんはその近くにうちがあるのといったので、線香の匂いのいいのに驚いたことを私たちは話した）、相楽園、異人館などを見物したことをいった。ほかにどこがあるだろうか。観光バスのパンフレットを叔父が送ってくれた時、港めぐりをして相楽園かどこかを見てから六甲へ行くのがあって（それは六甲と有馬を結ぶロープウエイに乗るようになっていた）、いつか先で叔父夫婦と行ってもいいなと考えたことを思い出した。もし遠出になっても構わなければ、雨の日の六甲を見たい気がする。六甲は遠いですかと聞くと、郭さんは、

「六甲、行こう」

といった。

ジェーンさんは給仕の持って来た伝票にサインし、私たちはご馳走さまでしたと礼をいって食卓を離れた。このあと、郭さんは、上、見ますかといい、もう一つ階段を上って、偉光と偉明が空手を習った体育館へ案内してくれた。女の子を交えた家族が一組だけバドミントンをしていた。バスケットのコートがある。右手の隅に昔、小学校にあったような肋木が並んでいるのが百年を越える歴史を持つクラブらしくて、趣がある。二階の高さに少し張り出したところ

があり、そこへ上って蛍光燈の修理をしていた若い男が二人、梯子を伝っておりて来た。ジェーンさんがその一人の名前を呼んで、何をしているのと英語でいった。男の人は笑って郭さん夫妻に声をかけた。私たちも時々、バドミントンをしに来るの、スポーツのクラブだからみんな気持のいい人ばかりとジェーンさんはいった。二階へおりて、バアを通り抜け（止り木に二人いたが、何を飲んでいるのか見なかったので分らない）、裏側の窓の方へ行った。ラグビーの放送は終って、さっき熱心に見ていた人たちがそのあたりにかたまって寛いでいた。

下へおりて、ジェーンさんは電話をかけに行った。家で待っている子供さんのことを気にしておられるようなので、六甲でなくてもいいからどこか近くにしましょうというと、迎えに行ったきり帰らないとどうしたのかと思うでしょう、それでかけただけで、二人とも勉強しているからいいんですとジェーンさんはいった。

郭さんにもう一度、あまり時間がかかってはいけないからといったが、都合悪かったら悪い、いいます、大丈夫ですというので、それに従うことにする。

ふたたび郭さんの車に乗って、クラブの外に出た。先にポートアイランドを見て、それから六甲行きましょうと郭さん。雨はかなり降っている。大橋を渡ると、いちばんに建設中のホテルが見える。神戸ポートピアホテル。

「煙突みたいなビルやね」

とジェーンさんがいう。確かにその通りだ。港やから船の煙突みたいにしてあるのか知らん。

あんな大きいビル作って、埋立地だったら沈んで行くのと違うの、パパ。みんな笑った。ほかに学校や病院や住宅なんかも建てているそうだ。

「私ね、先生、いつもパパのあとについて行くから、どこもひとりでよう行かないのよ。金魚のうんこみたいていわれるの」

いつかも誰かを案内して大阪へ行き、大阪城を見物したのはいいけど、広くて迷い子になりそうで怖かった、ひとりで行けるのは天理の教会だけ。

両側に躑躅《つつじ》や楠を植えた広い道路を走る。人影は見えず、車も走っていない。

「ここはコンテナを扱うの、日本でいちばん大きいです」

コンテナ、一遍見に行こかと郭さん。ジェーンさんがそんなものを見てもというふうにいうと、

「僕が見たいよ。僕、見たいから」

それでまた笑った。コンテナを積み上げてあるところへ来る。大阪商船三井船舶（それは結婚前に長女が勤めていた会社なので、私たちには懐しい名前だ）、ジャパン・ライン、N・Y・Kなどの名前が見える。博覧会は来年の三月からだが、コンテナの業務は大分前から始まっているらしい。そのうち道が二つに分れたところへ来た。

「どっち、行く」

郭さんはそういってから左へ曲った。分ってるの、パパとジェーンさん。

「分らないけど、これ、あるから」

道の横を走っているモノレールのような高架の線を見て、いった。(神戸市が博覧会のために開発した「ポートライナー」が三宮と島を結んでこの上を走るようになるのだが、それはモノレールでなくて、ゴムのタイヤのと郭さんはいった) これに沿って行けばまたもとへ出られる筈だという意味だが、前の方に一台、雨の中を車が走って行くのが見えた。

「僕だけぐるぐるしてない。よその車もぐるぐるしてる」

みんなまた笑った。郭さんはポートアイランドを離れる前に大橋のそばの公園へ連れて行ってくれた。雨ふりなのに少し人が来ている。橋の下のコンクリートの上で傘をひろげて弁当を食べているお母さんと二人の女の子もいた。雨がどこかから伝って落ちて来るらしく、水溜りが出来ている。

雨降って、子供、可哀そうやねとジェーンさん。花壇がある。白塗り二階建の異人館がある。おそらく北野町か山本通あたりにあったのを移したのだろう。(あとで案内書を見たら明治三十九年ごろの建物で、神戸市が譲り受けてここへ建てたそうだ。「みなと異人館」という名前が附けられている) 海を隔てて真向いに大きなクレーンがいくつも立っているのが見える。

大橋を渡ってもとの市街へ戻り、車は六甲へ向って走り出す。ジェーンさんは私たちの方を向いて話し出した。私は身体が弱かったので(腎臓を片方取った)、早く死ぬかも知れない。四人とも男の子だから、結婚してしまったらパパがひとりきりになって淋しくなる。そう思ってお父さん子に育てた。子供がアメリカから帰って来ると、シーツをかぶってお化けの恰好して走りまわったりしてパパにふざける。お隣の奥さんが、昨夜、お宅でパーティーあったんですかと聞くくらい。いま頃になって後悔してるの。あんまりパパとばっかり仲がいいから。

王子動物園の前を過ぎた頃、ずっと正面を向いたままでいた郭さんが、

「ちょっと天気、また明るなったみたいな」

といった。

十九

雨はどの辺で上ったのだろう。ポートアイランドをひとまわりしている間中、空は雲に覆われていて、こんなに早く止むとは誰も予想しなかった。郭さん夫妻と私たちを乗せた車が神戸大学の横を通り過ぎて、山の中腹の大きな団地の前へ来た頃には、空はすっかり明るくなっていた。ここは鶴甲団地。プール、あります、室内のプールですと郭さん。山道を上って行くと、六甲ケーブル駅の横へ出た。

「下はケーブル駅ですよ、六甲山行くの」

紫陽花が咲いている。妻がいうと、前の席のジェーンさんが、紫陽花がいちばん多いの、六甲の花ではと教えてくれる。大きな橋へ来る。

「この橋、有名いうてましたけどな。昔の神戸市長の設計らしいですよ」

郭さんはそういうと笑った。そうですかといいながら、こちらも笑い出す。郭さんのゆっくりとした物のいい方には、何ともいえぬ和やかさと愛敬がある。車は山の中へ入って行く。「カーブ多し」と書いた札が目にとまったが、なるほどその通りで、引っきりなしに右に左にと曲りながら山道を上って行く。

耳がちょっと変ね、窓開けた方がいいわ、パパとジェーンさん。三月に和田岬生れの運転手の車で諏訪山の展望台へ上った時、街からいきなり山道になるのに驚いたが、ここはあれよりもっと懐が深い。クサニイチバン、九百三十二・一メートルの主峰へ登って行く道だから無理もない。猪がいる筈ですね、こんな山だものと妻がいうのを聞いて、

「天気のいい日には沢山、人が登ります」

とジェーンさん。並んでるみたいに白い線の内側を歩いて行くの。そうですか。日曜日は特に多いですよと郭さん。神戸の人の山登り好きは承知しているつもりだが、大したものというほかない。滝がある。青葉を背にして白い花をいっぱい着けた木がある。不意に片側が開けて、遙か下に海と町が見え、思わず私たちは声を立てた。いつの間にこんな高いところまで上ったのだろう。

「あっちのトンネル行ったら、有馬です」

郭さんがそういって間もなく有料高速道路の入口に着いた。これからが表六甲線である。「六甲山頂方面濃霧注意」という電光文字が上のところに出ている。年を取った係の人から紙を貰っ

たジェーンさんが、可愛い声でありがとうといった。

走り出して暫くして、ひとりごとのように郭さんが、雨止んだねという。よかったねえとジェーンさん。よかったですね。ここから先もカーブの多い道で、どんどん山を登って行く。そのうち展望台のあるところまで来た。鉢巻展望台。寒いのでジェーンさんは残り、あとの三人は車から出たが、外は小雨が降っている。

「今日は特別寒いな」

と郭さん。マイクロバスで来た外国人の男女が十人くらい、元気のいい笑い声を立てながら下を見ている。ポートアイランドはと妻が聞くと、あっちの方です。それは右手の方、山に遮られて見えない。郭さんのお宅は？　こっちですよ。これも視野には入らない。

「ここは東の方でしょう。あっちが芦屋違うか」

ここは六甲の、いまの埋立地作ってますと郭さんが指したのが、ポートアイランドに引続いてもう一つ生れる六甲アイランド。こちらから橋が架っている。春の日差しの降り注ぐ諏訪山の展望台で運転手が私たちの注意をこちらの方角へ向けながらポートアイランドの一・五倍の規模だといったのを思い出す。まわりにいた外国人の一団が急にいなくなったと思ったら、みんなバスに乗り込んだあとで、一足先に出て行った。SEAMEN'S CLUB STELLA MARISと車体の横に書いてある。そういう外国船の船員のクラブが神戸にあるそうだ。郭さんにお礼をいって車に引返した。車は山頂へと向う。

六甲山ホテル。これは阪急の経営かなと郭さん。古い、落着いたホテルだ。前に紹介した『阪急電車駅めぐり・神戸線の巻』を見ると、郭さんのいった通りで、こんなふうに書いてある。大正九年の神戸線の開通で六甲に登山する者が多くなった。当時、登山には山駕籠が多く利用され、六甲駅には駕籠かきが集まっていた。大正十四年一月、摩耶ケーブルが開通し、六甲山遊歩の人は更に増えたので、阪急電鉄は六甲山に百人を収容する食堂と、洋室五、和室三、寝台十八を備えた「六甲倶楽部」を作った。この「六甲倶楽部」は、昭和四年七月に営業を開始した六甲山ホテルにその設備を引き継いだというのである。

次にゴルフ場の見えるところを通った。日本でいちばん古くのゴルフ場ですよと郭さん。明治三十六年に居留地百一番の英国人グルームが始めた神戸ゴルフ倶楽部だということは、春の市内遊覧の時に教わっている。郭さん、ゴルフはなさいますか。うん、やってます。ここは入ってないけど、三田の千刈カントリーと兵庫カントリーに入ってます。長いんですか。上手にならないけど長いのよとジェーンさん。長男が帰って来て、一緒に打ち放しに行くでしょう。そしたら主人がぶーぶーいうの、僕の分より飛ぶわいうて。やっぱり初めてでも若いから力が違うのね。すると郭さんは徐ろに、僕は遊びのゴルフだけですけどな、本当、身体のためのという。

六甲オリエンタルホテルの前で車を停めた。三階建のクリーム色の建物。ここでちょっと休みましょうかとジェーンさん。さっき沢山頂いたところですからといったが、お茶でも一杯、景色いいですよと郭さんも勧めてくれ、それに従う。二階の食堂は混んでいたので、小さなエレベーターでもう一階上って、バアへ入る。客は誰もいなくて、給仕がひとり手持無沙汰に立っていた。隣がグリルになっている。窓際の卓に坐ると、ロープウエイの乗場がすぐ目の前に見え、その向うは谷になっている。雨で見えない思ってたのにねとジェーンさん。六甲へ行くと決まった時から郭さん夫妻はここへ寄るつもりでいたようだ。

「煙出るところ、尼崎でしょうな」

と郭さん。それでいまの白いアパートみたいの、あそこは芦屋でしょう。すると妻は、あのあたりは全部埋立てたところで、小さい時、叔母の家から姉と一緒に泳ぎに行った時は海だったのという。厳密にいえば泳ぎに行く姉について行って、自分は浜で見ていたのだが、その浜も無くなった。

ここはお泊りになったことはと妻が聞くと、昔、まだ木造の時にと郭さん。よかったでしょうね。ジェーンさんのいうにはそれは長男の、いまカリフォルニア大学アーバイン校の大学院でアメリカ文学を勉強している偉良がおなかにいた時だそうだ。

「あんまり神戸暑いからいうてね、連れて来て貰ったの、泊りに。そしたら晩、寒くってねえ。毛糸のカーディガン着ないといけないくらい。戻ったらまた暑うてね」

ここも六甲山ホテルも七月、八月は部屋がなかなか取れないと郭さんがいう。それから、いま、ゆっくりと向うから戻って来るロープウエイに目をやって、それ、いまのロープウエイは有馬行きます。私たち、二人とも怖いんですよと妻がいうと、郭さんは穏やかな笑い声を立てる。ところがジェーンさんも高所恐怖症気味のわれわれの仲間らしく、あれだけは駄目です、あれね、マッチ箱みたいに見えるんですよ、下から見たらといった。有馬までどのくらいかかりますか。十二、三分くらいかかるんやないかと郭さん。そこへ給仕がトマト・ジュースとビール（私だけビールにした）を運んで来たので、郭さんが尋ねてみた。若い、おとなしい給仕は三十分もあれば行けるんじゃないかと思いますと答え、三十分もかかるのと郭さんは聞き直す。かかると思いますけど。毎日、こうして目の前にロープウエイの箱が谷の上を往きつ戻りつするのを眺めていても、休みの日にわざわざ出かける気にはならないだろう。自分で乗ってみたことは無いのかも知れない。

「ここ、歩いたら有馬まで行くの一時間ちょっとくらいよ」

給仕が行ってしまってから、郭さんがいった。足で歩いたらとおどけた口調のジェーンさん。あんた行ってないか。昔、行ったよ、僕。山道をずうっと僕、行った。何人かでですか。はい、会社の人と一緒で。あれはパパ、若かったとジェーンさん。二十年、いやもっと前のことでしょう。だからそんなに早く行けたのね。

会社ってどこかにお勤めになっていたのですか。自分の会社とジェーンさん。社員と一緒に行ったの、ハイキングに。会社の名前を尋ねると、郭さんは名刺を出して私に手渡した。こちらも自分のを渡した。あとで妻は、六甲の山の上の、窓際のテーブルで郭さんと私とが立ち上って恭々しく名刺を交換したところがとてもよかったといった。郭さんは総支配人である。社員は昔は五、六人くらいいたが、いまはもう人を使うのがだんだん難しい時代になったので、古くからの社員を二人残しているだけ。するとジェーンさんが笑いながら、私より古いの、三十年近く働いている人なのといった。輸入の仕事というのは人は沢山使わなくても済むのだそうだ。

会社はトアロードで、家は相楽園と関帝廟の間にある。いいところですねというと、ジェーンさんは、ちょうど中華同文学校の真ん前なの、それがうちは子供四人とも英語の学校へ入れたでしょう、いい辛くってといって笑った。(この英語の学校というのはあとになって分ったのだが、いま四番目の偉霖が通っている須磨のマリスト・ブラザーズ・インターナショナル・スクールである。カトリックの修道士が主に教えている学校で、アメリカには方々にあり、上海にもある。高校も大学もあるが、須磨のマリストは幼稚園からあり、郭さんのところは四歳になると順番にここへ入れた。ただし、生活に馴れるためにその前の半年間、華僑の幼稚園に通わせたという)

それからジェーンさんはいいお友達に恵まれて本当に仕合せなのといい、さっきの外人クラブにしても入りたくて入ったのではなかったというその訳を話してくれた。長男の一年生の時の受持の先生がお金持の奥さんで、子供も大きくなったので教えていた。旦那さんが英国人で、その弟が去年までK・R・A・Cの会長であった。将来、子供にプラスになるから入ったらいいといって推薦してくれた。主人はそれまで阪神ライオンズ・クラブに入っていた。それも友達から入りなさい、入りなさいといわれて、よく考えてみたらやっぱり人のため世話せないかんなあと思って入った。それで二つもクラブに入ってもと思ったけど、長男の受持だった先生だから入れて貰った。

「その先生とはいまでもお附合いしてます。いま、アメリカへ行ってるけど。お嬢ちゃん、みなアメリカの学校へ入れたから」

それからジェーンさんはどうして子供がケニオンへ行くようになったか、その訳も話してくれた。長男の偉良がヴァーモント州のミドルバリ・カレッジとケニオンの両方に奨学金附きで入学できることになった。どちらにするか迷って、ミドルバリへ行くことに決めた。本人がケニオンへ断りの手紙を出した。黙ってミドルバリに入学しても別に構わないところなのに、こうこういう訳で止めますということを書いた。するとケニオンでもそんな子は珍しいと思ったのか、奨学金を五百ドル多くするから是非入学しなさいといって来た。それも電報で来たから高校の先生がびっくりした。親身なところのある学校だというのは、それだけで分った。とはいうものの、誰ひとり身寄りのないオハイオの淋しい田舎へ子供をやる気にはとてもなれない。ジェーンさんは悩んだ。すると或る日、横浜から葉書が来た。あなたのお子さんがケニオンを志望しているが、いまちょうど夏休みで日本へ来たので、お目にかかって学校のことを説明したいと書いてある。とてもきれいな字で、それがウエバーさんだった。(きれいな字でしょう、几帳面なというと、郭さんは頷いて、物凄くきれいな字、印刷みたいのといった)電話番号も、いついつまでここにいるということもちゃんと書いてあった。びっくりしたジェーンさんはすぐに横浜へ電話をかけた。そうして家族全部で東京へ行って、ホテルでウエバーさん夫妻と会った。

「お互いに知らないでしょう。そいで今日、お宅と会うみたいにして初めてお会いして、一緒に食事したの。そしてケニオンはどういう学校いうこと説明してくれて、向うへ行ったらミラーさんいう先生に会いなさい。そこの住所も電話番号も頂いたの、ウエバーさんから。息子さん、ぜったい心配ありませんいわれてねえ、ほんとに仕合せやった」

ジェーンさんの声が弾んだ。そうでしょうね、どんなに安心なさったでしょうと私たち。ミラーさんというのは、ケニオンの物理科の主任教授を長年していた方である。親子ほども年の違うウエバーさんは、嘗てミラー家のグランドピアノのある部屋に週に一度集まっては演奏を楽しんでいた弦楽四重奏団の一員であった。ヴィオラがミラーさん、チェロがミラー夫人、第二ヴァイオリンが古典科の主任教授のマッコーラさん、そして第一ヴァイオリンがウエバーさんであった。そういえば私たちが一昨年の四月にガンビアへ行った時、三年生の偉光は、奥さんを亡くしていまはひとりきりになったミラー教授の家に住んでいるという話を邦子さんから聞いた。

「アメリカから来る時、ちゃんと住所書いて来て、そいで葉書くれたの。あとで聞いたら、彼女は里帰りがその時初めてなのね」

確かにジェーンさんのいう通り、何もかも運がよかったわけである。おそらくそれはハーヴァード大学を卒業したウエバーさんがカリフォルニア大学のバークレー校で博士の学位を取って、初めてケニオン・カレッジに赴任した日から二年たった時ではないかと思われる。

「そういう不思議なことって、よくあるのよ、私たち夫婦に」

だからウエバーさん夫妻とは沢山会ってはいないけど、昔から知っている人のような気がする。最初にそういう会い方をしたから。ガンビアへ行ったのは偉良が卒業した一九七七年。(私たちの二十年ぶりの訪問の前の年になるわけだ)家族全部で行って、卒業式のあと、レンタ・カーを借りて一ヵ月半か二ヵ月かかってアメリカ中ぐるぐるまわった。アリゾナやネバダの、全然人のいないところを車で走った。二度目が去年。その時も旅行したが、今度は偉光が免許を取っていたので、二人交替で運転した。前はパパひとりでえらかったが、この時は運転の好きな偉光が殆どひとりで引受けてくれたから楽だった。

それからジェーンさんは、アリゾナで誰もいないハイウエイを通っていたら、うしろからパトカーが追いついて、マイクで何かいっている、何いってるんだろうなあといいながらじっと見ていたら、どうやら私たちに向っていっていると分った(そこで郭さんが、ヘッドライトを日本なら遠くを照らすように上のをつけているが、アメリカのハイウエイでは地面を照らす下のをつけなくてはいけない、それを注意されたのだと説明してくれた)、あのパトカーがどこから出て来たのか分らない、きっと隠れてたんやねという話や、デトロイトには絶対に泊ってはいけない、素通りした方がいい、シカゴより怖いとみんなにいわれたが、それをいうのがオハイオのアメリカ人だという話や、ケニオンからパーデュー大学の大学院に行った偉光がどうして車をほしいほしいといい出したかというと、初めてシカゴからそこへ行くのに十八人乗りのプロペラ機に乗ったところ、激しい雷雨に会って一時間以上遅れ、このまま永久に地上におりられないかと思ったからだという話を次々と聞かせてくれた。楽しいお茶の時間を終って私たちは六甲オリエンタルホテルを後にした。

二十

車を走らせながら郭さんは、いちばん高いは上ですけど、今日はこんな天気であんまり見えないけどな、上へ上るかなと聞いた。いえ、結構です、どうぞこのまま下りて下さいとお願いする。下見るんやったら却ってこっちの方がきれいですと郭さん。ところが間もなく通行禁止の札が出ていて、道は行き止りになった。どうしたんだろう。引返すよりほかない。

「おかしい思うた、パパ。誰も来えへん」

ジェーンさんがいったので笑い出す。いつもこれで行ってるもんと郭さん。それでまた笑う。これを進んで行くと六甲の山の上をひとまわりして、もと来た道へ出る。あと戻りしても一向に差支えないわけだ。やっぱり雨の崖、までいって郭さんがつかえると、崖崩れとジェーンさん。昨日の晩、物凄く降ってたんですよ。そうですか。それが少し遅れて東京へ来たんですね。明日は天気よくなるよと郭さん。

裏六甲ドライブウエイに入る。海の見える表六甲もいいが、こちらもいい。山の間から霧が流れる。紫陽花が咲いているのを郭さんが教えてくれる。鳥が鳴いている。あの木、何ていうのかしら。私、あの木好きやわ。ジェーンさんは向うの斜面に同じかたちをして並んでいる木を見ながらいう。杉でしょうねと私。

ジェーンさんの話。私は結婚するまで中国語がしゃべれなかった。日本語と英語しか話せない。両親のしゃべるのを聞く分には分る。それで主人も下手な日本語を一生懸命しゃべってくれた。結婚したとたんに日本語しゃべらない。自分がしゃべったら私がいつまでたっても中国語を覚えようとしないから。それでやっとしゃべれるようになった。

だから子供は学校へまだ行かないうちに夏になったら必ず香港へ連れて帰って中国語を覚えさせた。小さい時分だと月謝もそんなに要らないし、覚えるのも早いから。向うのパパの両親の家に泊って、メイドさんがちゃんとみてくれる。こっちも休みのつもりで帰っていた。偉光もはじめは日本語しかしゃべれなかった。偉光が生れた時、年子だったので、ずっと附き切りの日本人のメイドさんがいた。ところが香港で一月ちょっと住んで、こっちへ連れて帰ったら、迎えに来たメイドさんを「アソーチェ」と呼んだ。こちらのメイドさんは加藤さん。アソーチェは香港のメイドさん。そしたらこっちの加藤さんは泣き出した、可愛がっていたから。しゃべるのは広東語で、日本語は全然しゃべれなくなった。日本語に戻るのにやっぱり一ヵ月かかった。そうしたら今度は日本語ばっかり。

或る年の夏、香港から帰りの英国船ヒマラヤ号でこんなことがあった。食事に行く間、子供四人を部屋へ置いていた。ボーイさんが来て、早よ来て頂戴、お宅の坊や残酷なことしてますという。おちびちゃん（偉霖）が一歳で、赤ん坊のベッドに寝かせてあった。あんまり泣くので長男がその時、九つくらいだったが、自分でおんぶしてあやすつもりで、おんぶ紐を出して背負おうとした。そこをボーイさんが見て、赤ん坊を紐で縛りつけていると思った。

そんな思い出話を聞くうちに有料高速道路を離れて（ジェーンさんは料金所でお金を渡す時も優しい声で済みませんといった）、田圃に沿った静かな往還へ出た。まわりは低い山。有馬街道ですと郭さん。農家が見える。

「パパ、ちゃんばら映画みてるとよく出て来るね、何街道いうて」

日が差して来る。花山という小さな駅。これは神戸電鉄有馬線で、新開地と有馬温泉を結んでいる。左手を小川が流れている。神戸もひとつ裏へ入ると田舎でねと太地一郎がいっていたのを思い出す。そのうちトンネルの入口へ来る。新神戸トンネルだ。

「神戸のトンネル、有名ですよ。表六甲行って、裏六甲行って、トンネル通って帰るつもり。有名らしいですよ」

とはじめに郭さんがあらましの道順を私たちに話してくれたが、そのトンネルへ来た。これを抜けると郭さん夫妻がフォームまで私たちを迎えに来てくれた新神戸駅のすぐそばへ出る。あとで地図を見たら、再度山の中を一直線に通り抜ける恰好になっている。

「ちょっと遠まわりするけど、その長いトンネル、先生に見せたいから」

とジェーンさんがいっていたが、なるほどこれは長い。走り出してからかなりたったのに、出口らしいものは見えない。ほんとに長いトンネルと妻がいったら、七キロですと郭さん。

大方出口に近いあたりに水汲み場がある。それは布引の山の水で、自由にいくら取ってもいい。よく車が停って水を入れ物に入れて持って帰っている。そうですか。おいしいでしょうね。おいしい水です、本当の山の水だから。そんな話をしていたら、郭さんが、あそこといった。左手の壁の手前に車が一台停って、若い夫婦者と連れの男が外に出ている。

「これは本当の、布引の水。いまの船行くのはこの水です」

そうですか。本当の神戸水です。われわれ、いま飲まれないのはこの水です。それでみんな笑った。夫婦者とその連れの男は生ビールの樽のようなものに水を詰めてはせっせと車のトランクに運んでいる。

「いまの人、ミネラル・ウォーター作るのと違う」

走り出してからジェーンさんがいったので、また笑った。遠まわりして連れて来て頂いたお蔭で珍しいものを見物できたと喜ぶ。そのうちやっと先の方に出口が小さく見えて来た。新神戸トンネルを出て、K・R・A・Cの入会手続きの話を聞かせて貰っているうちに車は中山手の静かな通りへ来て、クリーム色に塗った二階建の家の前で停った。ここがうちとジェーンさん。いいドライブをさせて頂いて有難うございますとお礼を申し上げて車をおりる。折鶴蘭に似た鉢植がいくつか置かれた玄関から茶色のピアノとソファーのある居間に通されると、留守をしていた偉明と再来年、ケニオンに入学することになっている偉霖が出て来て、挨拶をした。隣は絨毯を敷いた和室になっている。壁に絵が懸っていて、紅葉した木の並んだ道に見覚えがある。これはどこのと郭さんに尋ねたら、ケニオンのといった。ミドル・パスですね。オールド・ケニオンからバクスレー・ホールまでガンビアを南北に貫いている楓の並木道である。以前、ジェーンさんと一緒に油絵を習いに行っていた偉霖が絵葉書の写真を見て描いたのだそうだ。もう一つ、男の子と女の子が野原で遊んでいる童話風の絵が懸っている。こちらは、

「家内がかいた」

郭さんはちょっとはにかんでいった。ジェーンさんは何を飲みますかと聞き（その前に冷たい麦茶を出してくれた）、ヴェルモットを頂く。ソーダは？　いえ、そのままで。家族の写真がある。若い郭さんとジェーンさんの写真は結婚式の時に写したものだ。或る時、パパの友達が遊びに来て（それは偉光が三つくらいの時だった）、花婿と花嫁の写真に見入り、いやあ、きれいに写ってるねといった。偉光はそばで見ていて、

「ぼく、二階で昼寝してた」

といった。自分が写っていないので、そういった。小さい時分からそんな面白いことをいう子なのとジェーンさん。その偉光がこの前、京都で開かれた学会で六分間の研究発表をしたというので、私も妻もびっくりした。パーデュー大学へ行く前の年、ケニオンで一年間、指導を

受けた教授が一緒に連れて来てくれたのだが、自分は発表しないで偉光に機会を与えてくれた。写真を見せて貰うと、なるほど偉光がみんなの前で話している。第十六回国際宇宙線会議と英語で書かれたのが正面に懸っている。ジェーンさんは、老眼やから見えへん、偉明、読んでくれるといった。「彼は立派に見える」と私が英語でいうと、ケニオンで会った時、ルンペンみたいな恰好をしてたでしょうとジェーンさん。神戸へ帰って来て、そんな恰好されたら困るから。

次にジェーンさんが持って来た名簿のようなものを開いて、フィリップ・ジョーダンの名前を見せる。「それはプレジデントの名前でしょう」と英語でジェーンさんがいう。ガンビアのケニオン・カレッジが空手の会のオハイオ支部になっている。偉明が、去年、そうなったという。コロンバスやクリーブランドをさしおいてねと驚く。「ジャパニーズ・テーブル」はウエバーさん夫妻を中心にした日本語の勉強会だが、あれはまだ続いていますかと聞くと、いまは開かれていないという。

「話によるとね、偉光が行くと日本語しゃべらずにずっと英語しゃべってたから叱られた。ジャパニーズ・テーブルにならへんいって」

と偉明。

ウエバーさんからこの間来た手紙に、あなたが夏休みに帰る前に大事な物を預けに来たと書いてあったけど、大事な物って何？　ステレオと枕。これでまた笑い出す。なるほど枕が無くなったら困るだろう。ジェーンさんのいうには、偉良がケニオンに入学して以来、休暇で神戸へ帰る前にウエバー先生の家へ何かしら大事な物を預って貰いに行く習慣が続いているのだそうだ。ピアース・ホールの食事に飽きると、偉光がウエバーさんのところへ来る。邦子さんはお握りか何かこしらえて食べさせる。そんな話をこの前、ガンビアへ行った時に聞いた。実際、ウエバーさん夫妻がいるというだけで三人ともどれだけ心丈夫であったか、私たちにも想像がつく。

偉明が自分の寮からステレオと枕を持って出かけたウエバーさんの家は、ガンビアの新しい住宅区域となりつつあるココーシング川に近い林の中に一年半近くかかって去年の十二月ごろ完成した。(十二月ごろというのは、あまりに工事が長引いたために立退き期限に間に合わず、まだ大工が入っている家へ引越して行ったからで、あとの方はやっと引越したんですねと人にいわれて、「前の家を出たのは確かだけど、新しい家に入ったという気はしない」という状態であったからだ) きれいに出来上ったでしょうねと私。凄くきれい、中も真白と偉明。そうらしいですね。すると、偉光、アルバイトでペンキ塗りに行ってたのよとジェーンさん。アルバイトのペンキ行ったいうた、偉光、四、五人でと笑いながら郭さん。冬の間は大工さんは殆ど来ないんだそうです、雪で仕事にならないからと妻。去年、行った時、ウエバーさんが今度来たら私のうちで泊ってねいったの、家が出来たらみんなそこら辺で寝られるからってとジェーンさん。

それから偉光はコロンバスにある中国料理店は全部知っていたという話になる。去年、卒業式に出席するために郭さん一家がガンビアに着いた晩、早速、連れて行った。割にきれいな店だった。そしたら、ここのコックさん、僕と同じ名前で偉光よといった。（それでみんな笑った）もう一つのレストランに行った。店の主人がパパが日本から来たというのを聞いて会いたいという。親戚を探してほしいといって手紙を頼まれて持って帰った。いまはインディアナ州にいる偉光は、まだ一回か二回だけだが、大学のある町から車を二時間運転してシカゴの中国人街へ食べに行くそうだ。そこで私たちが最初にアメリカへ行った時、大陸横断の汽車の旅の途中でシカゴに着き、いちばんに行ったのが中国人街であったという話をする。醬油を買いに入った店で、あるかと聞くとあるという。日本の醬油のようかといったら、日本のよりもっと上等だといって缶入りのを出して来た。サンフランシスコで買った米とシカゴで買った醬油を重いのを少しも苦にせずにさげて行った。そうしたら人口六百人のガンビアで食料品店に米も醬油も売っていた。それでみんな笑った。

うちの長男はニューヨークから電気釜抱えて行ったのとジェーンさん。そしたら飛行場で爆弾や思われて、抱えて入ったらいけないいわれた。向うの人、お米食べないからね。ニューヨークに主人の昔の同級生がいて、その人がガンビアまで連れて行ってくれた。鞄の中開けて説明しても、抱えて入ったらいけない、こっちで預りますという。コロンバスでレンタ・カー借りてガンビアへ行くのに、看板が小さいので、うっかり通り過ぎてしまった。（この看板というのはガンビアの入口にあるGAMBIER・HOME OF KENYON COLLEGEと書かれたものを指す）夕方で暗いところへ大雨が降っていたので、分らなかった。行っても行っても農場ばかりで、しまいに偉良が僕の学校無いよーといった。やっとケニオンに辿り着いて、手続きも済ませ、ニューヨークから連れて来てくれたパパの友達が帰る時、長男の目、潤んでたやろね。ここへひとり置いて行かれるのか思うて。小父ちゃん帰るよいうて、その人、別れたけど、帰りにまた迷い子になった。往きがけに道を覚えないでケニオンの看板ばかり探してたから。

そのうち郭さんとジェーンさんが広東語でちょっと話してから、肉は鉄板焼がいいか、普通のステーキがいいかと私に尋ねた。私は鉄板焼を希望した。ジェーンさんもその方が気楽でいいといい、郭さんに店に電話をかけて予約してくれるように頼んだ。ジェーンさんにお願いして四人の子供さんとそれぞれの学校の名前を手帖に書いて貰ったのは、郭さんが電話をかけに隣の部屋へ行ったあとであった。

「老眼で見えないのよ。勘で書いてるの」

といいながらジェーンさんは床に膝を着いた姿勢で長男の偉良から順番に書いてくれた。三十八から老眼の眼鏡かけてるの。私の母は七十二で同じ眼鏡かけてるの。ジェーンさんは着替えをしに二階へ行った偉明と偉霖をよく徹る声で呼んで綴りを確かめ、それを口遊《くちずさ》むようにして書く。

間もなくシャツとズボンを替えた無口な偉霖がおりて来ると、ウエイ・ラムと呼んで、

「ちゃんと書いとう、ママ。見て頂戴」

といった。私はお礼をいって手帖を受け取った。ジェーンさんはよく見えない、勘で書いたといったが、この手帖の字も神戸から帰って頂いた英文の手紙の字も非常に美しいものであった。

郭さんの車にみんなで乗って家の前を出発したのは、五時半を少しまわった頃だろうか。車をゆっくりと走らせながら郭さんは、これが生田区役所、向うが県庁ですと説明してくれる。ここからバスに乗ったら二つくらいで三宮でしょう、だから便利なのとジェーンさん。ケニオンにいる時は何かで賞を受けると必ず校長先生がそのことを手紙に書いてくれる、それでジョーダンさんの名前を覚えた、ところが大学院になると成績表も家へ送って来ないし、様子がちっとも分らないという話をジェーンさんがしていると、ここはトアロードですよ、僕の事務所はこのあたりにありますと郭さん。

生田神社の前まで来た時、あたりが少し暗くなって来た。境内が駐車場になっている。ここでジェーンさんと妻の二人だけ車をおりて先に店へ行く。残りの四人が少し遅れて着いたのは、木の扉に船と錨の飾りの附いた錨屋。一階のカウンターの前には客が三、四人いる。階段を上ると、飴色の古いピアノが奥にある部屋の、大きな鉄板を囲む卓のそばにジェーンさんと妻が二人の友達のように坐っていた。あとで妻から聞いたのだが、最初、ジェーンさんはお絞りで拭いた細い指を左の耳の上の白い毛糸の花に当てて、

「この花ね、パパのお父さんが亡くなった喪のしるしなの」

といったのだそうだ。それで妻は、お目にかかった時から可愛らしいお花だなと思っていましたのというと、中国の女の人はどのように喪に服すのかジェーンさんが説明してくれた。白い花を髪に着けるのははじめの三週間で、それが済むとその花は焼いてしまって、紺の花を着ける。またその間、指輪もブローチも耳飾りも光るものは一切身に着けない。服も地味なものを選ぶ。友人の家を訪問したり、あちこち出歩いたりしてはいけない。（鉄板焼を食べに行くくらいは構わない）百日過ぎると、紺の花を外して焼いてしまう。それを見たら、この人は忌明けだと分る。きれいな風習ですねと妻が感心しているところへ郭さんを先頭にして男組が階段を上って来たというわけだ。それから食事が始まった。

お通しの小蝦のサラダのあとでどんなふうに恰幅のいいコックさんが現れ、気取りも勿体ぶった様子もなく見事なフィレ肉の塊を切り分けてくれたか（その前にもやし、じゃがいも、茄子、葱などを次々と焼いてくれた）、附き切りで気を配りながら、柔かな神戸弁でみんなの会話にほどよく加わった愛想のいい給仕役の娘さんが、私たちが今日、初めて会ったと聞いてどんなふうに驚きを示したか（そこで郭さんが「一見如旧」という中国の言葉を持ち出し、私の手帖に書いてくれた）、「いくらおいしいでもそれ以上食べられないから、食べるのがいちばん良心的」という郭さんがどんなにご自分も大好きな海老を勧めてくれ、私と妻が良心に従って二人で一人前の海老を追加して貰ったか、またその間に流れていたハワイアンの音楽がどんなにこの夜にふさわしいものであったか、書きとめるべきことは尽きないが、九時過ぎに三宮駅まで送って頂いて、車からおりたみんなにお礼をいって別れたことだけを報告して、郭さん一家との一日はこれで終りにしたい。

二十一

郭さんの予報は当って明くる日は上天気になった。中之島のホテルから八時になるのを待って芦屋へ電話をかけると、叔父が出て、今日は雨になってもどちらになってもいいように舞子ビラに一部屋取ってありますから、最初にそこへ行って、ゆっくりお昼御飯を頂いてから須磨へ御案内するつもりでおりますという。こちらは天気がよくなったのは有難いけれど、晴れたら晴れたで暑くなりそうで、叔父夫婦は大丈夫だろうかという懸念があったのだが、いきなりいいお天気ですなと弾んだ声が聞えたからほっとした。暑いことはありませんかと尋ねると、いいえ、ちょうど宜しいですわとまるで気にかけていない様子なので嬉しくなる。

次は神戸の太地にかけた。昨夜、遅くなったので電話をしなかったことを先ず詫びると、いや、いまかけようかと思っていたところだったという。速達の手紙に日にちが無いので大阪のホテルから連絡を取るようにしますと書いておいたのだが、叔父夫婦同様、彼も楽しみにしていたらしく、少し時間の余裕を見て、夕方の五時に三月、東明閣のあとで行ったキングスアームスの前で会うことに相談はすぐ纏った。コーヒー・ショップで軽い朝食を済ませて出かける。

叔父の家に着いたのが十時ちょっと前ころであった。時間を有効に使うために今日は家へ上らないでただちに出発するという打合せを電話でしてあったのだが、叔母はちょっとお茶を飲んで頂戴という。いえ、もうここでと断って、手土産のビスケットとドロップを妻が渡した。芦屋川の通りの商店が月曜日は全部休みというのを知らずに来て（それを教えてくれたのは路地から出てきた品のいい婦人で、その人も商店街の人のようであった）私たちは途方に暮れたのだが、駅の方へ引返すと、角に一軒だけ開いている店が見つかって助かった。いつもここへ来てからお土産を買うことにしているのでと妻がいうと、うちとこも朝のうちちょっと開けて、いま閉めるとこですの、これからもどうぞと、その娘さんは愛想のいい受け答えをした。

開襟シャツにズボンという身軽な服装の叔父と私は一緒に外へ出たが、叔母は妻の名前を呼んで、紫陽花を活けたからそれだけ見て頂戴といい、妻は急いで家の中へ入る。いい天気でよかったですなあと叔父と話しながら待つ。門の前の路地には淡紅色のちいさな花をいっぱい着けた草花が咲いている。四人揃ったので、路地の近道を通って出かける。

今日は軽装なのよという叔母は、水玉のベージュ色のブラウスにグレイのパンタロン、白い靴。叔父と私が並んで行くあとをいつものように妻と腕を組んで来る。こちらはどうして神戸の郭さん夫妻と会うようになったか、先ずその訳から始まって前の日の報告を叔父にした。芦屋川から三宮へ行く阪急電車の中でもその話は続けられたが、叔父は、へえー、そうでしたか、そらよかったですなあとひとつひとつ相槌を打ちながら面白そうに聞き入った。六甲のオリエ

ンタルホテルのバアで一服したところまで来ると、

「あの下に有沢さんいうて私らの友達が別荘持っております。そこへ俳句の会しに年に一回ずつ行くんです」

そこで前に叔父から聞いていた俳句の雑誌の名前をいって、その方の会ですかと聞くと、「早天句会」いいましてこれはもういろいろ混ってます、いつも下で躑躅が終った時分、六月のかかりに会をするんですけど、六甲のあの辺は山躑躅が一面ですわ。力を入れてそういったところで叔父は、空いている電車の中から窓の外の六甲を指して、

「向うに何か立ってるでしょう、塔みたいのが」

あれの右側ですわ。昨日、お宅らが行かれたん、この辺ですわ。これ上へ上るとゴルフ場。その前通ってちょっと上へ上るんです。有沢さんという方は？　昔から大阪の北浜で眼医者してたんです。いま三代目がやってます、芦屋で。そこの山荘があるんです、ゴルフ場のちょっと上の方に。今年も行かれました？　今年は中止しました。本宅を新築して、そこでやったんです、新築祝いを兼ねて。私ら招待されましてね。メンバーは何人くらいですかと聞くと、十四、五人で、まだ勤めのある若い人も入っているという。毎月、第一日曜日の朝、芦屋の市民センターで例会があり、その足で吟行に出かけることもある。宝塚方面とか大体近いところへ行く。先生格の人はいるが、最高点を取った者が次の会の兼題を出す。

そんな話を聞くうちに三宮に着く。乗換えた電車も空いていて、叔父と私、叔母と妻は通路

を隔てた斜め向いに席を取った。神戸一中時代の昼弁当については二月に叔父がメモにして知らせてくれた中にあったが、もう一度尋ねてみた。全校生徒が運動場に集合して立ったままで食べる。整列するわけではなくて、仲のいい者がひとかたまりになって話しながら食べる。雨の日は雨天体操場が生徒控室になっていて、そこで食べる。お茶は出ない。日露戦争後で、軍隊へ行ったら行軍の時にお茶なんか飲めないのだから、今から修業をしておかないといかんといって出してくれない。

「そやから私、もうそういう習慣がついてね、全然お茶漬なんかしたことないですわ。うちの家内でもいうんですわ、お茶飲めえお茶飲めえいいますけどね、私が飲まないもんですから」

最近はだいぶん飲むようになったんですけど、ほんとにずうっと飲まなかったんです、お茶は。それから叔父は、学期の終りになると生徒控室の、ふだんみんなが弁当や教科書を放り込んでおく棚へ、学年別に一番から成績の順に名前が貼り出されるという話をした。うしろの方だと恰好が悪い。叔父さんはよかったんでしょう。上の方だったんでしょう。いや、あきませんと叔父は笑ったが、三高の入学試験に受かったくらいだからそんな筈はない。上の十番ぐらい？　いやいやと叔父はまた笑って、頭のええのがいましてね、なかなか十番以内いうのはとてもという。それでは五十番以内と聞くと、大体、十番から十五番までですといってから、

「入った時は私、補欠やったんです。私、百二十番で入ったんです」

掛算をちょっと間違った。それでもう駄目だと思った。そしたら三人補欠がいた中で自分だ

け入れた。補欠の一番だったらしい。

「それで親父がね、入れたんやから勉強せなあかんぞいうて、馬力かけて、負けたらあかん思うてね、勉強しました。そしたら十六番になったんです。一学期の終りに」

この前、叔母が中学時代の英語のノートがとてもきれいに書いてあると話していたのを思い出して、英語はお好きだったのですかと聞く。叔父は、好きでしたといってから、

「それで助かりましたんは朝鮮から引揚げの時です。私らみんなでお金出し合うて闇船買って脱出したんです。船いうても小さなポンポン船ですけど。十一月の中頃でした。海岸伝いに来て、慶州の近くの浦項いうとこでアメリカの進駐軍に捕まって上陸させられたんですけど、多少、英語を覚えてたんで、いろいろ話がでけて、片ことでもね。それで楽しました」

英国人かアメリカ人の先生はいましたか？　英国人の女の先生が週に一回だけ来るんです。グッド・モーニングいうてね、はじめに。オール・プレゼントいうてね。当てて話させるんです。一年で辞めてほかへ行ってしまいました。女の人です、名前忘れましたけど。須磨に着く。これは舞子には停らないので、次の垂水で乗換えなくてはいけない。

叔父は窓の外を見て、

「昔からここ、いかなごとか炒り子とか漁師が取って来たのを売るんです。いまだに残ってます、トタン張りになりましたけど。汚ない、木造の店やったんです、昔は」

これが一ノ谷です。それからこっちの方へかけて須磨浦公園です。この辺はいろんなものが

採れましてね。山桃とか椎茸みたいなものとか、よう採りに来ました。それから塩屋。ここに浜寺の水練学校の分校がでけたんです。一年きりでした。流行らないんですわ、ここは便利が悪くて。一年きりで止めになりました。私たち四人は垂水でおりて、次に来る電車を待つ。目の前に淡路島が見え、大きなフェリーがゆっくりとそちらに向って進んで行く。

「洲本は向うにあるの。あれが岩屋」

と叔母、淡路島が大きく見えるのに私と妻がしきりに感心していると、叔父は浜側のお宮さんを指して、

「これ、海神社いいまして、ここの神主の息子が私の友達やったんです、中学時代の。しまいに楠公さんの宮司になりました」

この辺から神戸の中学へ入りましたから。大体、西は明石からずっと入りました。そして東は尼崎。中学が無かったもんですから。次の西明石行きの電車で舞子まで行く。松林の上に白い建物が見え、それがこれから私たちの行く舞子ビラだという。駅の階段をおりて外へ出ると、タクシーが一台停っていた。走り出すなり、叔父が、

「あんな大きな建物がでけてるわ」

舞子ビラのうしろに鉄骨が組まれているのが見える。すると運転手が、あれは来年のポートアイランド博覧会に備えて拡張してるんですわという。有栖川宮さんの別荘やったんです、戦前はと叔父。ここの浜は泳げますかと聞くと、

「泳げまへん。岸から三十メートルだけ。あとは流れがきついんですわ」

と運転手。車は坂道を上って行く。

「庭へ出てもろたらきれいです。目の保養ですわ」

ちょっと乗っただけなのにこの運転手はいろんな知識を与えてくれた。建物の中に入る。ロビイを通り抜け、叔母がフロントへ行った間、叔父と妻と三人で松の植込のある庭に面したポーチへ出る。なるほどタクシーの運転手のいった通り、目の保養になる眺めだ。白い雲が空に浮び、淡路島の方へ向って小さな船が三隻進んで行く。十二月に神戸へ遊びに行く相談を初めてした時、叔父も叔母もしきりに舞子がいいといっていたのを思い出す。

叔母が来たので、エレベーターで一つ上の階へ上った。廊下の片側に並んだ部屋の、扉の番号を見ながら行き、ここよといって叔母が鍵を開けた。小さな控えの間の次に海の見える座敷がある。まあ、狭いことと叔父。可愛い部屋やねと叔母。だが、四人水いらずで昼間の時間を過すにはこれで十分だ。電気つけよといって蛍光燈をつけた叔父が、机を見て、こっちへ寄せよか。私と妻で窓のそばへ動かすと、有難う。

お茶の道具があるので、妻がお茶をいれる。

「十二時にお食事頼んでありますから、それまで話して、それから簡単なお昼をね」

と叔母。私たちがこちらへ来る日取りを電話で知らせた晩、すぐに舞子ビラの部屋を予約してくれたらしい。

「雨でも降ったら困る思うてね」

「いや、いいところを取って頂いて」

「ここやったらゆっくり出来るし、静かでいい思うたもんですから」

それから農機具専門の会社に勤めている息子さんがほかの会社の人と四、五人でヨーロッパへ行き、四十五、六日目に帰って来たという話になった。仕事が予定より早く済んだので、西ドイツ、フランス、オランダ、スイスなどあちこちまわった。イタリアへ行くと遅くなるので、イタリアだけ行かなかった。

「ロンドンがいちばんよかったいうとります、うちの息子は。パリよりええいうて。帰った日に電話かけて来たきりで、詳しいことまだ聞いてませんけど」

叔父夫婦の一粒種であるこの息子さんは、終戦の翌年の一月に私たちが結婚した時はまだ小さかった。妻は疎開先の岡山の伯父の家から正月明けに母親と二人で出て来て、式の日まで芦屋の叔父のところにいた。亡くなった長兄が結納を届けるのに私もついて行き、いまは甲南の先生の家族に貸している二階の座敷でもてなしを受けたのだが（叔父がそのために三宮の闇市へ買出しに行ってくれたという話はあとになってから聞いた）、そんな席だから小さい男の子が顔を出したりはしない。叔母が式に来られなかったのも子供に手がかかるためであった。それを思い出して、お子さんは何年生れでしたかと尋ねると、十九年といいかけて、

「いや、十七年です、十七年の十二月です」

と叔父はいい直した。

朝鮮におります時に電報が来たんです、十二月の十九日に。旅館におりましたら、鈴木さん、坊ちゃんが生れましたよいうて女中さんが飛んで来ましてね。（叔父はいかにも嬉しそうな、力強い声で話した）電報は受け取ったものの、どうしても奉天まで行かんならんのです。それで奉天へ行って、仕事済ましたら二十六日ごろでした。釜山まで行く特急に乗ったところが、内地へ帰る人で一杯。年末ですからえらい人で、私らはじめデッキにいたんです、二等車の。中へ入れないんです。京城でちょっと空きましたけど、それまでトランクに腰かけてました。嬉しいてね。子供でけたいうので嬉しいて、汽車の混んでるのなんかちっとも苦にならんのです。

この間、叔母は珍しくひとことも口を挟まずに目をつぶったまま聞いていた。子宝に恵まれなくて、もうすっかり諦めていたところへ生れたのが男の子であったから、どんなに嬉しかったことだろう。

「孫ももう小学校へ行ってますから。一年と四年と」

と叔父。男ばっかりと叔母。それから息子さんの勤めている会社は個人会社のような小さなところではあるが、創業百年以上になる古い、固い会社だというような話が続くうちに、いい体格をした若い女中さんがお絞りとビールを三本載せた盆を運んで来た。早速、乾盃をする。咽喉が乾いていたので格別おいしい。

次に利休弁当とお椀が来る。大きな重箱の中には、刺身、天ぷら、だし巻、鰆の照焼、小芋ときぬさやと生麩の焚合せ、うずら豆の煮たのに蒲鉾などが胡麻をふったお握りと一緒に入っている。この前、神戸のそごうの上でちらしを食べた時のように、おいしそうとか、これなにとか、梅干が附いてるとかいいながら食べ始めた。障子の向うの海を白い船がゆっくり通る。

「よう衝突しますわ、混んで来てね」

と叔父。そうですかと私と妻は驚いた声を出す。今度はフェリーらしい大きいのが横切る。なるほどよく通る。

二十二

こちらは専らひとりでビールを飲んでいたせいもあるが、この日も食べ終ったのは八十五になる叔父がいちばんであった。よう食べますからと笑っていう。いや、結構です、食欲のあるのが何よりですと私たち。

食後のさくらんぼを叔母が用意してくれていた。妻は弁当に附いていた醤油を入れる小皿を廊下の洗面所で洗って来て、それに取り分ける。昆布に砂糖をからませた菓子の（それは嵯峨野のお菓子だそうだ）小さな袋も机の上に置かれ、妻はお茶をいれかえる。

「まだ時間はたっぷりありますからね。お父ちゃん、話がいっぱいあるのよ」

と叔母。筆記の用意が整うと、

「それは私らの二十四、五くらいの時分ですな」

と叔父は話し始めた。幼稚園時代からの友達で加藤と田中というのがいた。小学校の三年までずっと一緒であった。四年からこっちは須磨へ移ったので離れ離れになったが、幼稚園会というのがあって大きくなってからも顔を合せていた。京都の見習奉公を終ってぼつぼつ靭で商売をやりかけた時分に、この二人がハワイへ行った。ハワイからサンフランシスコとシアトルと三ヵ所行って帰って来た。とにかく自分ら二人で貿易をやりたいという気持で、見物かたがた遊びかたがた行った。ところが向うで相当に日本の商品が売れるということを見て来た。田中はメリヤスの製造、加藤は乾物の問屋。二人が行って、ハワイもサンフランシスコもシアトルも日本人の多いところばかりで、日本の物が売れることがはっきり分ったので、帰ってから貿易部を作ったところ、ぼつぼつぼつぼつ仕事が殖えて来た。二人とも成功した。小さな個人の店から大きく立派になった。

「私もそれ見て、貿易ひとつやらなあかんなあと思てね。鰹節みたいなものは内地だけの商売ですしね」

目をつぶって聞いている叔母が、えらいしといった。(叔母はいまのハワイへ行った二人の友達のところでは、叔父が名前をいうと、幼稚園からのと横から附け加えた)

「とてもえらいし。気遣いますねん、私らの商売は。もうちょっと漁があるいうたら値が下るし、無いいうたら高こなるでしょう。漁があるいうたら飛んで行かんならんし。忙しい仕事でね」

いまのように冷蔵庫が無いから、何でも店へ置いておかなくてはいけない。梅雨になればかびが生えるし、夏になれば虫はつくし、その手入れが大変。それにこういう商売は内地だけで、中国人も食べない。中国へでも行くのならええがなあと思ったことは何遍あるやら分らない。そんなわけで何か自分も貿易やってみたいとその当時からずっと思っていた。そこへ幸か不幸か知らないが大阪に中央市場が出来て、商売がだんだんと難しくなって来た。ちょうどそういう時に京城へ行き、これまで鰹節をよく買ってくれていた南大門の辻本商店を初めて訪ね、その主人に勧められるままに満洲へ足を延ばしたのが始まりで（これはもう前にお話ししましたなと叔父はいった）、貿易を手がけるようになった。

——叔父が私のために書いてくれた年譜があるので、参考のために書き抜いてみる。

昭和六年（三十六歳）第一回朝鮮済州島へ出張。

昭和七年（三十七歳）大阪中央卸売市場開設のため食料品卸売業者の閉鎖を命ぜられ閉店。（中央市場開設は六年十一月）

昭和八年（三十八歳）尼崎市杭瀬に閉鎖されし同業者一同により大阪鰹節（ＫＫ）を造り入札業務一切をなす。十一月、第二回の済州島へ出張。京城へ行き、引続き満洲各地へ商況視察かたがた初商いを行う。

昭和九年（三十九歳）大阪は上記のような次第で鈴木商店仮営業所を芦屋に置く。

昭和十年（四十歳）大倉商事と契約、関東軍御用達を仰せ付けらる。同年、芦屋市の現在住所へ新築。

昭和十二年（四十二歳）大連市栄町に鈴木商店を設く。関東軍納入並びに北満ハルビン、チチハル、牡丹江方面へ商品を卸す。

これからどうして朝鮮に工場を建てるようになったかという理由に移るのだが、せっかく大連に店を持つようになったのに、戦争が長びくにつれて内地は統制経済の時代に入り、品物が出まわらなくなった。鰹節の産地の九州、四国、静岡あたりから直接買いつけることが出来ない。関東軍へ納めるにも原料が第一手に入らないから、自分で作らないといけないようになった。

「幸いにね、朝鮮は秋刀魚の産地ですねん。五月、六月にかけて秋刀魚いうのは朝鮮の東海岸に沿って清津あたりまで行き、それから日本海をずうっと上って北海道へまわる。時期はほん短いんです。私らのおったところでもまぁ一月半かせいぜい二月ですわ。七月のかかりまでしか漁は無いんです」

北海道の網走では八月の十五日が秋刀魚の解禁になっている。ちょうどその時分に秋刀魚がそこへ行く。それから秋になると太平洋へまわって三陸から仙台沖へ来て、十一月いっぱいくらいで終ってしまう。もうどこへ行ってしまうのか、無くなってしまう。（そのいい方がおかしくて私と妻が笑うと、叔父も一緒に笑った）そういう回遊魚なのだが、これが朝鮮でうんと取れるのに目をつけて、江原道の東草というところへ工場を建てた。

叔父はボールペンで書いた地図の紙をひろげると、これが京城ですわ、三十八度線がこれで、東草いうのは北へ少し入ってるんですといった。京城から清津の方へ行く線に乗って咸興の手前で乗換えるのだが、田舎で便利が悪い。列車といっても十輛かいちばん長いので二十輛くらいの貨車のうしろに三等が二つ附いているだけ。

「これに六、七時間乗らんなりません。汚のうてね。私、これから乗換えるのいつも嫌でした。嫌でもここへ行かんならん。この辺がいちばん秋刀魚のよく取れるところでしたから」

工場を建てるのに道庁と総督府の水産課の許可がなかなか取れない。道庁は春川というところにあるのだが、これがまた便利が悪くて、東草からだと京城に一晩、春川に一晩泊らないといけないから三日がかり。そこへ四、五回通ってやっと許可がおりた。秋刀魚節を作るのには干し場が要るので、四千坪ほど土地を買った。建物も出来た。

秋刀魚を煮たり、天日に干したり、燻《くす》べたりするのに煮籠（あるいは枠籠）というものが必要なのだが、材料が朝鮮に無い。そこで天草の牛深まで行った。牛深は鰯の産地。鰯節も秋刀魚節も製造方法は鰹節を作るのと全く同じだから、ここまで行けば何とかなる。牛深に一週間くらい泊り込んで、どうにか材料を集めた。外枠も中に敷く竹の簀もそれぞれ一万枚となると、大変なかさになる。

材料は集めたものの、さあ今度それを持って行く船が無い。その時分、船はみな軍用に徴発されてしまっている。土地の人にあっち走りこっち走りして、やっとのことで機帆船を二はい見つけて貰った。それを傭って朝鮮へ送ったところが、一隻は割合早く着いたのにもう一隻がなかなか来ない。

「心配しましたわ、それで。どうなったんかさっぱり分らん。風の具合とか潮の具合であっちこっち寄って来るでしょう。もし沈没でもしたら大騒動です」

やっと着いたのでほっとしたが、さあ今度は釘が無い。板で外枠を組んだ中へ竹の簀を敷き、その上へ秋刀魚を流し込んでざっと一列にしてから煮たり干したり燻べたりするわけだが、その枠を作るのに束草のような田舎には釘が無い。咸興にも無い。仕様がないからその釘を京城まで買いに行かなくてはいけない。うちの店で事務一切を任せていた西島というのは、束草の漁業組合長をしていた人で、京城に詳しい。その人をやって、余分に沢山買って来いといって釘を集めさせた。今度は枠を組み立てるのにまた手間がかかる。朝鮮でももうその時分から男は徴用で内地へ送り出されて、年のいった人はいるが殆ど女ばかり。釘一本打つのも馴れない者にはなかなかうまく行かない。そんな具合で工場を作るまでに暇がかかって、やっと出来上ったのが十六年の四月。

秋刀魚を並べる煮籠がどうにか百枚か二百枚出来上ったところでぼつぼつ作業を始めた。毎朝、女の従業員が三、四十人やって来る。秋刀魚は夜中に取る。明りをつけて、魚が寄って来たところを網で掬って取る。十五、六人乗った、七、八トンくらいの船で行く。何百いうくらい出る。それが毎朝、入って来て、五時から五時半になったら漁業組合で入札する。そこへ行って落すと、船で持って来てくれる。うちは桟橋を作っていたから、そこへ荷揚げする。これをかまどで煮て、干したのを削り節にするのだが（早く仕上げるためにそうすることが多かった）、その機械を手に入れるのにまた苦労した。鉄類はみんな徴発されてしまっていたので。大阪へ帰って、山北という昔から専門の機械屋に頼んだ。その人が残っているのをあっちで一台、こっちで一台というようにして二十台ほど骨折って集めてくれた。今度はまたその機械を動かすモーターが無い。シャフトが無い。ベルトが無い。モーターでもあっちこっちで五馬力が二台、一馬力が一台、やっと三台集めた。ベルトなんかでも朝鮮には全然無い。これも山北が方々探して集めてくれた。削り節を作るのに粉砕機が要る。秋刀魚の干したのを粉末にしてしまうわけ。これも山北が名古屋でやっと四台だけ手に入れて、みな朝鮮へ送ってくれた。

ところがここに困ったことが起った。商品が出来たのはいいが、朝鮮の総督府がそれを全部、朝鮮へ配給せよという。

「私、それ目的やないんです。関東軍へ入れようと思ってた。いちばん最初はね。ところが、いかんとこう来た」

何遍も呼出しを受けて行った。鈴木さん、関東軍へ入れるいうようなことはいかん。朝鮮で取ったものは朝鮮へみな配給して貰いたい。満洲なんかへ持って行って貰ったら困るという。これには弱ってしまった。そしたら今度は道庁から呼出しがあって、絶対いかんということをいわれた。

この頃、既に噂を聞きつけて神戸の中央市場の海産物会社の社長が、兵庫県の水産課長の長谷川という人と二人で東草までやって来た。こちらは芦屋なので、その社長さんはよく知っていた。これが、鈴木さん、内地も困ってんのやから何樽でもええ、商品送ってくれと喧しくいう。十日以上泊って、毎日じか談判をやられた。そこへ今度は神戸の三菱造船所の主任がやって来て、徴用工に食べさせるものが無くて難儀している、秋刀魚を塩漬にして送ってくれと泣きつかれた。

それと大日本国民何とかいうのがあって、これは神戸の県庁から来て、日本のために内地へ商品を送ってほしいという。この人も二十日くらいいた。

「みんなに分けないかんようになったんですわ。それで五千貫ほど内緒で」

どこへ？　三菱造船所へ。船が来てますのや、船がちゃーんと。自分で船持って来てる。それに五千貫、送ったんです、内緒で。内緒でいうたってすぐ知れるんですわ。三、四日したら道庁から呼出しの電話がかかった。仕様ないから行ったら、水産課長が、お前、約束が違う、全部、朝鮮へ配給せんならんのにどうして内地へ送ったといってうんと怒られた。それで、これからどうしたらええんやろ思うて、奉天へ行って大倉商事の人に会った。こういう状態になっているので関東軍へ送りたくてもいまのところどうにもならない、何とか送るようにするから暫く辛抱してくれと謝って帰って来た。

道庁へ何回叱られに行ったか分らない。便利のいいところならまだしも、叱られるのが分っていながら出かけて行くのだから、余計情なかった。困ったなあと思っているところへ京城の海軍武官府から来て、こちらが事情を打明けると、いっそ海軍の指定工場になってはどうか、そうしたら内地へ送らなくてもいいし、関東軍は何とか私の方から話してみましょうといわれた。で、そちらも穏やかに話合いが出来て、すぐに海軍の指定工場になった。看板も全部そう書けといわれて、「指定工場」という名前にした。これが十八年の三月。それからはどこからも呼出しを受けずに楽しく仕事が出来るようになった。

工場長は鞠の店へ小僧で入った時からずっと自分の下で働いて来た番頭で、気心が知れている。別家させる時も、東京でやりたいというので、本人を連れて東京市中あちらこちらと十四、五日歩いて、将来性のある新宿に決め、西口の近くに幸い貸家を見つけて開店させた。名草屋という名前も附けてやった。その後、統制時代に入り、削り節の原料も無くなったので、一時、店を畳んで郷里の和歌山へ帰っていたのを、向うまで行って頼んで朝鮮へ来て貰った。後に現地召集で入隊したが、これが削り節の仕事を教え込んでくれたので助かった。

「川本いうて戦後は神戸でずっと商売やっとりました、鰹節の。うちの店のもんでこれがいちばん古かったんですけど、去年、亡くなりました」

秋刀魚節の作り方は、最初、煮釜で十分から十五分煮つめ、天日で二、三日干す。乾いたのを納屋の棚へ並べておいて、下で木を焚いて燻べる。いちばんいいのは松の木だが、朝鮮は禿山が多いから買うのに苦労する。山を一山ずつ入札する。そこへ行って買う。高さんといって土地の有名人で道会議員をしている人がいた。工場を作る時、あんた、社長になってくれといって社長になって貰ったが、その人がみな山の入札に行ってくれた。奥さんは京都の女学校を卒業して、なかなか美人で頭のいい人だった。いい奥さんだった。入札したらそこで割木にしてしまうのだが、トラックが無いから牛車で五里も六里もあるところを取りに行かなくてはいけない。それも十九年、二十年となって来ると、ガソリンの不足を補うために松根油を取るようになったから、なかなか売ってくれない。それでも出来るだけ集めておかないと工場がやって行けないので苦労した。

その頃、叔母ちゃんは芦屋でお留守番しておられたのですかと妻。目をつぶって両手を膝の上に載せたまま聞き入っていた叔母は、そうなの、一年の半分以上は留守番、でもその代り釜山に別荘を買ってくれたの。別荘？　ええ、小さいねと叔父。釜山の近くに何とかいうええ温泉があるんですわ。そこに別荘の分譲地があるいうのを釜山の海苔屋さんに聞いたんで、半分ずつ買って同じ家建てたんです、三十坪の。朝鮮は温泉少ないんです。ここと金剛山にひとつあるだけ。ええとこやったですわ、静かなね。釜山から電車で三十分かかりましたな。家内とは結局、二、三回行っただけでしたけど、ええとこでしたわ。最後は呟くように叔父はいった。

「そのあとが悪いの。終戦でしょう。三十八度線の北ですから、ソ連軍がいちばんに来ました」

「それでお手上げになってしもて」

叔父は笑った。

「その当時、芦屋は全滅いうこと聞いてましたから、神戸の空襲でね。私、もう家は無いものと思って、朝鮮あっち行ったりこっち行ったり、二日ほどで帰れるのを二週間かかって。内地へ戻った時はもう十二月になってました。そしたらまだ残ってたんです。嬉しかったですわ」

あの辺、ずっと焼けなかったんですか、いまのお宅のあたりはと私。あの辺だけちょっと残ったんです、あの近辺だけほん僅かと叔父。全焼はしませんけど、焼夷弾が落ちましたから、私も子供連れて出たものの、まわりが火なのでまた家へ戻りましたのと叔母。

「川西の工場が深江にあったんですわ、飛行機ばっかり作る工場が。それを目がけて爆弾落すんです。それで向うへ来ては芦屋の上通る。芦屋焼けたん、いつや、八月？　七月か」

いちばんひどかったのは八月でしょうね、いまの家の近くが焼けたのは六月、何遍もあったから分らなくなるのよと叔母。大阪よりも遅かったわけでしょう、神戸はと妻。大阪が焼けて三日くらいして神戸へ落したの、三月の時は。（大阪にB29の大編隊による空襲があったのは、女学校から今里の小さな町工場へ魚雷艇の調整器の目盛りを作りに妻が通っていた時で、卒業式まであと十日という晩であった）

その年の五月に私、芦屋へ帰ってましたと叔父。その時、阪急の裏から阪神一帯へかけて爆弾落されて、あの辺全部潰れました。それを私らスコップ持って死体を上げに行きました。それ済ましてすぐ朝鮮へ帰ったんですわ。すると叔母が、工場があるでしょう、まさか終戦になると思わなかったのでといった。

それで七月にちょうど品物が全部出来上ったんです。あの時、工場へ入れてあっただけで七百貫、作りました。お金ももう手に入ってるしね。みな、先金持って来ますから。そしたら武官府から八月の八日の新潟行きの白山丸に清津から乗れいう電報が入ったんです。ちゃんと船を取ってくれました。

それですぐに帰るつもりでいた。ところがいろんな勘定やら何やらに追われて、つい出航に間に合わなくなった。十七日ごろに大洋漁業のトロール船が東草へ来るからそれに乗りなさいという話もあったりしたので、まだ安心していたらソ連軍が攻め込んで来た。頼みの㋩の船も入港せずじまい。せっかく帰れるところやったのに、白山丸に乗り遅れたばっかりにどうにもならなくなった。その間にどんどんどんどんこっちへ来てしまって。

その頃、日本負けるいうてたんでしょうと叔母。早うから私、聞いてました、それと叔父。何かで総督府へ行った時に散髪してたら、みんなで話してるんです。何気なしに聞いてたら、内地へ帰る日本人のモーニングを買い集めているいうので、何でモーニング集めてるのやいうて主人に聞いたら、もうじき日本負ける、朝鮮独立したらモーニング着てお祝いせんならんからいうてるいうんです。気の早い人は箪笥までどんどん売って、帰る準備してるいうんです。そんな負けるいうようなこと絶対無いと私、思うたんです。阿呆ですなあ。それから二月ほどしたら、もう終戦でした。話が一段落したので、妻はお茶をいれ直した。

東草の工場はどうなったんでしょう、ソ連軍に没収されたのですかと私が尋ねると、さあ、帰ったあとは知りませんけど、どうなったかは。もう取られてしもたもんやから。いくらか淋

し気に叔父は笑ったが、ふと思い出したように、

「金剛山だけはもう一遍見たいです。ええとこですわ。景色のええとこですわ」

といった。

二十三

そのあと叔父は、京都の乾物屋に奉公した時、主人がうるさいので評判の店が近所にあって、胡麻を配達すると、こちらが新米で一升枡の量りかたに馴れていないのを知っていて、もう一遍量り直してくれと註文をつけられ、目の前で量ると一斗あるところが必ず五、六合足りなくて、みすみすそれだけ届けなくてはならず、番頭にその度、叱られたという思い出話をひとつ聞かせてくれたが、そろそろ時間になったので舞子ビラを出る。

帰りはタクシーで来た山側でなく、浜側の松林を抜ける近道を行くことにした。若い娘さんが四人連れ立って前を歩いていて、あの人も駅へ行くんでしょうなと叔父がいい、うしろから追い越す恰好になったが、道は行き止りになっていた。娘さんたちもはっきり分らないままに見当をつけて歩いていたらしい。私たちと顔を合せて笑いながら引返した。一中の同級生の会は、今年はありましたか。去年は何もしません。前は芦屋の近辺に住んでいる方が毎月、会をといいかけると、叔父は、ええ、みんな寄ったんです、最近はもうだあれもといって笑った。

みんな年行ってしまって、もう何にもしません、この二、三年。鞆の幼稚園会の方はどうですか。もうこれも。いま四人ですけど、もう何にもしません。三、四年前には時々、集まっておられたんでしょう。ええ、そうなんです。一遍うちへ来て下さいいうて去年から何遍も手紙出すんですけど、寄して貰ういいながらだあれも来ません。誰かが発起人になって喧しいいう人がいないとあきませんわ。もうそういうことでさっぱり寄らんようになりました。

それからこの前、電話でお聞きしたんですけど、須磨寺の住職さんも亡くなられたんだそうですね。ええ、去年の六月です。そうするとお一人になられたんですか、須磨の小学校の方は。もう私ひとりになりました。三年前に芦屋で大きなクリーニング屋をしている壺坂という友達が死んで、この住職さんと叔父の二人きりになっていたのである。どんな人でしたか、その住職さんはと私は尋ねてみた。

「どっちかいうたら腕白でしたな、子供の時分に。強かったですわ、喧嘩しても」

それがころっと変ってしまって。やっぱり住職らしうなりますなあ、商売商売で。叔父も私も一緒に笑った。古い、いい松が生えているところへ来た。昔はこういう松が多かったんですよ。みんな枯れてしまいました、次々に。まあ少しでも残っているだけまだというと、へえ、へえ、多少残ってます、ほんとに多少ですわ、ようけありましたんですけどねえ、昔はと叔父。

そのうち駅の西口に着く。あとから来る叔母と妻を待ちながら、暑いですなあと叔父がいう。

舞子ビラの海の見える部屋でゆっくり寛いでいる間に外界はうんと暑くなっていた。

フォームに上ってすぐに、今日は愛染さんのお祭りですなと叔父がいったのは、多分、そのせいかも知れない。ああ、今日は六月三十日といえば、へえ、三十日です、大阪の夏祭りの始まりですわ、今日は宝恵駕籠が出ます。何だか縁起のいい日に当ったようで嬉しくなる。そこへ電車が来た。垂水、塩屋と過ぎて、次の須磨で四人はおりる。

「神戸へいつも通うたんです、ここから。ここ、小さな駅でしたわ。ほんとに小さな駅で」

いまもそんなに大きくはない。駅を出て、商店の並びの日覆いの下を少し歩いてから国道を向うに渡ると、少し先に門構えの、古びた木の扉を閉した家がある。これ直井いうてこの辺のいちばんの旧家ですと叔父。明治天皇がここでお昼休みなさったんです。次男坊が小学校で私たちと一緒でした。早稲田へ入りましたけど。すぐうしろを叔母と連れ立って来る妻にそれを伝える。叔母も初耳らしい。明治天皇須磨御小休所と刻んだ石が門の手前に立っている。ここもよう遊びに来ました。直井カオル。薫風の薫いう字書くんです。横を引っきりなしに車が走る。

もう少し行くと、十字路が見える。

「そこに千森川があったんです。もう塞って暗渠《あんきよ》になってます。あの下、流れてるんです」

川の向う岸を少し下った左側が私の家やったんです。協和銀行と書いてあるでしょう。あの辺がみんな川やった。ここで国道の騒音から離れて左へ入り、ゆるやかな上り坂の細い道を歩き出す。日差しが強い。妻は日傘の代りにと持って来た折畳みの傘をひらいて、叔母を入れる。

三田の殿様の九鬼さんの家が須磨の関守さんの横にあって、その子供が同級生にいた。家が近いのでしょっちゅう呼びに来る。家庭教師がいて、庭でゴルフを教えて貰った。主人は難しい人だが奥さんが開けた気さくな方で、遊んでいると、お三時ですよー、いらっしゃいといって呼んでくれる。縁側にみんなで坐って頂くのだが、初めて食パンとコーヒーを呼ばれた。バターと砂糖とあって、どちらでもいい方を附けて食べなさいというのだが、食パンの食べ方を知らないので、九鬼君の食べるのをじっと見ていて、ああ、こうして食べるのやなと思った。二月に芦屋の家のガスストーブで暖めた座敷で、七十何年前の須磨の思い出を辿りながら叔父は何度もたまらないように笑ったが、その九鬼さんの家のあったあたりへと近づく。

「いま何かでけてますね」

と叔父はいいながら、

「この辺が九鬼さんの大きなお屋敷やったんです」

ここが入口で、ここへ馬車やら馬を置いてある。広い廐がここにね。主人が神戸へ用事で出かける時は必ず二頭立の馬車を出すんです。ここが入口の門です。この上が広い芝生の庭で、ここで家庭教師の人にゴルフ教えて貰ろたんです。この上でね。何か大きな建物が建っている。

「これ、いま何になってるのやろ」

名前が出ている。マリスト国際学校。声に出して読み上げて、あれ、これじゃないか、昨日、ジェーンさんが話していたのはと私。そうです、郭さんのお子さんがみんな入った。妻も驚いた声を出した。来がけの阪急電車の中で中山手通の郭さんの家庭について私から詳しく話を聞いていた叔父は、ああ、仰ってましたなという。そこで妻は急いで叔母に訳を話す。昨日、聞いたところなんですと私がいうと、やっぱり歩いてみないけませんなあと叔父は笑った。それから左手を向いて、

「これが須磨の関守さんの跡です。この辺から上は全部、林でね。ここまで来たら海が見えました」

なおも坂を上って行くと、マリスト国際学校の正門の前へ出た。立派な学校ですなあと叔父。門のところまで上ってみたが、中はひっそりしている。半ズボンを穿いた、いい体格の外国人が校庭を歩いて行く。錨屋の二階でジェーンさんが、明日からマリストは夏休みに入るので、今夜はゆっくり出来て嬉しいわ、早く起きなくてもいいからと話していたのを思い出す。

「この辺全部、芝生やったんです。広いとこでした。ゴルフ、初めてここで教えて貰ったんです」

二階の廊下をもう一人、修道士らしい人が通るのが見えた。

「ここ、何十年ぶりですわ、私。手前の方までは来たことありますけど」

何十年ぶりですねと叔母。こんなとこまでなかなか来られませんものね、何かなかったら。そうですね、わざわざ来るというのはねと私。ふたたび石畳の細い坂道を歩き出す。この辺、椿がいっぱい咲いいてねと叔父。目白取りに来たところですね。ええ、目白取りによく来ました。

史蹟須磨関屋跡と彫った石が左手に現れ、そのうしろに古い、小さなお社が見えた。それが関守稲荷神社。淡路島かよふ千鳥のなく声にいくよねざめぬすまのせきもり。なるほどここなら千鳥のなく声はよく聞えただろう。関守さん関守さんいいました、私ら子供の時分に。前はもっと広かったです。この辺、みんな家がでけて。転んで膝でも擦りむいたらしい男の子が大声で泣きながら三輪車を押してうしろから上って来たが、角を曲って見えなくなった。

「ここは昔から狭い道でね、昔からそうでした」

暑いですなあ、傘出しましょかと叔父。いえ、大丈夫です。さげ袋の中に叔父は折畳みの傘を一本、入れて来ているらしい。三月に神戸へ出かけた時もそうだった。叔父さん、どうぞさして下さい。いえ、私はいいんです。住友さんの寄附で建った見晴しのいい須磨尋常高等小学校の跡は、大きな邸宅になっている。この高い石垣に覚えがありますと叔父がいう。多分、そうですわ。この一角が全部、学校やったんです。立派なおうちがちゃんと守ってくれてるからよろしいねと叔母。尋常小学校はこの上の方にあったんです。ここは千守町二丁目一番地。間もなく舗装された広い道路へ出る。

「広い道がでけてますなあ。さっぱり訳が分らんようになった」

この辺もう須磨寺の境内やったんですといいながら、右へ向って歩き出す。ここから入れるのかな。どっちからでも行けるんです。山側へ入る道の手前で立ち止って、ためらっているところへ日傘をさした若い女の人が通りかかった。須磨寺、こっちからの方が近いでっかと叔父が尋ねる。女の人は大体同じぐらいですけどといってから、この先の信号を左へ入ったら正門へ出ますからと、前の晩の錨屋の娘さんとよく似た物のいい方で教えてくれた。有難うございますと私たちは礼をいった。

「このあたりが全部、遊園地になってたんです、須磨寺の。ひろびろとしてね、ええとこやったんです」

運動場があって、私ら体操の時間にはここ使わせて貰ってたんです。運動会でも何でもここでしたんですけど、もう無いです。すっかり変って。叔父はがっかりしたようにいった。女の人に教わった通り行くと、昔の門前町らしい面影を残している通りへ出た。古い店屋がある。商人宿のような旅館がある。上の方に湧き水があるのか、きれいな水が溝を流れている。紫陽花が咲いている。

「昔は両側が松並木やったんです、ここはずうっと。ええとこでしたけどね」

叔父が送ってくれた「明治三十七、八年より四十年頃の西須磨略図」に、いま私たちの歩いている道が点線でうすく描かれ、その横に小さく松並木と書いてあったのを思い出す。古い山門がある。仁王門があったんですけど、無くなった、大きな仁王さんがいたんですけどと叔父。ところが少し行くと、もう一つ門があった。仁王門、ここにあるんや。ありましたね。仁王さん、いますわ。それでみんな笑った。門をくぐると、うしろは山、両側には桜の青葉。若木の桜いうのがあるんです。それから熊谷の馬盥《だらい》いうのがあってね。熊谷がね、馬に水飲ましたいう盥がこの辺に置いてあったんですよ。そういっているうちに「若木の桜」と書いた立札が見えた。

白い砂を敷きつめてあって、ここが「源平の庭」。説明書きがある。寿永三年三月七日一ノ谷の合戦の際、源氏の荒武者熊谷直実、海上に馬を乗り入れ沖へ逃れようとする無冠の太夫平敦盛を呼び返し、須磨の浜べに組み伏しその首をはねた。平家物語が伝える最も美しく、最も悲しい有名な史話である。(その熊谷と馬に乗って波打際へ引返す敦盛の銅像が立っている)

声に出して読んでいると、叔母が、その上に敦盛さんの首を洗った池があるのといい、階段上ったところですわと叔父。

敦盛は笛の名手であった。その遺愛の「青葉の笛」はいまも当寺に伝えられている。そんなふうに書いてある。ここで昔、小学唱歌にあった「青葉の笛」を私が小さな声で口遊むと、叔父は楽しそうに笑った。

石段を登って行くと、菖蒲の生えた小さい池がある。向うに松の木の枯れたのが横たわっている。ここにもっと大きな池があってね、ここで首洗ったいうんです。そしてね、義経があそこの松の木に腰かけてね、首実検したんです。叔父と叔母が一緒になって説明してくれる。「敦盛卿首洗い池」。線香立てがあって、煙があたりに漂っている。

お参りを済ませて、今度は別の小道をおりると、叔父が墨と色鉛筆とボールペンを使ってかいてくれた「西須磨略図」にあった大池のほとりに出た。離宮公園まで私たちを案内してくれるつもりでいたのだが、もう四時近く、太地とキングスアームスの前で会うのは五時の約束だが、ぎりぎりに駆けつけるのもよくないので、割愛することにする。池の向うに山が見える。

「あの山全体です。アンテナが二つ立ってる。あれが須磨離宮です」

それじゃ天皇が来られたんですか。ええ、大正天皇が暫くおられました。お身体が弱いもんでね、あの方。ここで養生しておられたんです。それでちょいちょいとね、鳥打帽なんかかぶって散歩しておられるのを私、何回も見たことあります。あとで案内書を見ると、古くから観月の名所であったらしい。そこに西本願寺の大谷光瑞法主の別邸があったのを宮内省が買い上げて、大正三年に武庫離宮としたとある。いまは離宮公園になっている。ここでお茶にしようという計画をたてていた叔母は、行けなくなったのでちょっと残念そうであった。

山陽電車の須磨寺駅までは歩いて六、七分と叔父がいい、大池の横を私たちはそちらへ向った。池もまあまあねと叔母。きれいな池ですねと妻がいうと、叔父は、これもっともっと大きかったんですよ。前の十分の一ですなあ。あの近辺までずうっと池やったんです。こっちもずっと。十分の一いうことはないけどね。叔母もこの大池へは何遍も来たらしく、昼はボートが出たりして、桜がきれいに咲いてね、昔はと懐しそうな口ぶり。いつごろのことですかと聞くと、私が結婚した当時という。まだその頃はお祖母ちゃんが須磨の古い家におられましたから、ちょいちょい来ていましたの。桜がきれいでねと叔父。この辺、蛍がようけ出てね、蛍取りによく来ましたわ。三月に居留地跡の東明閣で太地一郎に北京料理を御馳走になった時、安政四年生れのお祖父さんと慶応元年生れのお祖母さんのいる彼の家では、春は須磨寺の境内の続きの大池の桜見物は欠かしたことが無かったという話を聞いたのを思い出す。(あとで地図を見ると、いまは堂谷池という名前になっている。叔父に聞いてみたが、名前が変ったことは知らなかった)

この山は何というのですか。すぐ目の前の低い山を指して聞くと、須磨の大師山。学校で罰くろうたら、走って来いいうてよう走らされました、先生にといって叔父は笑った。やがて町へ出る。商店街へ入る右側に水飲み場があって、歩道から少し低くなった囲いの中に男の子が三人いた。

「湧き水です。昔から湧いてます。冷たいよ、この水」

すると、飲めるんでしょうというなり、ブラウスにパンタロンの叔母は身軽に石段を駆けおり、ちょっと貸してと子供の手からコップを受け取って一息に飲むと、すぐに駆け戻った。おいしかったやろと叔父がいうと、咽喉が乾いたのと叔母は何でもないように答える。

信号を渡って、日覆いのかかった通りへ入る。京染の店だとか大師餅を売る和菓子屋がある。このあたりも両側がずっと松並木でしたと叔父。須磨寺駅に着く。妻は叔父夫婦への手土産が足りなかったので、何かいい果物があれば買って来ますと私にいい、踏切の向うに見える果物屋へ行った。叔母も附き合ってくれる。戻って来るのを待って中へ入り、フォームの椅子に四人並んで腰をかける。叔母は叔父のさげていた袋を取って、私たちのために用意してくれてあった俳画の色紙の包みを出す。荷物になりますけどと叔父。有難く頂戴して、これは果物、三宮まで持ちますからと妻がいうと、私らに下さるのと叔母は恐縮する。中身はグレープフルーツと林檎。

「早くたちますなあ、時間が」

　と叔父がいえば、ほんとに早いわと叔母も妻も声を揃える。でも、七十何年も前のところをこんなにして一緒に遊べるなんて、こんな仕合せなことありませんと叔母。向いのフォームに綱敷天神月並祭と書いた貼紙が見える。この綱敷天神も叔父が送ってくれた略図の中に鳥居のしるしと一緒に入っていた。毎月、お祭りがあるんですか。ええ、あるんです。そこへ電車が来る。こら阪神やなと叔父。阪神やったらあかんな、乗ったら。これやと高速神戸で乗換えんならん。山陽電車の駅だから山陽電車が来るのだとばかり思っていたら、そうでないらしい。電車は行ってしまう。高速神戸で乗換えてもよかったんじゃないのと叔母。あれやったら乗換えんならん。面倒臭い。ここで待ってる方が涼しいてええ。高速神戸は屋根があって暑い、暑い。

　叔母は、このひとつ向うの月見山でおりましたら主人の妹の小山いうのがおりますという。いちばん上の妹ですわ、離宮道いうとこです、ここからでも五、六分で行けますと叔父。いまその御主人は何を。いやもう私より一つ下ですから遊んでおります。もう何もしてません。前、神戸電気いうのに勤めてましたけど、もう引いて遊んどります。その末っ子が市役所に勤めて、いいお嫁さんを貰ってと叔母が妻を相手に話し出すと、入歯になって物がいい難いですわと叔父。遅いんでしょう、入歯になられたのは。いえ、もう二年ぐらいになります。八十を過ぎるまでまだ自分の歯で物を食べていたとは驚くほかない。

「がたがたして、物いい難いですわ。もういまさら何やからいうて医者も塩梅してくれしません。それで辛抱して下さいいうて」

――叔父が笑ったところへやっと私たちの乗る阪急電車が来た。中は冷房が利いていて涼しい。四人並んで坐って、今日は楽しい一日と思わず知らず声が出る。いつ来て頂いてももう何にもお愛想なしでと叔父。いやいや、いい具合に計画をたてて頂きまして。私も久しぶりにあんなとこ歩いて。ほんとに長いこと歩いたことなかった。一遍、二、三年前に関守さんの跡とかあの辺ちょっと覗いてみましたけど、あそこから上へ上ったことないですわ。そのうち、どこかの駅に電車が停ると、ここから高速いう名前に変るんですと叔父が教えてくれる。これ神戸市がやってるんです、元町まで。トンネル掘ってね。短いのに高いんですよ。ほかの電車、大分取られるんでしょう、阪急も阪神も。神戸に地下無いんです、これだけ。そこで昨日、六甲山の帰りに郭さんが新神戸トンネルの中で車を停めて、布引の水の出ているところを見せてくれたことを話すと、叔父は驚いて、何回も通ってるけどそんなもんあるの知りませんでしたといった。

何から話題がそちらへ移ったのだろう。青島へはいらしたことはありますかと私が尋ねると、ええ、行きました、それは鰹節やのうていろんな物を買ってましたから、缶詰なんか多かったですねと叔父。ドイツ人が経営した街で、町並でも家でもきれいに作ってありました。港から見ると立派でした。やっぱりドイツ人がおりましたか。沢山おりました。日本人の方が多かったですけど。それから叔父が商品を卸していたハルビン。昼になるとみな一時から三時まで休みます。日本人もその通りにやってました、その時分は。私らもレストランへ行って、ゆっくりお茶でも飲んで一服してました、得意先の人と。そして夕景はまた早く仕舞います、割合に。あの辺、全部五時には仕舞います。

三宮駅に着いたのが四時半であった。ちょうどいい時間ですといえば、よかったですね、離宮公園へ行ってたらちょっと遅れるとこやったと叔父。芦屋へ帰る二人は同じフォームから出る阪急に乗るというので、楽しい見物をさせて貰った礼をいい、どうぞお気を附けて、またお目にかかりますと笑いながら別れた。

二十四

随分汗をかいたので、そごうへ入って洗面所で顔を洗った。太地は海軍だから五分前には遅れないよといいながら、夕方になっても一向に衰えない日差しの中をフラワーロードを妻と二人で急ぎ足に歩いて、キングスアームスの前まで来た。太地はまだ来ていない。よかったといってふき出す汗を拭いていると、間もなく向うからコードレインの背広をきちんと着込んだ太地が現れ、私たちの姿を見つけると小走りに駆け寄った。

「お待たせしましたか」

「いや、いま来たところ」

ここで挨拶を交し、妻はこの前は大変ご馳走になりまして有難うございますという。いや、却って失礼いたしましたと太地。これからあとのことを先ず決めなくてはいけない。こちらは昨日、郭さん夫妻が案内してくれた生田神社の近くの錨屋の鉄板焼がおいしかったので、そこへ行きたいがどうだろうと提案すると、僕はこの前もちょっとお話しした広東料理へお誘いしようと思ってね、ただ、昨日、郭さんと中国料理を食べておられたら、二日続くのも何だから、お目にかかった上でと思って予約はしていないんだと太地。冷たい生ビールが待っているというのに西日の照りつける路上に立ったまま押し問答をするのも気が利かない。とにかくここへといってキングスアームスの扉を開けて入った。

中は涼しくてほっとする。時間が早いので、奥に髭を生やした外国人の男が三人と金髪の女が一人、静かにビールを飲んでいるだけで、音楽が流れていた。入口に近いテーブルに坐って、生ビールを頼む。僕は小さいのをと太地がいうので、こちらもそうする。妻はトマトジュース。

今日はいかがでしたと太地。叔父夫婦と連れ立って先ず舞子へ行って、舞子ビラでゆっくりしたことをいうと、松のきれいなところでしょう、僕も行ったことがあります。そこへ生ビールのジョッキと枝豆の載った皿がひとつ来る。(この枝豆がおいしかった)トマトジュースは少し遅れたが、乾盃をする。太地は家から出て来たばかりで、ちっとも暑そうな顔をしていない。こちらはまだ汗が止まらないから、何度も汗ふきを出して顔を拭く。須磨でいちばんの旧家という家の前を通ったという話をすると、名前を聞いて、ああ、それなら知っていますと太地。知ってる? いや、あのあたりは行動半径に入っていましたからね。この前もお話ししたように弟と弁天浜あたりで遊んでいて、親父のところへ柔道を習いに来ている人がランチに乗ってるのを見つけて、乗せてくれちゅうて、須磨の沖あたりまで連れて行って貰ったり、そんなことばかりしてましたからね。それに僕が二中にいた頃、須磨、明石あたりから来ているのが割に多かったんでね。

それから貿易商をしている郭さん夫妻に昨日、新神戸駅のフォームで会い、最初に連れて行かれたのがコウベ・レガッタ・アンド・アスレチック・クラブで(その場所がいったいどの辺にあったのやら知らないまま六甲山に向ったが、後になって小野浜に近い八幡通二丁目で、雨の中でサッカーの試合をしていた裏手のグラウンドは、神戸市が昭和三十一年に新しい市庁舎を建てる時、東遊園地に替る公園として作った磯上公園の球技場だと分った)、『神戸外国人居留地』の中で明治三年に香港から神戸へやって来たスコットランド生れのアレキサンダー・キャメロン・シムが設立したクラブだということを読んでいたのでびっくりしたと話すと、太地は面白そうに聞き入っていたが、僕らが小学生時分に東遊園地の浜側にコテッジ風の瀟洒な建物があって、いつもクラブの旗が揚っていたけど、あれがおそらくあなたの行かれたK・R・A・Cの当時のクラブハウスじゃないかと思うんだといった。前のフィールドでよく外人がホッケーとかサッカー、ラグビーをやってるのを見かけましたよ。じゃあ、きっとそうだろう。話の途中ではあるが、ジャパン・クロニクルの「ジュビリー・ナンバー」である『神戸外国人居留地』の中から東遊園地の始まりについて語っているくだりを紹介しておきたい。

「居留地会議はまた、居留地の東の境界である旧生田川の堤防一帯を遊園地にするための作業にとりかかった。堤防の樹木はそのまま残し、低いところを整地して芝生を植え、クリケットやフットボールのグランドが完成した。さらにローンテニスやその他のゲームができる設備も整った。すっかり完成したこの遊園地は、神戸でもっとも魅力のある美しい広場となり、今でも広く外国人にも日本人にも利用されている」

この居留地会議のメンバーの一人として大活躍したシムがK・R・A・Cを率いていたのだから、東遊園地の南端にクラブの用地を確保したのも、最初の仕事として体育館を建てたのも当然の成行きであったと思われる。

「その時にできた建物が今の体育館の基になり、後に建て替えてその中にクラブも含まれるようになり、今日、外国人の運営する唯一の公共の建物となっている」

「ボートハウスは居留地東端の昔の桟橋のそばにあったが、次第に港の拡張工事の邪魔になってきたので二〇年ほど前に敏馬《みぬめ》に移された。新しいボートハウスは更衣室を持ち、うしろにはローンテニス用の空地もあり、カンツリー・クラブも兼ねている」

咽喉が乾き切っていたので、たちまちジョッキは空になり、給仕の女の子に二杯目を註文する。太地は、僕はこれでいいという。東遊園地といえば一中二中のラグビーの定期戦があって、その日は全校生徒で応援に行くんです。あの時分、一中も二中も強くてね、どっちかが必ず兵庫県代表になって全国大会に出ていた。だからこの定期戦の人気は大変なものだったよ。僕のクラスには慶応へ行って全日本のメンバーに選ばれたのが二人いましたからね。それは凄いねと私。

次に六甲山のドライブ。紫陽花は咲いていましたかと太地。咲いてました、きれいですねと妻。ドライブウェイは皆に見せるために西洋紫陽花を植えてるけど、ちょっと中へ入ると昔の山紫陽花がわが物顔に咲いている。それに小紫陽花。これは匂いがして、僕はあの花好きなんだけどね。給仕の女の子が来て、お冷や、お入れしましょうかと妻にいい、氷水を持って来てくれる。関西学院が仁川へ移った年に亡くなった長兄が入学したので、神戸の原田にあった時代は僕は知らないというと、あの辺も僕の子供の頃の行動半径だからかすかに覚えがありますよと太地。いまはあのあたり一帯、王子公園になったので昔の面影は無くなったけど、赤煉瓦のチャペルが残っていて、これは市の図書館として保存されている、風格のあるいい建物だという話を彼はする。自分の卒業した学校でもないのに何か親しみがあってね、原田というところも一回見ておきたいんだ。いつでも御案内しますよと太地。二月に叔父から聞いた旧礼拝堂が残っていてよかった。

あとから若い客が二組ほど入って来て、奥の方のテーブルはいっぱいになった。太地が案内するつもりでいた広東料理にも心惹かれるが、この前、東明閣で北京料理を御馳走になっているのにまた今回もというわけにはゆかない。今日は錨屋の鉄板焼にしてくれませんかと重ねて頼むと、太地もやっとのことで承諾する。まだ時間が少し早いので、いましがた話に出た東遊園地を歩いてみることにして、そろそろ混んで来たキングスアームスを出た。

店の前では大きな音を立てて歩道を掘り返している。おそらく来年の春のポートアイランド博覧会のための工事なのだろう。鳥打帽子を忘れたのに気が附いて、妻に取って来て貰う。テーブルの横の帽子掛けにかけたままになっていて、さっきの愛想のいい女の子が、お宅のと違うかと思ってましたといって渡してくれたという。よく忘れるんだ、行きつけの飲屋なら忘れても取っておいてくれるから安心だけど、旅先ではね。浜の方へ歩き出しながらいうと、僕もよく忘れてねと太地。

フラワーロードを渡って噴水のある広場へ入る。楠の植っているところを歩いているうちに外国人の胸像の前へ来た。これが髭のモラエスと太地。ご存知かも知れないけど、モラエスは神戸のポルトガル領事をしていましてね。いや、知らない。説明の文字を声に出して読む。なるほど一八九八年から一九一三年まで神戸に住み、その年の七月に徳島に移ったと書いてある。亡くなった私の父母が阿波の出身なので、モラエスが晩年を徳島で送ったことは知っていたが、その前に神戸に十五年も住んでいたとは初耳であった。

木立の間の小径を抜けて行く。石畳のところで男の子が二人、ローラースケートをして遊んでいる。道路を渡ったこちらには運動場があって、向うの方で若者が四人、プラスチック製の皿のかたちをしたものを投げ合っている。暑かった一日がやっと暮れかけて、ベンチに腰かけている若い二人連れの姿にも夏の夕べらしい和やかさがあった。

「昔はこれが全部、競技場でしてね」

入港中の英国軍艦オーシャン号を迎えて結成されたばかりのクリケット・クラブとの間に神戸居留地最初のクリケット競技が行われたのは明治二年十月十六日で、その時はまだこの東遊園地は整備されていなかったというのだが、当時の景色はどんなであったろう。——私のこんな気持を無言のうちに察したのか、この日の散策から五ヵ月たった十二月のはじめ、ふたたび神戸で会った日に太地一郎は「神戸のスポーツ事始め」を特集した『市民のグラフ・こうべ』(神戸市広報課)の一九八〇年十一月号を贈ってくれ、そこに掲載された数多くの貴重な写真のお蔭でさまざまな運動競技の舞台となった、古き、よき時代の東遊園地の雰囲気を私は心ゆくまで味わうことが出来た。つば広の帽子の婦人を交えた大勢の外国人の客が、おそらくクリケット・クラブと神戸中学との対戦と思われる野球試合を観戦している一枚があり(中学の打者は制帽をかぶってバットを構えている)、客席のうしろの小高くなったところに続く松が見事であった。

東遊園地を出て三宮に近づくにつれて人通りが多くなる。センター街をちょっと入ったところに太地が中学の頃から出入りしていた後藤書店がある。明治の末ごろに創業した、神戸では有名な古書店だそうだが、この日は生憎休みで、店が閉まっていた。ここで彼の好きだった木下利玄のなかなか手に入り難いといわれる歌集を見つけたという話を、三月に東明閣で会った時に聞いたのを思い出す。そうすると、海軍予備学生に入隊する前に私に贈ってくれた竹久夢二の絵入詩集『小夜曲』もこの店で買ったのだろうか。

「戦災で焼けてしまってね。だから、いまの店は新しい建物なんだけど、不思議なものでやっぱり何ていうかな、或る風格のようなものは残ってるね」

人混みが嫌だからという太地は、地下へ入ったり狭い路地を抜けたりしながら、私たちの話でほぼ見当はついていたらしい生田神社近くの通りまで案内してくれた。あとは妻が覚えていて無事に錨屋に着いた。前の晩のように二階へ上るつもりで階段へ行きかけると、カウンターにいた若い女の子が人数を聞いてから、こちらへどうぞといった。古い、飴色のピアノが置いてある階上は、頭数の多い客が来た時のために取ってあるらしい。恰幅のいいコックさんが現れて、目の前でフィレ肉を切り分けてくれる、あの大らかな気分を太地に味わって貰おうと、いそいそとしてやって来たのだが、なるほど三人や四人くらいであの広々とした鉄板を囲む卓を占領したのでは困るだろう。あとで階段を上った途中にある手洗いへ行ったついでにちょっと覗いてみたら、この日は人影も無く、静まり返っていた。

椅子席のいちばん奥に坐った。若い男の給仕が私たちの荷物をうしろの棚へ入れてくれる。太地はその前に鞄の中から佃煮の包みを出して、奥さん、これ、前のと違う店ですけど、どっちがおいしいかちょっと食べ比べて下さいといった。どこのお店？　この前、頂いた八百丑のはおいしかったけど。大井です。ああ、大井肉店。芦屋の叔父の話に何度も出て来たから、私たちは既に馴染の店のような気持がある。明治五年から続いてる店でね、牧場を持っていて牛を育ててるんですわ。こちらは紅茶とビスケットの包みを出す。そこへビールと前菜の小蝦が運ばれたので乾盃する。

僕は今日、ホテルを出る時に暑くなりそうだからスポーツシャツで行こうかといったら、家内が、いや、太地さんはいつもきちんとして来られるから、やっぱりワイシャツを着た方がいいというのでね。太地は笑って、それは大変だったろうな、あなたは汗かきだから。そうなんだ、一日汗のかき通しでね、上着ははじめからしまいまで手に持ったままだったよ。いや、僕も真夏にお会いする時は、こんな恰好はとても出来ませんから、失礼しますよと太地。それじゃ、お互いにこの次から夏に会う時は、スポーツシャツでということにしようか。その方が有難いね。そういってから太地は、ちょっと気になるので、酔わない前にお聞きしたいんだけど、この前、あなたがもし神戸でまだかかっているようなら是非観るようにといってた映画があったね、あれ、何ていうんだったと聞く。「マンハッタン」。ああ、「マンハッタン」か。音楽が全部ガーシュインの曲でね、なかなかいいんだ。君がもう長年、映画を観に行かないというもんだから、それじゃひとつ推薦しようというのでいっただけでね。いや、あの晩、キングスアームスを出て、月明りの道を三宮までお二人を送ってから家へ帰った。女房に話をしていて、なんか観ろ観ろといわれたけど、何ていう映画だったかなと思い出そうとして、どうしてもその題名が出て来ないんだ。広告に出ていなかった？　僕も新聞は丹念に見る方なんだけど、出てなかった。とにかく酒飲んでる時にしゃべったり聞いたりしたことは、きれいに忘れてるんだ。そうか、「マンハッタン」か。今度は覚えておこう。三人連れの男の客が入って来て、給仕の女のいるカウンターに並んで腰かけると、先ずビールにしようといった。静かな音楽が店の中に流れている。

二十五

箕面、あなたご存知と太地がいった。私たちの前の鉄板には、食べよい大きさに切ったフィレ肉を三人分ひと纏めにして真中に、まわりはこれも向うで焼いて来たじゃがいも、南瓜、玉葱、豆腐ときぬさや。各自好きなだけ大根おろしの入ったつけ汁の皿に取って食べるわけだが、太地は例によって話に身が入って箸の方はお留守になりがちで、

「太地、これを食べながら」

とか、

「もっと食べてくれよ」

と何度となく注意を促さなければならなかった。

知ってる。僕ら外語の一年の時、上田さんと一緒に行ったの覚えてる？　ご存知どころじゃ

ないというふうにいうと、いや、それは僕はと太地は他人ごとのような返事をする。授業が始まって一月くらいたっていたから五月の中頃かな。吉本さんは都合が悪くて上田さんが来られた。家が豊中だから近いということもあったんだろう。それじゃ行かなかったんだな、僕はと太地。あれが初めてのクラス会だから、進級できなくてもう一回、一年をやり直すことになった東条や沼なんかは別として殆ど全員、参加したような気がする。滝の前で写真を撮ってね、上田さんを真中にして。あれが残っているといいんだけど。卒業アルバムには入っていなかったな、あの写真。

それは全然覚えていないといった太地は、いや、こないだその箕面へ行ったんだよ。山もみじが立派でね、素晴しいもみじだ。それにちょうど梅雨で、滝へ流れ込む水の量がいちばん多い時なんだろうな。驚いたよ。これは深山幽谷の滝だな、まさしく。箕面というのはやっぱり大した滝なんだなと僕はその時に思った。君のところからどのくらいで行けるの。大してかからない。三宮から阪急に乗って十三まで行って、次は石橋で乗換えたらすぐ箕面だから。あなたがいまいわれたクラス会にもし僕が欠席していたとすれば、箕面へ行っても仕方がないという気持があったということは考えられるね。実際、僕は箕面の滝なんか大したことないと思っていたんだ。これは間違いだな。立派な滝ですよ、あれは。

こちらは四十一年前のそのクラス会以来、多分、一回も箕面へ行ってはいないのだが、太地がそんなふうにたたえるのを聞くと、何だか懐しくなる。それじゃ一回、僕らも行ってみようかな、芦屋の叔父夫婦を誘ってというと、是非、それはお勧めしますよと太地。それから、勤めをやめて今度初めて梅雨期に会ったわけだけど、梅雨というのは悪くないものだなと思ったと彼はいい出す。あなたなんか日常生活があるから梅雨というものの受け止め方も違ってくるわけだ。僕ら、朝飯食ったら社へ行かなきゃならない。帰る時はもう真暗でしょう。一杯飲んで帰る日もあるし。電車に乗ってると汗ばっかりかいてね。要するに今日もまた傘をさして家を出なくてはいけない、じめじめして嫌だなという感覚だけしかなかった。ところが閑になったもんだからあちこち出歩く。さっきもお話ししたように六甲山へこないだ登ってみると、僕の好きな山紫陽花、小紫陽花がわが物顔に咲いている。卯木《うつぎ》の花がある。みなそれぞれ営みを続けている。それにこの時期の草花というのはいいな。どくだみの花にしても、ひめじょおんというのはこの間、図書館で調べてみて名前を知ったんだけど、ちょっと郊外へ入るといたるところに咲いている。早春の花木というのは前から好きだけど、この初夏に咲く野の花もいいものだね。

それから阪急嵐山線の上桂という駅におりると地蔵院があるんだ。竹林と苔庭が見たくて、今月のはじめに出かけてみたんだけど、杉苔の艶がいいのに驚いた。二、三日、雨が降り続いたあとで、新竹の青の色がまた爽やかで、目にしみるようなんだ。ついでに山道沿いにちょっと足を伸ばして苔寺へ行ってみた。近頃は拝観できないようになってね、西芳寺川の岸に沿って歩いたんだけど、ここの竹林もよかった。野苺の赤い実と卯木の白い花が竹の緑に映えてね。

まあ、そんなようなことで世間を歩いてみて、梅雨というのはこれは素晴しい時期であると思い知らされた。

僕らもそうなんだ、庭を植木溜のようにしているから、梅雨にしっかり降ってくれないと困るという気持もあるにはある。だけど、葉の先からあっちでもこっちでも雫が光りながら落ちるのを見ているのはいいものでね、何だか年とともに心を惹かれるようになって来ると私。私たち、大好きなんですと妻がいえば、それを伺って安心したよ、あなたがどういわれるかと思って実は恐る恐る持ち出したんだけどと太地は笑わせてから、もう一つは山桃だ。あれはいま、実が熟しているんだね。僕ら子供の時分によく齧ったもんだけど、これは梅雨の頃に熟していたのかと思ってね。それはどの辺で？　山へちょっと入ったらいくらでもありますよ。こうやって赤く熟して、次に黒くなって来る。これを口に入れるとうまいんだ。甘味はあるの。ある。いちばんうまい。そうか、僕らは山桃って知らない。大阪の南の外れの、家の裏がすぐ畑や田圃というようなところで育ったけど。神戸は何といっても山が近いからね。子供の頃からその辺を走りまわっていましたよ、僕は。

そのうち私は太地に、君はクイラークーチのことを本多さんの授業で教わったといっていたけど、それはエッセイ、それとも詩と聞くと、彼は教えなかったという。教えなかったけども、クイラークーチというのは俺は好きなんだという話をした。そうか、僕は本多さんの授業でスティーブンソンの小説を読んだのは覚えているけど、クイラークーチの何をいったい習ったのかと思ってね。しかし、中之島のホテルで君がクイラークーチとか'Q'とかいったとたんに僕も初めて聞く人の名前のような気がしなかったから、あるいは記憶のどこかに引っかかっていたのかも知れない。おそらくそうじゃないかな。しきりに'Q'、'Q'といってたからね。あの人の試験というのは、黒板にさあっと書いてそれを訳せという。何か訳の分らんような詩だよ。それでみんなに分ったかと聞く。どう訳していいか分らんような変ちくりんな。太地は笑った。その採点も七十点ぐらいのばっかりで上も下も無いんじゃないかという噂をみんなしていた。べらんめえでね、野人礼にならわずというのかな。あの人も亡くなったね。うん、亡くなった。

それから太地は、ショウさんとジョンズさんが帰国したあと、会話の授業を受持ったマリー・イデという人を覚えていないかと尋ねた。小柄な人だったのは覚えているけど、僕は休んでいた間が長かったせいかあまり印象が無いんだというと、あの人、神戸から外語へ通ってたんだ、うちのクラスの神戸組の連中が押しかけて行ってティーを御馳走になった話をしていたので覚えてるんだけど。あなたのいわれる通り、小柄な、物のいい方のはきはきした人だった。アルバムには出ていたよと私。それが無いんだよ。あなたに貰った本はあるんだ。伊東静雄の『夏花』。あれだって失ったと思い込んでいたんだ。新聞社にいる間に何遍も転勤があって、荷を抜かれたからね。戦争中に大事にしていた本を僕は相当無くしたんだ。だからよく残っていたと思ってね、われながらあれは。まあ、そんなようなことで卒業アルバムも無いんだ。あなた、持ってる？　持ってる。僕のやつなんか入ってる？　ちゃんとあるよ。英字新聞のようなのを小脇に抱えて廊下に立っているところじゃなかったかな。太地は笑い出して、全く気恥しいな。それであなたにお聞きしたいんだけど、写真の下に何か変なことを僕は書いていなかったかな。その、蜜蜂の短剣がどうとかっていうような。

それはどうかな。はっきり覚えていない。いや、あの時分、あなたが堺におられる伊東静雄を訪ねて行くようになったという話はあなたから聞いて知っていたよ。僕は僕でもう少し前からいろんな人の詩集をあちこちで買い集めて来ては、真似ごとみたいなものを書いていたんだ。あなたに話さなかったかも知れないけど。それで蜜蜂の短剣か、蜜蜂と短剣か、そんなようなことをアルバムに書いてなかったかなと思って。いや、あれは本人でなくてほかの者が書いてる筈だよ。じゃあ、太地というのはそんな訳の分らん詩を作るやつだというようなことを誰か書いたのかな。今度、帰ったら確かめてみるよ。もしそういうのが出ていたら知らせてくれないか。とにかく、それを見た時、おれ、こんな妙な詩を作ったんだなと思った記憶はあるんだ。

カウンターにまた二人連れの男の客が入って来て、話し声がますます賑やかになる。肉を焼く音がして、いい匂いが店の中にひろがる。——いま話に出た、私の手許に残っていて太地のところには無い卒業アルバムだが、写真が貼ってあるのははじめの半分だけで、残る半分は空っぽになっているのが、いかにも戦争のために卒業を待たずに散り散りばらばらになった私たちのクラスにふさわしいものに見える。型通りに校門から眺めた校舎の正面。(街なかのせせこましいところに私たちの学校はあった)校旗と校歌——その出だしの「世界をこめし　戦雲漸

く霽《は》れて　東の空に暁の明星一つ」とある戦雲とは、主幹の吉本教授が毎年、必ず新入生の最初の授業に歌って聞かせるようになって以来、英語部の歌となったティペラリーが英軍兵士の間で愛唱された、いまは遠い第一次世界大戦を指している。モーニングに威儀を正した校長、英語部の教官に続いて出席簿の順に三十数名の顔写真はあるのだが、あとに続く筈の学校行事その他のスナップ写真が申し訳のように数枚貼ってあるだけ。これからがアルバム委員の仕事のかき入れ時という二学期には、海軍軍令部、陸軍参謀本部、大阪中央電信局へとそれぞれの任務を与えられてクラスの殆どの者が出て行き、写真を撮ろうにも撮りようが無くなった。大阪外国語学校英語部第十八回卒業記念の文字の下に「昭和十六年十二月」とあるのが、無言のうちにその空白の頁の意味を物語っている。

鉄板の上はすっかりきれいに片附いた。太地は御飯は要らないというので赤出しだけ取ったが、それも無くなり、それじゃここを出ましょうかと、お互いに椅子のうしろにかけていた上着を着たのは、八時ごろだろうか。勘定を払う時、はじめにこちらへどうぞと声をかけた女の子に、昨夜、郭さん一家と一緒に来て楽しかったので、今日は友人を誘って来たことを話すと、向うも覚えていて、昨日は二階へお出でになったのに済みませんでした、喧しかったんじゃないですかといった。いや、そんなことはありません、おいしく頂きました。昨夜の食事の時に私たちの給仕をしてくれたのはここのマダムの妹さんで、今日は休みだそうだ。よろしくお伝え下さいといって店を出た。

行先は振出しのキングスアームスと決まっている。もう大分ネオンの色が濃くなりましたねと太地がいったから、笑い出す。空がいつの間にかこんなになってね。錨屋の椅子席のいちばん奥にいておしゃべりをしている間に、何組もの、殆どが二人連れ、三人連れの男の客があの厚い木の扉を開けて入って来ては先ずビールを頼んでから肉を焼いて貰って、出て行った。暗くならないわけが無い。

「いまがいちばん昼が長い時でしょう」

「ああ、そうか。こないだ夏至だったから」

まあ僕らの世代というのは或る程度、頑固なところがあって、明治の人間ほどではないにしてもね、ウイスキー一杯飲むにしたってあまり矢鱈なところへ行けないんだねと太地。割合に気難しいんだ。要するにちょっとその辺に入りましょうかというんじゃなしに、またキングスアームスへ戻ろうかということになる。妙なもんだと思うな。笑いながら太地がいうと、千里の道を遠しとせずにと横をついて来る妻が相槌を打った。

それに僕は、うちの者にいわすとそうなんだけど、同じとこへ行くね。絶対にここはよさそうだから入ろうということは無い。これ、うまいというんだな。ここ、うまいから入ろうというと、いや、止めとこう。すぐ止めとこうというんだな。やっぱり気に入らないんだ。物を食うのにうまけりゃ第一義的にはいいわけなんだけど、そうゆかない。いや、全く同じだなと私。レパートリーは甚だ限られている。何だか自分でもちょっと哀れだなと思うことがあるけど、変えようとはしない。一生このままで終るんだろうなという気持がある。これはやっぱり、或る意味では英国式だね。

そのうち、地下へ入った方がと太地がいい、いわれるままについて行く。上ったりおりたりさせて悪いけど。大丈夫、その方が運動になっていい。いや、そういう僕は足が弱くなったよと太地。それじゃ努めて歩いた方がいいね。歩くのはそう嫌いな方じゃなくて、いろいろ歩きたい方なんだけど。日課として歩いたらいいんじゃないかな。芦屋の叔父なんかも聞いてみると、よく歩いてるね。朝御飯を食べる前に山の滝のあるあたりまで登るんだけど、往復一時間かかるそうだ。いや、それは見習わないといけないな、僕も。

これを行くとキングスアームスへ出られるの。御心配なく。この辺は目をつむって歩いても僕には分りますから。太地は笑ってから、いや、年取って来るとね、人通りの多いところを歩いていて、向うから来るやつにぶち当られたりすると、腹が立って来るんだ。自分の足の悪いのを棚に上げてね。仕様がないから、こういう穴場を見つけて歩いてるんですよ。ここ歩いてる分にはぶつかる心配はないから。静かですねと妻。こんなとこは何か目的があるやつでないと歩きませんからね。

だけど神戸は若い人を見ても何となく和やかな空気に包まれている。棘々しいものがないよ。いや、あまり買いかぶらないで下さい、すぐに化けの皮が剝げるから。太地は笑いながらいった。別に君にお世辞をいうつもりはないけど、本当にそうだよ。東京だと或る場合にはそばを通って何かいいがかりをつけられるんじゃないかと怖い気がすることがある。神戸にはそれが無い。独特の柔かさがある。これはやっぱり外国人が作った街だからかな。いや、そのうちにあらが見えて来るよ。

私たちは市役所の前の通りへ出た。いいところへ出て来ましたねと妻。遠まわりさせてしまって悪かったねと太地。外国の人は擦れ違う時でも当らないように当らないようにお互いに気を附ける、当りそうになっただけですぐに御免なさいというが、あれは何百年という間に身に附いたものなんだろうという話になる。僕なんかこの頃、これだからねといって太地は、ぶつかられた相手を睨みつけて、上体を斜めにかしがせる恰好をしてみせたので、三人とも笑った。そんなことしちゃいけないよと私。

しかし、年とともに頑固になるね。親父が頑固だし、祖父さんは頑固だったからね。僕はそれを見ていてやっぱり年寄りは頑固だなとよく思ったもんだけど、自分がだんだんそうなるね。そうかい。横断歩道の手前まで来て、信号が赤になっているので、待つ。空を見上げると、星が出ていない。

あっちは盛り場の方だし、こっちは税関の方。ああ、そうだね。夜、ともしをつけてもやいしている船っていうのは情緒がありますよ。ランプというのは雰囲気を持ったものだけど、特に船のマストに附いてるランプはね。道路の向うにも待っている人がいる。これ、ボタンを押さないと変らないのかなといったら、とたんに青になった。遅くなるね、大阪へ帰るのが。いやいや、それはいいんだ、いくら遅くなってもね。昨夜も十時まわっていたよ。歩いて行くと、こういう書店があるんですよと太地がいう。キリスト教関係の書物を扱っている本屋らしい。聖書ばっかり売っている店があるんだね。神戸には多いんだよ。それから、第四突堤のポートターミナルへ時々、日本丸や海王丸が入ると甲子園の弟を誘って一緒に見に行くという話になる。去年の暮に海王丸が入った時も、帆船見に行こかといって。同じ海軍だからね、弟も。前にお話ししたようにあれは予備学生の三期でね、旅順で基礎教育を受けた口だ。それじゃあ、もと海軍大尉と中尉ということで中を見せてくれるの？　いや、見学会というのがあってね、希望者が多いもんだから前もって申し込むと予約券をくれる。それを持って行けば乗船できるんだ。僕は築地の経理学校にいた頃に越中島の明治丸を見学したことがあってね、これはトップスルだとかミズンだとかといって、弟と二人で懐しんでいるんだ。それに日本丸も海王丸も神戸の川崎造船所で昭和五年に造った船でね。ご存知のようにその間ずっと商船学校の練習船として若者を育てて来たわけだけど、役目を果して、近いうちに引退するらしい。半世紀だから、考えてみれば大変なもんですよ。終戦後には外地から引揚げの軍人や一般の人の輸送にも活躍したしね。四本マストのバーク型で、世界の名帆船の中に入るだろうね。いい船ですよ。本当にいい船だな、日本丸、海王丸っていうのは。

二十六

キングスアームスは混んでいた。テーブルの席は殆ど満員で、カウンターも半分は埋まっている。三月に来た時、私たちが坐った二階へ上る階段の下、柱の蔭になった隅のテーブルに坐る。懐しいな、同じテーブルだと笑いながら、註文を聞きに来た給仕の女の子にブラック・アンド・ホワイトの水割りを二つとアイスクリームを頼んだ。カウンターの右手ではめいめい生ビールのジョッキを前にして、黒板に点数を書き入れながら投げ矢をしている若者がいる。

手洗いから戻って来た太地が、うっかりお礼を申し上げるのを忘れていたけど、こないだあなたに頂いたウイスキー、うまかった。そりゃよかった。そのあと、今日、あなたに会った収穫の一つは、梅雨がいいものだとお互いに確かめ合ったことだと太地はいってから、ところで話は変るけど、お宅は夏になると葦戸《よしど》に替えますかと尋ねた。いや、あれ、いいと思うんだけど僕のところには無いから。うちはあれをしていた。祖母さんがもう必ず替えるんだ。夏になると襖を全部、あれに替える、僕の子供の頃にね。そうすると夏が来たという気持がしてね。戦後は家もやり替えたし、とてもそんなことしませんけど。前のは古い家だったからね。大正年間に出来た家だから、そういうのがまた似合ったんだろう。いまは市街地の真ん真中で、どうしようもないんでクーラーを一室だけ入れてるけど、居間だけ。いや、僕も自然の風にまさるものはないという考えで、クーラーは嫌いなんです。嫌いなんだけど、一つの部屋だけはつけないとどうしようもないんですよ。そうだろうな、街の真中ではね。

前に行ったお部屋、さっき見ましたけど、きれいになってますよと妻がいう。二階の階段を上ったところにある手洗いへ行ったついでにちょっと覗いてみたら、（あとでいったいどんなふうにきれいになったのか聞いてみたら、テーブルが二つあるだけで隅のところに腰かけなんかを積み重ねてあったのを片附けて、もう一つテーブルを置き、壁のペンキを塗り直してあったという）いや、この前もお話ししたように、八年くらい前になるかな、亡くなった長兄の次女になるんだけど、オリエンタルホテルで結婚の披露をした時、前の晩にここへ家内と二人で来て食事をした。それがちょっと趣のある部屋でね。イギリスの下宿屋か、それとも子供の勉強部屋といったふうでね。給仕の女の子が料理やら酒を運んで来ると、古い木の階段がきしんで音を立てるんだ。キングスアームスというパブリック・ハウスが向うにあって、それをそっくり真似て建てたといってたけど、その時。

いまのお話を聞いていてね、またクイラークーチになるんだけど、あなたの仰ったそういう小部屋に一組の男女がいて、椅子に腰かけて会話をしているという詩があるんだ。いま思い出した。どんな題だったかな。ドゥーム・フェリー。ドゥームは運命のドゥーム。ドーバー海峡を往き帰りするフェリーがあるんだ。それに乗る客が居酒屋の小部屋でフェリーの着くのを待ちながら話している。そういう情景なんだ。大きな体格をした外国人の男が三人入って来て、カウンターに案内された。

それから私たちが十九年前に引越した多摩丘陵沿いの土地の名が生田で、いまも駅や小学校、中学校なんかはそのまま変らないんだけどという話をすると、

「生田の森の生田?」

と太地が聞いた。

そう、生田神社の生田といってから、それで川崎市生田の下に字何々というのがくっついていたんだ、大阪の兄から最初に届いた手紙を見ると、川崎市生田区となっていたのには驚いた。こちらは家の横の藪でふくろうが鳴くような山だろう、おやおや、神戸になってしまったといったんだ。それは愉快だな、でも無事にお兄さんの手紙が着いてよかったよと笑ってから、生田神社はうちの氏神でねと太地。こないだ話したかな、亡くなった親父がやっぱり向うの世話人をずっとしていて、いまだに親父の名前を刻んだ石なんかがありますから。話の途中であるが、『神戸外国人居留地』の「外国貿易港神戸の夜明け」の章に兵庫開港当時の神戸村が描かれていて、生田神社あたりの風景が出て来るので、ちょっと紹介したい。

「当時の神戸は、湊川にかかる橋の上から生田神社の参道までつづく、曲りくねった細長い町だった。この生田参道の入口に番所が置かれていた。大名行列が頻繁に往き来する大阪・京都へ通じる街道があり、その道をまるでおおいかくすように両側に大きな樹が植えられていた」

「西の方に、藁葺《わらぶき》の家と灰色の瓦葺の家が入りまじって密集している兵庫の町が見えた。人口

はせいぜい一〇〇〇人ぐらいだろうか。神戸村の東、やや北よりのところに由緒ある生田神社があり、神社を包みこむ境内の、暗い大きな杉の森が視界をさえぎり、そのあたりの様子はあまりよく見えなかった。三世紀ごろ、神功皇后が朝鮮遠征の帰途通られた道だと伝えられる並木の参道の入口にある石の鳥居は、昔から今の居留地の場所に立っていた。生田神社の周囲は野原で、冬の陽ざしを受け荒涼としていた。背後には諏訪山をはじめとする丘陵が連なり、木がこんもりと茂っているのもあれば、地肌が露出している丘もあった」

つまり、開港の瞬間に間に合って有利な立場を確保しようと極東のあらゆる地域から集まって来た外国商人の目に映った景色は、おそらくこんなふうであっただろうというのである。

今日、僕はあなたにお会いするので、たまたま三宮神社の前を通って来たんだけど、あの前に神戸の開港当時の大砲を置いてある、備前の岡山藩の兵隊と外国兵が衝突して。ああ、神戸事件のね。この前、僕らも車の中から見ました。ああ、ご覧になった？　はい、岡山藩の大砲ですわと叔父がいってました、あの時と妻。中学の時、いつもあの前を歩いてたんだそうです。須磨から一中へ通うのに神戸でおりて歩かされたのでねと私。それじゃよくご存知の筈だと太地は笑った。まあ神戸というのは妙な街だね。そういう開港にまつわるいろんな物を持ちながら近代的な都市として発展して来ているわけだから。その点、やっぱり横浜と似てるんだろうな。

外国人にとって神戸は非常に住みよい町だという話をするうちに、今日、あなた方の行かれた舞子と須磨、あの中間に塩屋というところがあると太地。ああ、通りました。塩屋の山の上にはいまでも外国人の家が多いですよ。塩屋のジェームス山といってね。ジェームス山？　あそこを住宅地として開発した英国人の貿易商の名前を取ってそんなふうに呼ばれてるんだけど、古くから神戸にいる人には懐しい名前でね、僕らも子供の頃、ジェームス山、ジェームス山と人が話しているのをよく聞いた。カメロン商会のジェームスという人の息子さんが昭和七年ごろからここに外人向けの賃貸住宅を五十軒ばかり建てたのが始まりでね。それより前にも英国人が塩屋にかなり住んでいて、カントリークラブを作っていたらしいから、六甲と並ぶ避暑地として割合に早くから彼等に目をつけられたんだろうね。

君は行ったことはある？　ある。海軍から帰って大阪の新聞社に勤め出した頃、一度、仕事のことで外人クラブのマネージャーに会いに行ったことがある。夏の暑い日で、そこへ上る坂がまた急なんだ。汗をふきふき登って行ったら、プールのそばや芝生で甲羅を干している連中の姿が見えてね。須磨浦を見下す高台のいい場所にあるんだ。それと外人住宅へ入る坂の角のところにライオンの石像があったね。あれはいまも残っているんじゃないかな。

いらっしゃいませ、カウンターへどうぞ。元気のいい給仕の女の子の声とともに年輩の外国人の男が二人入って来て、カウンターの椅子に腰かけた。

家内の叔父が神戸一中にいる時、五年間、浜寺の水練学校へ通ってねというと、あれはうちの社でしょうと太地。ええ。その間は靭の店の方に泊ってね。二年で卒業して、あとは助手になって教える方にまわったんだけど、次の年に塩屋に分校が出来て、そっちへ行ったんだそうだ。あまり生徒が集まらなくて、一年で止めになった。じゃあ叔父さんは水泳の達人だな。卒業試験があって、抜手だとか立泳ぎだとかいろんな泳法をやらされるらしい。遠泳は泉大津から大阪湾を横切って真向いの魚崎まで、朝の八時ごろ出て三時ごろに着くんだそうだ。いや、それは大したものだ。僕も予備学生の教育期間中に千葉の勝山海岸で水泳訓練を受けたけど、その時に難しい水府流を教わってね。横泳ぎがあるんだ。一重のしといってね、さあっとこうやるんだ。太地はその恰好をちょっとして見せたが、浜寺の水練学校といえば歴史があるからね、あれで免状を貰うと立派なものですよ。それで思い出したけど、塩屋に僕の上役の一人が住んでいて、夏になると海水浴に呼んでくれるんだ。社へ入りたての頃だったけど、ジェームス山はその人の家から川を挟んで西の丘にある。海水着のまま家を出て、山陽電車と国鉄のガードをくぐると浜でね。夕方、腹を空かして戻ると、奥さんが昼網で取れたての魚をビールと一緒に出してくれるんだけど、うまかったなあ。海もきれいだったしね、まだあの頃は。

叔父の話が出たついでに、いつも僕らは叔父夫婦と会ったあとでこうして君に会っているわけだけど、君も叔父もどちらも神戸の中学を出ているんだから、時代は隔たっていてもいろいろ話が通じるところがありそうな気がする、もしよかったら一回、会ってみないか、叔父もきっと喜ぶと思うけどというと、太地は、いや、それは実現するといいな。前にちょっとお話ししたかも知れないけど、二中というのは一中の分れのようなものでね。はじめは校長先生もかけ持ちしてたんじゃないかな。一中で長く教えていた先生がこっちへ来たり、とにかく交流がいろいろあったのは確かだ。僕らのいた頃でも、何かというと一中の生徒を持ち出しては気合を入れられたよ。それに叔父さんは一中だけでなしに僕らにとっては人生の大先輩だからね。この三月で満八十五になったんだけど、気持に若々しいところがあってね。それは僕もあやかりたいなあと太地がいったので、笑った。

店はますます混んで来て、私たちのテーブルを少し動かす。柱が太地と私の間に挟まるかたちになったが、仕方が無い。二人とも顔を柱の横から出すようにして話をする。七人連れの客が入って来て、給仕の女の子が、もう一人に、キッチンから椅子を二つ持って来てといった。そのうち、私たちの荷物を載せてあった椅子も貰いに来たので、どうぞという。

「若々しい雰囲気でいいなあ」

「どうやらわれわれが最年長らしいよ」

「そうらしいね」

それから戦後の悪い酒の時代に新聞社のようなところへ入ったばかりに随分無茶な飲みかたをしたが、よく死ななかったもんだと思うと太地はいった。毎晩のように先輩に連れられて阪急の終電車まで飲んでいた上に、東京へ出張すれば自分と同年輩の者がいて、行こうという。ひと頃、料理屋にせよ飲屋にせよ、客に酒を出すのを禁止された時期があった。有楽橋の袂に電気ブランを飲ませる店があって、そこへ行く。コップに注いでくれるのを飲む。そうすると、よく漫画に頭から星みたいなのが飛ぶところがあるけど、全くその通りの状態になる。これを飲んでいると経済警察がまわって来て、咎められる。親爺が経済が来たというと、コップの中身を数寄屋橋の堀へ投げつけて、飲んでいませんよという顔をする、ところが足もとはふらふらしているし、頭からは四方へ星が飛んでいる。何かいわれるんだけど、こっちは分らんから、へえーといってるわけ。向うは仕様ないなとか何とかいって見逃してくれる。昭和通に寮があって、そこまでは帰るんだけど、太地さん、靴脱いで下さいと小母さんにいわれる。そのままばったり倒れて、朝になったら布団を着せてくれている。あとから考えると相当なことをやっていたと思うよ。いや、それはこっちだって負けてはいないよ、ここにちゃんと証人がいると私。

そのうち外語の教室の思い出へと移った。あなたにひとつお聞きしたいけど、ウイリアム・ジョンズね、あの人がシルビアというのはいい名前だといったのを覚えてる？　いや、覚えていないな。当時、売出しのシルビア・シドニーという女優がいた。それも知らない。僕はまあ映画が好きだったから覚えてるんだけど、あのいつも仏頂面をしていて冗談ひとつ口にしないジョンズさんがそんなことをいったから、いまだに忘れないんだ。授業中に？　授業中だ。シルビアというのはいい名前だといった。ああいう固苦しい英国人だろう。だから、あれっと思ったんだ、それを聞いた時。四十年たって何もかも風化した中でこれだけ残ってるんだよ。あの先生にシルビアという女性なんかいそうにないんだけどね。

それで思い出したんだけど、僕も忘れられない言葉があるんだと私。最後の授業の日にあの人、今度、国へ帰ることになったとも何ともいわない。いつもの通りなんだ。僕はあとから追いかけて行って、廊下で、お帰りになるんだそうですねといったら、うんといった。大変残念ですという意味のことを僕はいったんだ。せめてひとことでも伝えたいという気持があったのでね。ショウさんの時のように見送りにも行けなかったしね。そうしたらジョンズさん、僕を見て、“Come to New Zealand on honeymoon.”新婚旅行にニュージーランドに来たまえ。それがジョンズさんの別れの挨拶だ。ジョンズさんは外語のほかに和歌山高商でも教えていたんじゃないかな。とにかくショウさんほど長くはなかったにせよ、日本で英語教師をするようになってかなりの年数はたっていた筈だ。それがこのままだと戦争は避けられないと見切りをつけてニュージーランドへ帰る決心をしたんだから、さぞや憂鬱だったろうと思うんだ。外国人というだけでスパイじゃないかとかんぐられる時代だったからね。ショウさんにしたってジョンズさんにしたって僕らの知らないところで随分不愉快な目に会っていたに違いないと思うね。そんな時に“Come to New Zealand.”だから、忘れられないんだ、僕は。

もうあの人たちのことを覚えている先生がたも上田さんのほかに誰もいなくなったといえば、森沢さんがいると太地。そうだね、あの人は講師だったからね。年もいちばん若かった。僕らは西洋史を習ったんだ。森沢さんといえば、あの人のアナザーラインというのを覚えてると太地。覚えてない。よく覚えてるなあと感心すると、それひとつしか覚えてないんだと笑いながら、要するに講義をノートさせているだろう、間にアナザーラインというのが入る。行を変えてといってるわけだ。それが、非ざらんやと聞える。ノートを見たら、非ざらんや、非ざらんやと書いていた奴がおるというんだ。僕が覚えてるのはそれだけ。

話は尽きなかったが、最後の註文というのを給仕の女の子が聞きにまわって来たので（私たちはウイスキーのあと生ビールを飲んでいた）、お開きにすることにした。店の外へ出ると、道路を掘り返すドリルの音はまだ鳴り響いているが、夜ふけの通りには殆ど人影は見えない。

僕らの時の校長は葉山萬次郎と太地。もう何十年と耳にしなかった名前が出たから、うん、葉山萬次郎とこちらも繰返す。あの校長がいろんな人を呼んで来て文化講演というのをわれわれに聞かせたのをあなたは覚えてる？　肩を並べて歩き出しながら太地がいった。いや、覚えてない。伊東忠太という人が法隆寺の建築について話したのをあなた覚えてないか。覚えてない。聞いとらんなといって太地は笑った。あれは二時間あるんだ。それで建築学の立場から法隆寺の建物がいかにすぐれているかを解明した。伊東忠太といえばその方面の泰斗だろう。僕はなんでこういう人が外語のような場違いのところで講演をするのかと思った。あれはつまり、そういう機会に恵まれないわれわれのために校長が苦労してかけ合って、引張って来てくれたんだろうね。いい講演だったよ。僕はあれは熱心に聴いた。いや、君は後に新聞社に優秀な成績で入社するだけの素質を備えていたんだ。そんなことはないけど、たまたま僕はあの当時、大和の寺だとか仏像なんかに割合興味を持っていたからね。

それから私の横を歩いている妻の方を向いて、文化講演というのが年に一回か二回あるんですよ、いまいった建築学の大家とか言語学の大家とか、各方面の人を呼んで来ましてねといった。今日は法隆寺の建築について講演がある、最後まで静粛にして聞いて貰いたいというようなことをいってね。僕はあの人、名校長だと思うな。いや、僕もそう思うよ。そういう話はいままで聞いたことありませんのと妻。聞いたことないですか。ええ、一度も。何とかいうアメリカ人の女の先生がステーキを御馳走するから神戸の家へ来なさいといったとか、そんな話ばかり。また私たちは笑った。

マリー・イデだろうと太地。いや、マリー・イデじゃない。もう一人、おばあさんの先生がいた。それは僕は覚えてないな。そうすると、君が海軍軍令部へ行ってから後で来たのか。卒業アルバムには名前だけ出ていて写真が無かった。そうだ、ラッシだ。ガートルード・ラッシ。終り頃で、授業といっても三人か四人きりの淋しい教室でね。何からそうなったのか、ステーキの本当の焼きかたはこうするんだという話をそのラッシさんがした。おいしそうですねといったら、冬休みに神戸の家へ来なさい、私が料理するからという。日にちも決まった。僕はとても楽しみにしていたんだ。もうそろそろ牛肉なんか手に入り難くなっていた頃だのに、よく気前のいいことをいってくれたと思って。口の重い、地味な人だったからね。そうしたら、十二月八日だ。もし僕の記憶が誤っていなかったら、ラッシさんのお宅へ招かれていた日は、十二月八日からそんなに先ではなかった。せいぜい二日か三日くらい後じゃなかったかという気が僕はするんだ。あんながっかりしたことはなかった。本当にうまそうだったものね。それが目の前から一遍に消えてしまったんだから、永久に。それきりラッシさんの顔を見ないし、彼女の運命がいったいどうなったのかも僕は知らない。

そごうの前を過ぎ、信号を渡れば三宮駅というところまで来た時、太地は立ち止った。

「それじゃ僕は、今日はここで失敬する。あそこが阪急だから」

私と妻は遅くまで附き合ってくれた太地に礼をいい、再会を約して別れた。

二十七

大阪から帰った翌々日、芦屋の叔父の葉書と太地一郎からの手紙が一緒に届いた。

拝啓　この度わざわざ御来阪下さいまして、その節にはまた結構なる御品々を頂戴致し誠に恐縮いたしました。なお舞子須磨と勝手歩きを致しましてさぞ御疲れの御事と存じます。私には懐しの所ばかり歩きましたので疲れもせず却って思い出にふけり愉しい刻を過した次第ですから何卒御安心下さい。次に垂水の海神社につきお話ししました折、宮司の名前をうっかり間違って申し上げたので訂正の御通知致します。「上月」という名前です。先は取敢ず御礼かたがた右用まで。

垂水の駅のフォームから浜側に見えるお宮さんが海神社というのだと教えてくれた叔父が、

中学時代に友達であった神主の息子がしまいに楠公さんの宮司になったと話した。その友達の名前が違っていたのにあとで気が附いたのだろう。叔母からも三、四日あとに私たちの礼状を受け取って何度も読み返したという手紙が着いた。せっかく遠方をお越し下さるのにせめて空気と眺めだけでもよいところをと考えただけで、喜んで頂いて嬉しく思っています、おまけに六月三十日だけがあのような快晴に恵まれ、今日までずっと雨降り続き、三月の神戸市内見物の日といい、今度といい、お二人のお天気運のいいのには本当に驚いていますのよ、舞子ビラでは戦時中の朝鮮での思い出をお話しさせて頂き、お恥しいような歴史ではございますが、これで心残りが無くなったと喜んでおりますといったあとに、今年中にいま一度お目にかかれますようにと結んであった。次は太地の手紙。

七月一日。

大兄ご夫婦のために用意されたような日和のあくる日は、また雨になりました。たいへん御馳走になりました上にお心尽しの紅茶とビスケットを頂戴いたしまして、家内も心から喜んでおりました。厚くお礼を申し上げます。それにしても私はまたまたとりとめのない饒舌を弄してしまったようです。お許し下さい。ただ、梅雨時の自然の営みを初めて見直したという感想にお二方の共感を得たことは一つの喜びでありました。本日、所用で図書館へ足を向けましたところ、その途中でくちなしの芳香が強く鼻をつきました。この花も梅雨期を彩る代表選手といってもいいでしょう。

四季の移り変りにきめ細かい自然の貌《かお》を見せる日本に比べて、私が青春の一時期を送った南の島は椰子やマングローブやバナナの林と奥深いジャングル、そして青い海と空ばかり。ラバウルの基地ではわずかに南十字星の輝きが胸に何かを語りかけてくれただけでした。やがて盛夏になります。そして三十五回目の敗戦記念日がやって来ます。その三十五年前、戦いに敗れて呆然としていた私は、或る日、宮城の濠端で同じ大和田通信隊の先任参謀をしていた中佐と語り合ったことがあります。海軍の先輩としていろいろ教えて頂いた人でしたが、混沌とした時代に私自身の今後の生き方を武人らしい武人である彼に教わりたかったのかも知れません。この方はいまも健在で、西武線の東久留米市に居られます。私の尊敬した人の一人で、いま最もお会いしたいと思っている人です。

それでは向暑の候、ご一家のご平安を祈ります。


一方、私は帰るなりすぐに外語の卒業アルバムを出して来て、太地の写真に添えられた言葉の中に果して蜜蜂の短剣云々というのが出ているかどうか調べてみた。頁を繰るうちにフィリピンで戦病死した東条が人気のない教室の机に制帽をかぶったまま横向きに腰かけている写真が先に見つかった。色白で鼻筋の通った、貴公子といってもいいような顔だちが格別よく撮れている。口数の少ない彼が物をいう時、口もとにちょっと皮肉な笑いを浮べるのは、照れ屋の自分をごまかすためのものであったのだろう。（前にもいったようにオー・ヘンリーとキャサリン・マンスフィールドを読むように私に勧めてくれたのは彼であった）

――人生とは煙草のようなものさ。「金鵄」でも私が喫えば「光」と輝くんだよ。ところが「光」を喫っても「バット」しない人もあるさ。

人物短評のつもりのこのざれ書きが、写真の主の短い生涯を思い合せると何か意味があるように見えて来るのは不思議だ。

太地のは、私の記憶通り教室の入口に英字新聞らしいものを小脇に抱えて立っているところであった。

――蜜蜂の針薔薇の心臓、僕これでも情熱家に見えまへんか。でも「ノン」という人の方が多いのです。

何度かこのアルバムを見ている筈なのに、「蜜蜂の針」も「薔薇の心臓」も私は覚えていなかった。ほかに五、六人ずつで写したスナップ写真の何枚かに太地が入っている。図書館の一つの卓を囲んで各自、本をひろげているところ、学校のそばの喫茶店で和服にエプロン姿の給仕の娘さん二人をうしろに立たせてみんなで話しているところ、花園ラグビー場の横にあった外語の運動場で体力テストの砲丸投げをしている風景であった。この体力テストで級友の見守る中を砲丸を掌にこれから踏み出そうとしているのが太地一郎で、

――「おーい向うの者除けよ。当ると痛いぞオ。これや本当の鉄やからな」

と彼氏どなる。さてこの砲丸何米の飛行？　記録係生。

と戦時下とは思えない長閑な文字が添えられている。そんな言葉もついでに書き写して太地宛に礼状を兼ねた手紙を出した。太地から返事が来た。

卒業記念アルバムの件、早速のお知らせ、有難うございます。実はこの前、錨屋でお話をしているうちに記憶の彼方に沈んでいた詩集の名の一、二が浮び上り、無性に懐しく、早速、センター街の後藤書店へ出かけて棚を探しましたが、どれも見つけることが出来ませんでした。そうやすやすと見つかるわけはないのに、すぐにもそれらの本に出会えるような錯覚を起したようです。青春は遠くなりにけりということでしょう。

クイラークーチの「ドゥーム・フェリー」は、大兄ご夫妻と遅くまでいたキングスアームスの陽気な雰囲気とは違って、極めて暗い印象を与える詩ですが、私が咄嗟にそれを思い出したのはあの階段を上った中二階へ若い二人連れが上って行くのを見た時でした。そこに'Q'の詩に描かれた人物がいるような気がしたのです。

本日、雨の中を東遊園地を訪ねてみました。そこでシムの記念碑を発見しました。先日、モラエス像を見たあと、運動場の方へとお二人を案内いたしましたが、その途中、ここに碑があるが何か分らないなあといって前を通り過ぎてしまったものです。それは先が尖った、一風変った形をした御影石で出来ていて、ヒマラヤ杉と蘇鉄の植込に囲まれてひっそりと建っておりました。

ここで太地はおそらくポケットの手帖を取り出して写してくれたに違いない、御影石の表面の英文をそのまま書き添えてあった。

「スコットランド、アバラーの人、一八四〇年八月二十八日に生れ一九〇〇年十一月二十八日に死去したるアレキサンダー・キャメロン・シムによって成就されし公共の仕事を記念して」

このように彫られてあり、一方、神戸居留地会議員の彼が居留地の消防組を組織し、競舟運動倶楽部を創設し、各地の災害には自ら進んで災民の救助に当ったことなど、その功績をたたえた漢文の碑文も一面にしるされています。そして、裏面には更に英文で神戸、横浜、長崎の友人がこれを建立したとあり、いかにシムがみんなから敬愛され、信頼されていた人物であったかが分るような気がしました。

なお前後いたしますが、大兄のお手紙が届いた昨七月三日は父の命日ですので、甲子園の弟夫婦が来宅、大兄ご夫妻とともに過した一夕のことなど話しましたところ、弟も過ぎ去った時代を思い起して懐しがっておりました。こちらはあれからずっと雨降り続きです。御自愛を祈ります。なお、御参考までに別紙に東遊園地の簡単な図をしるしておきました。

太地が略図を書いてくれたお蔭で、今度初めて気が附いたという植込の中のシムの記念碑の位置がよく呑み込めたばかりでなく、赤インキで書き入れた点線によって彼の記憶に残っている東遊園地の南端の、K・R・A・Cのクラブハウスの建っていた場所も、昔の運動場がどのあたりまでひろがっていたかもほぼ見当がついたのは有難い。(ついでに書き添えておくと、このあと暫くたってから、ふと思いついて押入の古いアルバムを探してみたところ、英語部一年の最初のクラス会で箕面へ行った日の写真が見つかった。前列の左から二人目にまだ真新しい制帽をかぶった太地一郎がいた)

八月の中頃、私は太地に、この前会った時、彼の母校である神戸二中が一中の分れのようなもので、両校の間に交流がいろいろあったというふうに聞いたが、もう少し詳しいことが分ったら教えて頂きたいという手紙を出した。芦屋の叔父の話では一中に在校中に二中が出来たというのだが、それが何年生の時なのかも知りたかった。太地から八月十八日附の次のような返事が届いた。

自分の出た中学校でありながら、これまでその歴史を省ることも余りありませんでしたが、お手紙を頂いて手許にあった同窓会誌を繰ってみましたら、別紙の如き記述がありましたのでお送りいたします。ご覧の通り一中と二中は兄弟校として発足したのは間違いないようです。取敢ず要用の件のみ。ご健勝を祈ります。

昭和五十三年武陽会名簿（創立七十周年記念号）所載の神戸二中の沿革概要によれば、「明治四十年五月十六日、本校創立事務所を第一神戸中学校に置き、同校校長鶴崎久米一本校校長事務取扱となる」とあり、翌四十一年四月九日入学式挙行となっています。その初代鶴崎校長から寄せられた二中創立当時の回想の中に、

「小生が創業の事務に就きしは開校の年の二月（其前年より服部兵庫県知事より内命を受け居たり）にて、其当時は、未だ校舎の建築中なりしを以て一中にて執務し」

とあり、更に、

「四月一日より二日にあたりて第一中学校に於て両校共通に募集したる千余名の応募者に対して選抜試験を行ひ両校所要の人員を定め、南北に線を画して神戸を東西に分ち、線の西に居住するものは二中に、東に居住するものは一中に入学する許可を与へ候。之ぞ今日に至る自然に両校生徒の地域区域を画したる因となりたる次第に候」

とあります。

また、新興二中の思い出として創立当時、一中から二中の教頭として赴任していた上野可然先生は次のように語っています。

「新興二中の特色を最も鮮やかに表現せるものは蓋《けだ》しそのカーキ色の制服であったろう。そして学校の制服としてカーキ色を採用したのは日本でも二中が蓋し嚆矢《こうし》であったろう。それ

が今日のように天下に認められるようになるまでには実にさまざまの思い出を伴っているのである。（略） 明治四十一年三月二中第一回の入学者を選抜すべき入学試験が、一、二中合同にて一中の講堂で施行せられた。そして、合格した志願者を神戸の東西の両端より採り始めて、順次、東よりのものは一中へ、西よりの者は二中へと編入して行った。そして終に両校の分岐点となったのは山手八丁目の通である」

山手八丁目がその境界線であったとは今度はじめて知りました。これで二中時代の私の友達が兵庫、須磨、明石に多かったこともお分りだと思います。それに毎年、夏休みになると二中の水泳場が須磨の衣掛町に開かれ、白絣《しろがすり》、袴姿でみんな通ったものです。まだまだ海はきれいでした。

二中は会下山《えげやま》のふもと、湊川のほとりの丘にあって、木造の校舎数棟と名物でもあったユーカリ樹のある校庭がありました。私は山手八丁目から市電で通学しました。現在、一中は神戸高校、二中は兵庫高校となっていることはご存知の通りです。

太地が抜き書きしてくれた創立七十周年記念号の同窓会名簿の記事により、二中が第一回の卒業生となる生徒を迎えたのは明治四十一年四月であることが分った。芦屋の叔父が一中の二年に進級した年に当る。もしかりにその入学が一年遅かったとすれば、西須磨に家のある叔父は当然、二中へ繰入れられた筈で、従って太地とは同じ中学の先輩、後輩の間柄になるところであった。別に二人が同じ中学の卒業生でなくても、二十数年の年月を隔てながらともに神戸の中学に学んだというだけで、私には十分な気がするのだが、いつか二人を引き合せたいと思うようになった私にこの資料は楽しい刺戟を与えてくれた。

前に私は八月三十一日附の太地の手紙に添えられたメモから居留地十八番でシムが製造販売したラムネが内外に大変好評であり、彼が人づき合いがよく、災害救助を含めた社会奉仕が出来たのもかなりの財力があったからではないかと想像されるという個所を紹介した。この時のメモには、三宮センター街の後藤書店は明治四十三年の創業で、戦災で焼ける前には店の奥に頑固そうな親父さんが坐っていたが、それが先代か二代目かちょっと分らないというようなことや、最近、神戸の元町裏に中華街を復興しようというので区画整理が進んでいて、この南京町（戦前はそう呼ばれていた）についていくつかの思い出を持っているが、今度お会いした時に聞いて貰えれば幸甚ですといったことのほかにもう一つ、六月に会った折、いつでも案内しますと太地がいった、いまは王子公園になっている関西学院跡に触れたものがあった。

「先日、原田の旧関西学院跡をひとまわりして来ましたが、チャペルは小ぢんまりとした煉瓦造りで、現在、神戸市立王子図書館として残っています。この旧キャンパスの中にもう一棟、重厚な煉瓦造りの建物があり、県の教育機関が使用していますが、この附近にあるプラタナスの古木とともに私には心を惹かれるものがありました」

芦屋の叔父からは氷いちごの絵に添えて、一昨日より三重県の賢島へ夏季研修会で一泊旅行、昨夕帰宅しましたという七月十日附の便りが届いた。芦屋市では各町会ごとに老人クラブがあり、その会長四十二名が例年、講師を招いて研究会を開くのだそうだ。

「ちょうど出発まで大雨でしたが、お蔭さまで刻々晴れ上り、外宮さんに御参りする頃は雨に洗われた潔き青葉が光って格別結構でした。そのあと賢島ホテル別館に泊りまして、夜は講師の有益なお話を聞き、翌朝は太平洋を眼下に大王崎燈台に登り、十分見物の上、二見、内宮を参拝、帰芦致しました」

前にもいったように叔父は芦屋の老人連合会の役員を十年近く勤め、副会長の重い役を四期引受けたのを最後に、やっとのことで引退させて貰った。しかし、この葉書を見ると町内の老人クラブの会長の方はそのままらしい。叔父が私のために作ってくれた年譜によると、俳句、俳画を始めたのは七十二歳だが、その四年後に西宮俳句会で特賞を受けたのを皮切りに、俳句、俳画のいろんな会合で市長賞や商工会議所長賞など、四年続いて受賞している。一日のたつのが早過ぎると叔父が歎くのも無理はないほど、充実した余生を送っているようだ。

八月の上旬には、舞子ビラと須磨寺で叔父の小型カメラで撮った写真にもう一枚、今年の元日に夫婦で芦屋の氏神さまに初詣をした時のを加えた手紙が届いた。それには、涼しい日が続きますが皆様御健勝の御事とて何より嬉しく存じ上げます、年寄りの私どもにはまことに結構なことではありますが、作物の出来栄えなどが心配されるので、世の中の事はすべて思うようにはならないものと思い乍ら暮して居ますとあり、最後に、また御来阪の際は御寄り下さい、お待ち申しておりますと書き添えてあった。

太地一郎から次にメモが送られて来たのは九月の半ばであった。「二百二十日の野分も過ぎまして、すっかり秋になりました」という書出しで始まる手紙には、京の洛北、一乗寺山麓の詩仙堂から曼殊院への道に秋を探って来た日のことがしるされてあった。石川丈山の詩仙堂の庭は外語の頃から好きでよく訪ねましたが、鹿おどしの澄んだ響きが終日聞え、全くの京の田舎でしたという。


神戸一中の跡。

芦屋の叔父さんが須磨から通われた一中の跡の労働基準局のあたりを歩いてみました。基準局の前が生田川公園になっていて、いま、一本の大きな楠が藁を巻かれて立っていました。老人がベンチにひとり腰かけていましたので、聞いてみましたところ、近々、生田川公園の一部が道路拡張になるので、一中の校庭のシンボルであったこの楠だけは少し北の方に移植して、一中跡の記念として残すことになり、その準備をしているところだと教えてくれました。一中がこの二宮にあったのは私の二中の四年生の時までです。昭和十三年七月に阪神大風水害があって、その年の春、いまの灘の高台に移転しました。この時の風水害については思い出がありますが、またの機会にお話しします。二宮にあった一中も二中と同じく木造の兵舎のようなたたずまいでした。

ふたたび関西学院の跡。

先日、王子の近代美術館に小出楢重の画業展を見に行った時、その前にある関西学院の旧チャペルを再訪してみました。この前は見落したのですが、この建物の西南隅に明治三十七年という文字を刻んだ石を見つけました。おそらくこれを建てた時の記念の礎石ではないかと思います。そしてその前の空地に「敬神愛人」の碑が建っておりました。MASTERY FOR SERVICEとも彫ってありました。この一角は垣がしてあって入れません。鍵は図書館で保管してあるそうです。そして美術館の方へ引返そうとした時、古い大きなヒマラヤ杉のそばの石垣に「関西学院発祥之地（1889—1929）」と刻んだ石板が嵌め込まれているのに気附きました。一九二一年生れの私が八歳の時までここに関西学院があったわけですから、赤煉瓦の建物の印象が鮮やかに残っているのも無理はありません。

春日野墓地。

私は小野浜にあった外人墓地は記憶に無いのですが、太地の墓が春日野墓地にあったので、こちらの方の外人墓地ははっきり覚えております。上筒井の上の山で神戸港が一望できるところでした。大理石の十字架や寝棺に彫られた飾り文字、胸像、書物の形をした墓石など、それらは屢々《しばしば》、私をロマンチックな気持にさせてくれました。この墓地も山陽新幹線がこの山の下を通るので立退きになり、外人墓地は再度山の修法ヶ原へ、太地の墓はひよどり越え墓園に移転しました。居留地を舞台に近代神戸の夜明けを彩った外国人たちの墓の大半はこの異国の土地でもはや訪れる家族も無いままになっているとのことです。

二十八

太地が原田の関西学院跡を二度目に訪れた日に見つけた碑のMASTERY FOR SERVICEという言葉には思い出がある。昔、家にあった一枚のレコードの、片面は英語の歌の〝OLD KWANSEI〟片面は力強く、のびやかな「空の翼」。関西学院のグリー・クラブの吹込みで、MASTERY FOR SERVICEは「空の翼」の方に出て来る。最初にこのレコードを聴いたのがいつであったか覚えはなくて、前に触れた帝塚山学院の仁川コロニーが開設された頃のような気がしていたのだが、もう少し後であることが分った。関西学院編『大学とは何か』(昭和五十年)の中で関西学院の歴史の歩みがシンポジウム形式で辿られているが、それによると〝OLD KWANSEI〟に代る新しい校歌として「空の翼」が生れたのは、神戸の原田から甲山の麓の上ヶ原へ移転してから四年後の昭和八年九月である。予てからの念願であった大学昇格が実現して意気が大いに上っていたところから、新しい独自な校歌を求める声が高まった。明治三十年に初めて発表されて以来、愛唱されて来た〝OLD KWANSEI〟はプリンストン大学の学生歌の焼直してあった。新校歌作成当時の思い出を語っているのが、これを企画した昭和八年度の学生会会長で高等商業学部にいた菅沼安人さんという方である。

「それで名誉院長の吉岡先生があっせんして下さって、同窓の山田耕筰さんが作曲を快諾され、山田さんの紹介で北原白秋さんも作詞を引きうけられます。昭和八年の六月に山田、北原のお二人がここ上ヶ原に来られ、中央講堂で全教職員、学生による歓迎会をしました」

講堂は満員の盛況であった。そのあと二人は構内を連れ立って歩いてから、学生会の役員、運動部、文化部の部長、キャプテン、マネージャーたちとの座談会にも出席した。校歌を作る方も作って貰う方も気持がひとつになって盛り上った様子が想像される。

「九月にいよいよ『空の翼』ができ上り、山田さんはわざわざ学校に来られて、満員の講堂で学生たちに直接歌唱指導をされました。北原さんからは長文の祝電が来まして、そのなかの『……ヒカレアタマヤマダ』というところでは満場爆笑でした」

既にこの当時から山田耕筰のシンボル・マークともいうべきあの艶々とした頭は完成されていたのだろうか。

長兄と入れ替りにこの年から二番目の兄が関西学院の三日月にKGの徽章の入った制帽をかぶるようになった。卒業した兄の方は翌年の一月に入営するまでの間、父が校長をしている帝塚山学院の事務の仕事をしながら小学部の補欠授業を手伝っていた。新旧の校歌を収めたレコードが出来たのは、ちょうどその時期に当る。中学一年生の私はお蔭で「風に思ふ空の翼　輝く自由」で始まる「空の翼」の少なくとも第一節は覚えてしまったし、“Banzai, Banzai, Kwansei!”の繰返しのところだけなら“OLD KWANSEI”も一緒について歌えるようになった。

ところで「空の翼」を作曲した山田耕筰が原田にあった関西学院の中学部（当時の普通学部）に入学したのは、アメリカの南メソジスト監督教会のW・R・ランバスによってこの地に関西学院が創立されて十一年目に当る明治三十三年であった。

「学院はその頃、摩耶山麓の斜丘にあった。それは、茅渟《ちぬ》の海を眼下に見下す景勝の地で、神学部、中学部、全部合せても、僅か一二〇人という、ふしぎな学校だが、嬉しかったのは、毎日二、三回唱う機会の与えられたことだった。ミッション・スクールの常として校舎も立派で、ピアノもオルガンもあり、合唱団《グリー・クラブ》もあった。言うまでもなく私は、グリー・クラブ、野球部にも加えられた。僅か二ヵ月も経たぬうちに、毎朝の礼拝式《サアビス》にオルガンを受け持つことになった」

もう一人、山田耕筰より時代は少し後になるが、グリー・クラブの別働隊としてオルフェオ・ソサイエティを組織して活躍した由木康という方がいる。この人が『関西学院七十年史』（昭和三十四年）に寄せた原田の森の思い出には、大正の半ば頃の学院風景が描かれている。

「わたしが学んでいたころ（大正五〜九年）の関西学院は、摩耶山から西灘の海にくだるゆるやかなスロープの中ほどに位置を占めていた。正門をはいると、左手に赤煉瓦のチャペルが立ち、右手にペンキ塗り三階建の高等学部が立っていた。さらに進むと、中央の行手に松林があり、左手に神学部、そのさきに中学部があった。われわれはだいたい高等学部とチャペルとの間を往復して時を過したが、ひる休みにはあちこちの芝生に寝ころんで弁当を食べたり議論を戦わしたりした」

ところではじめのMASTERY FOR SERVICEだが、『大学とは何か』を読むと、この校訓を考え出したのは、二人の兄が関西学院へ行っていた当時のベーツ院長が高等部の部長在任中のことであり、そのいわんとするところは、われわれは目指すものが何であろうとも自分一個の満足ではなく、世のため人のために仕えることを窮極の目標とすべきであるという意味のようだ。ベーツ院長は大正九年、第四代の院長に就任してから昭和十五年十二月、外語のショウさんやジョンズさんと同様、やむを得ずカナダに帰国するまで二十年間、名院長として学院の発展に尽力した方だが、その名前も私は早くから覚えてしまっていた。宣教師の先生が多い学校というのが物珍しかったところへ明治の英語青年であり、中学時代に英国人の宣教師の家庭へ出入りしていた父が食卓での兄たちのそういう話題を歓迎したということもあったかも知れない。お蔭でこちらは一度も顔を見ないのにアウターブリッジ、ウッズウォース、ヒルバーンといった教授にも、二人の兄の会話を通して親しみを覚えるようになっていた。仁川コロニーが出来て、関西学院のプールで泳がせて貰うようになってからは、構内に宣教師の住宅のあるミッション・スクール独特の景色に好ましい印象を抱いていた。

『関西学院七十年史』に寄せられた八十二歳になるベーツ前院長の「聖職に生きたこの六十年」という回想の中に初めて太平洋を越えて日本に渡った一九〇二年の船旅の印象が語られている。

「ウィニペグから私たちは西の方バンクーバーに向って旅をしましたが、それから間もなく日本へ向う年を経たエムプレス・オブ・インディア号に乗船しました。船の旅はいまとどんなに違っていたことでしょう。陸地が見えなくなるや否やわれわれ乗客は海と自分たちの船以外のあらゆるものから切り離されてしまいました。われわれに陸地と接触を保たせ、世界中の出来事を知らせてくれる無線通信も無ければ、暗闇を透し見て危険を警告してくれる電波探知機も無かった時代です。われわれは船の浮力と乗組員の腕しか頼るものとてなく、ただ風と波のなすがままなのです。大時化の中の航海でした。あまりに時化がひどいので大きな太平洋の真中でエンジンが停止し、船が一時動かなくなった時のことをいまも覚えています。ついぞそんな目に会ったことのない陸の人間にとって心の平安をかき乱される経験でありました」

ベーツ院長が神戸へ来て関西学院で教えるようになったのはこの怖ろしい船旅から八年たった明治四十三年であり、当時の学生は全部で三百人であった。なお、ベーツ院長は日本へ来る数週間前にオンタリオ州モリスバーグのメソジスト教会の牧師の娘さんと結婚した。従って大時化の中の航海がベーツ夫妻にとって一生忘れられない新婚旅行となったわけである。

もとへ戻ろう。私は次に神戸を訪れる日をまだ決めかねていたが、十月半ばに太地から届いた手紙の中にこんな個所があった。

「東明閣でお会いしてから、もう半歳が経ちました。たしか三月三十日だったと思います。過日、甲子園の叔母の七年忌があり、久しぶりに弟のところを訪ねました。庭は手を入れておりませんので昔とそう変っておりませんが、周囲はすっかり街屋で囲まれてしまいました。大兄をご案内した折はまだ鳴尾の苺畑が残っていたと思いますが。金木犀が強い匂いを放っておりました。叔父が広島の生家の方から持って来て継木をした柿が大きくなって実を沢山付けておりました。しかし、この庭で私がいちばん懐しいのは、楠と泰山木と木斛《もっこく》です。昭和九年にこの家が建って以来の庭木ですから随分大きくなりました。よく楠に登っては叱られたものです。百舌はちょっと早くて、相変らずひよどりが鋭い鳴声を立てていました。父はこの叔母とは気が合っていた様子で、何かと面倒をみていました。懐しい人です」

「この前、お目にかかった折、郭さん御夫妻と裏六甲ドライブウェイをおりて有馬街道へ出られたという話を伺いましたが、いまも藁屋根の残る有馬街道一帯は神戸の田舎で、あの辺から奥で穫れる米は灘の酒づくりには欠かすことの出来ない山田錦という良質の酒米です。また、全国でも珍しい江戸期から残る農村舞台の点在する地域でもあります。秋の取り入れが終る頃、播州歌舞伎の一座が芝居を打ちながらまわって来たところです。いまは殆ど廃れてしまいましたが、播州高室の嵐獅山一座というのがあって、一昨年、下谷上（というのは有馬街道から新神戸トンネルに入るすぐ近くの箕谷にあります）の農村舞台の修復記念興行にその一座がかかり、見物する機会がありました。テント張りの小屋にアンペラを敷いて、裸電球のともる舞台で寿式三番叟と対面曾我を演じました。それぞれ生業を持つ役者たちは泥臭いながらなかなかしっかりした台詞まわしと所作を見せてくれました。酒を汲み弁当をひろげながら、近郷の百姓衆もおひねりを盛んに舞台に投げておりました」

「十二月一日から私の家の住所表示が変ります。私の生れた時は神戸区でした。それから生田区になり、今度は中央区になります。東隣りの葺合区とポートアイランド地区が含まれます。無味乾燥な住所変更通知が届くと思いますが宜しくお願いいたします」

十一月に入ると間もなく私は次の神戸行きの日取りを決めるために太地宛に都合を問合せる手紙を出した。折返し返事が来た。


十二月二日、御来神の由、たしかに承りました。大兄がどのような行程をお考えなのか分りませんので、いままでの状況から、一応、当日は次のようにされては如何かと思います。阪急電車の西灘駅下車、十時三十分に王子動物園正門前で落ち合って、原田の旧関西学院跡をまわっては如何でしょう。西灘へは梅田から特急または急行で西宮まで、普通に乗換えて六甲の次です。午後は三宮に出て中食、中突堤から港めぐりのゆうかり号で神戸港を一周した後（これは約六十分）、ゆっくり居留地跡、小野浜界隈を歩いてみてはと思います。夕食はこの前にお話ししましたように竹葉亭のうなぎ料理の小テーブルを用意しておきます。これはあくまでも当方の勝手な行程ですから、大兄の方で御希望のことがあれば、遠慮なしにお申しつけ下さい。

いま、神戸は来年のポートピア'81に向けて街中、その準備で騒々しくしているのが残念ですが、一九八〇年が暮れて行く一つの区切りの中でいろいろお話が出来るのを楽しみにしております。取敢ずお返事まで。

漠然と三宮あたりで太地と落合ってバスで関西学院のあった王子公園界隈へ出かけるのかと思っていた私は、太地の手際のいいのに感心しないわけにゆかなかった。それに船による神戸港めぐりまで組み入れてくれたのは嬉しい。それは三月に叔父がパンフレットを送ってくれた市内観光のコースの中にもあり、心をそそられていたものであった。太地の手紙に続いて芦屋の叔父から、芦屋市の市制四十周年を祝って老人会でも十一月一日より作品展示会、スポーツ大会、演芸大会、絵画展示会、吟行と、盛り沢山な行事に忙しく追いまわされておりますのでお蔭で二人とも元気ですと近況を知らせる便りが届いた。

そこでお二人とも元気な様子で家内ともども喜んでいること、十二月二日に関西学院跡を太地が案内してくれるので、もし御都合が悪くなければその翌日、ちょっとお伺いしたいという手紙を叔父宛に出した。折返し返事が来て、十二月三日は二人とも何もありませず、まことに都合よき日ですから何卒何卒といったあとへ、

「なお、神戸の太地さまも御一緒に是非とも御光来下さい。御待ち申上げています」

と書き添えてあった。

一中と二中の卒業生である二人をいつか引き合せたい希望はありながら、今度の手紙には触

れなかったのだが、思いがけず叔父の方から声をかけてくれたのは有難い。私は早速、その旨を太地に知らせた。

なお、この回の「早春」が「海」に載ったあとで由木康氏は現在東京東中野教会の名誉牧師をしておられ、パスカルの「パンセ」の訳業のほかに讃美歌の作・訳詞者としてその道で知られていることを葉書で教えてくれた友人がいる。中でも作曲家の津川主一氏と組んで日曜学校讃美歌に作品が沢山あるそうだ。津川主一氏といえば、私たちには「ケンタッキーのわが家」や「おゝスザンナ」などフォスターの馴染深い歌曲のいくつかが浮ぶが、関西学院在学中の由木さんが前記オルフェオ・ソサイエティを組織した時のもう一人の仲間がこの津川氏であった。

二十九

『阪急電車駅めぐり・神戸線の巻』によると、西灘駅が新設されたのは昭和十一年四月一日、神戸市内高架線による三宮乗入れと同時で、それまで神戸線は六甲駅の次が終点の上筒井駅になっていた。その位置は、いまの王子動物園と近代美術館の間の広い通りを西へ約六百メートル、現在の坂口通二丁目のところにあり、そこで神戸市電と連絡していた。(この阪急の終点が昔は上筒井で、そこから三宮までは市電が連絡していたという話は、前に芦屋の叔父から聞いて知っていた) 新設の西灘駅は、当時、都市計画道路が未完成であり、いずれ先でまた移さなくてはいけないので仮設の木造板張のままにしておいたところ、昭和二十年六月五日の空襲で焼けた。今度は大阪寄り約三百メートルの平坦地に枕木で急ごしらえの駅を作った。その後いろいろな事情で本格的な駅の建設は延び延びになっていたが、三十一年十月二十八日から王子公園で第十一回国民体育大会が開かれることに決まったので、これを機会に旧駅跡に鉄筋コンクリート造りの駅を建て、大会の始まる四日前に完成した。これが現在の駅だと書いてある。

太地一郎と原田の旧関西学院跡を訪ねた日、私たちが中之島のホテルを出て大江橋の方へ歩き出した時は初冬の空はきれいに晴れ、申し分のない天気と見えたのに、西灘の駅で下車してみるといつの間にか雲がひろがり、日差しは弱くなっていた。約束の時間にはまだ三十分もあるのでわざとゆっくり手洗いへ行ったりしたのだが、人気のない歩道の向うに黒いコートを着た太地が佇んでいるのが見えたのには驚いた。私と妻は小走りに駆け出し、迎えるようにこちらへ歩いて来る太地と出会って、挨拶を交した。お早うございますという妻に今日はようこそと太地。早いなあ。いくら何でもまだ来てないだろうと、いま話していたところなんだ。遅れてはいけないと思って早目にホテルを出たんだけど。いや、大変でしたねと太地は笑って、

「僕はもう本当に久しぶりなんでね。この王子動物園、入ったことないの」

昔、僕らの子供の時分に諏訪山に動物園があってね、私どもの家のずっと上の方に。山の崖っぷちを削って作ったから狭かったけど。家から駆足で行って遊んでいたからね。それがこっちへ移ったわけ、戦後に。まだ一回も入ったことがないし、お上りさんのようなもので、こうやっ

てさっきから楽しんでいるんだけど。象の鼻が見えたりするのでね。なるほど木立の間から象が動いているのが見える。

まあこの辺一帯が原田です。そうするとこのあたりはもう関西学院の敷地だったのかな。大体、これから上がそうだと思うんだけど、あなたの読まれた『七十年史』ではどういうふうになっていましたと聞かれて手短に説明する。関西学院では明治二十二年の創立から昭和四年の上ヶ原移転までの四十年を「原田の森時代」と呼んでいるが、最初に買った一万坪には原田の森そのものは入っていない。アメリカの南メソジスト監督教会から派遣されたランバスさん――この人は中国伝道に当っていた宣教師のお父さん夫婦より少し遅れて神戸へ来たのだが、全くの無一物でありながらこの原田の土地を借金で買った。坪一円で一万円。そのうち二千円を居留地の香港上海銀行で借り、残りの八千円はバージニア州リッチモンドの銀行家のブランチという人が出してくれた。そんなくらいだから最初は校舎も質素なもので、二階が寄宿舎で下が教室、別に小さな平屋が一棟あるだけ。水道も電気も無かった。まわりは蜜柑と茶畑で、その茶畑には雉子や山鳥の巣がある、淋しいところだった。感心したように聞き入っていた太地は、それは分るね、僕らの子供の時分でもこの辺は田舎だったといってから、山の方を指して、

「あそこに塔が立ってるでしょう。ちょっと平らになってる。あれが摩耶山」

だから摩耶山の真南になるわけだ、ここは。青谷っていうのはどのあたり？　この真裏っ側が青谷。そこから摩耶山に登った、僕ら子供の頃にね。あの塔が立っているこっち側にちょっ

とこんもりした木立があって、その下にちょこちょこっと建物が見えるね。あれが摩耶山の天上寺。うちの祖父さんと祖母さんが杖ついて登るうしろをついて歩いてあそこまで行った。あれはえらい坂道だ。太地は笑ってから、もういまは紅葉が終ったけど、暫く前までかなり鮮やかだったと思うよ。ところどころにまだ紅いのが見えるねと私。

立ち話をしていた私たちは、やっと歩き出す。まあそんなようなことでね、取敢ず今日は気儘に歩いてみて、あなたの頭の中でいろんなものを読まれたり聞かれたりしたものを目で一遍確かめて貰ったらと思ってと太地。三人は横断歩道を渡った。

バスの停留所がある。これが市バスの王子動物園前と太地。僕のとこはこれの91番に乗るんだ。プラタナスの並木を歩きながら、

「あの向うに見えている茶色のがチャペル」

それは道路の反対側にある。さっきいった、最初に原田の土地を買う時、残りの八千円を出したバージニア州リッチモンドの銀行家のブランチさんは亡くなっていたんだけど、その息子さんが今度は学校の中心となる礼拝堂が無いと聞いて、全額を寄附した。それが明治三十七年に落成したこのブランチ・メモリアル・ホール。つまりリッチモンドのブランチ家というのは父子二代にわたって神戸のランバスさんのために私財を投じたわけ。なるほどね。それにしても僕はこれをよく残したと思うんだと太地。

まだ割合に新しい建物の前へ来る。これが近代美術館。ああ、さっきボナール展のポスター

を見かけた。僕は見てないんだけど、この暮まであるというからまたそのうちに。硝子越しに建物の中を見ながら、ここは版画のコレクションがあるんだ、殊にルオーなんかのね。それにマイヨールとかロダンとか彫刻もかなり集めていると太地は説明してくれる。

間もなく歩道橋へ上ると、すぐ前に旧礼拝堂の建物が見える。こないだ、あなたに書いたように小出楢重の画業展を見に来た日に、もう一度、チャペルへ行ってみたくなって、この歩道橋を渡った。そうしたら建物の裏手に何か碑のようなものがあるのに気が附いてね。ここを渡らなかったら分らなかった。それで今日は同じ道順でご案内しようと思ったわけだ。いや、有難う。太地のいった通り、金網で囲った小さな空地に横長の記念碑がある。「敬神愛人」。MASTERY FOR SERVICE。そのほかにも何か署名らしいものがあるが、歩道橋の上からではよく分らない。石垣の上に嵌め込まれた「関西学院発祥之地（1889~1929）」の石板もある。下をひっきりなしに車が通る。あんなところにぽつんとあるもんだからね、うかうかすると見過してしまう。そうだね。鍵開けて貰えばあそこへ入れるんだけど。いや、そんなにしなくてもいい。太地はうしろを振り返って、

「海が光ってる」

午後から雨にならなきゃいいと思うんだけど、何とかもってくれればね。歩道橋をおりてゆるい坂道を少し上ったところに公園の入口がある。砂利道の横に古い、大きなプラタナスがある。小ぢんまりとしているけど、なかなかいい建物だね。いいね。図書館の中へ入って、太地

は事務のお下げ髪の女の人に、こちらは関西学院の関係の人ですが裏の記念碑を見せて頂けませんかといった。女の人はすぐに鍵を出して渡してくれる。古い卒業生が時々、訪ねて見えるのだろうか、少しも迷惑そうな顔をしない。

鍵を受け取る時、私は太地と申しますといったが、そのいいかたがよかった。建物の横を通って記念碑のある裏手へまわりながら、えらいもんだな、やっぱり英国風の紳士がいうと信用してくれるねというと、いやいや、ここの好意でと太地は受け流す。その太地の髪も最初に中之島のホテルのロビイで会った時から見ると、いくらか白いものが混じるようになったのに気が附く。

金網の扉の南京錠を太地は開け、力を入れて閂《かんぬき》の鉄の棒を外した。秘密の花園へ入るみたいですねと妻は喜ぶ。歩道橋から見た時は気が附かなかったが、創立者のW・R・ランバス博士の署名がある。あ、ベーツさんの署名もある。僕の兄がいた頃の院長です。MASTERY FOR SERVICE はベーツさんが作った校訓でね。「敬神愛人」はその訳かな。いや、それはここに署名の出ている吉岡美国、この人の言葉。立派な方だったらしいね。何か通じるところがあるねと太地。ニュートンというのもあるよ、ここに。それは最初の神学部長だった人だと思うよ。院長にもなっている。

下の方の黒御影石に碑文が刻まれているので、読む。明治二十二年九月二十八日に米国南メソジスト教会宣教師W・R・ランバス博士神の啓示によりこの地をトし関西学院を創立した。

吉岡美国博士創業を援け、ニュートン博士、ベーツ博士相伝えて学院今日の基礎を定めた。昭和四年西宮市に移る。昭和三十一年十月二十七日同窓会この碑を建つ。

それから碑の中の飾りの石が、羊の角のように見えるが何だろうと私たちはいったが、すぐに疑問は解けた。これは旧礼拝堂正面階段に使われた石であるという説明が入っていた。三日月の徽章もある。古い卒業生の人が来たら懐しいだろうなと話す。昭和四年に入学した私の長兄がいま生きていたら数えの七十になる。原田の時代を覚えている卒業生はすべて七十歳以上になるわけだが、まだまだ元気で活動している方も大勢おられるに違いない。

これ、何の木かなと太地は碑の横の、葉をすっかり落した木を振り返る。何だろう。すると南京はぜと妻がいった。なるほどそうだ。これ、帝塚山に多いんだ。僕の父がこの木が好きでね、校庭に沢山植えたのが始まりで。これ、南京はぜというんですかと太地。帝塚山の僕らの家の前にもあったんだ、葉のかたちが可愛くてね。

有難うございました、素晴しいところへ連れて来て頂いてと妻がいうと、いや、それは図書館に礼をと太地。門をもと通り締めて南京錠をかけるのに少し手間取った。太地が門の鉄の棒を穴へ通そうとするのだが、ふだんあまり開け閉めしないせいか、動かない。私も手伝ってやっと通った。南京錠がまた固い。済みません、ちょっとといって太地は手にした布地のさげ袋を私に渡すと、足を踏んばった。事務の女の人に礼をいって鍵を返す。向うで作業員の人が落葉の山を燃やしていて、白い煙が真直にのぼってゆく。

公園に沿って私たちは坂道を歩き出した。プールの前を通る。土塀が続いていて、石畳の道に落葉が散り敷いている。道路の向いに上筒井小学校。だからこれから向うが上筒井だね。甲子園の叔母さんがおられたのは？　これからバスでもう二駅ほど行ったところ。野崎通というのが上の方にあって、そこからうちの墓のあった春日野墓地が近くでね。外人墓地もそこにあったんだけど。神戸市立王子スポーツセンターという建物の前を通る。私は肩を並べて歩いている太地に、上ヶ原移転に際して阪急がその頃は三万坪近くに拡張されていた原田の校地と建物を買い上げ、先に買収してあった上ヶ原の土地七万坪を提供したのだが、その差額は関西学院がスパニッシュ・ミッションと呼ばれるあの赤い瓦屋根にクリーム色の壁の美しい校舎と教授住宅を建てて、なお当時の金で百万円もの資金を残せるほど余裕のあるものであったこと、阪急側からこの数字を示したのが小林一三専務で、上ヶ原へ関西学院が来ることが阪急にとって将来必ず利益をもたらすという大きな見通しがあったにせよ、それは学校教育に対する理解が無ければ決して実現しない取引きであったことは確かだろうという話をした。『阪急電車駅めぐり・神戸線の巻』によると、阪急が買った関西学院の跡地は、神戸線の三宮高架乗入れ（昭和十一年）の四年後、神戸市に売り渡され、戦後の区画整理で王子公園として新しく生れ変ったという。すべてよかったわけである。

広い道路へ出た。向いに海の方を向いてマリアの像が屋上に立っている校舎が見える。これが海星女子学園ですと太地。これを真直に上って行くと青谷ですよ。さっき太地に青谷はどのあたりと聞いたのは、高等部の文科が出来た頃は授業といってもせいぜい数名しかいなくて(第二回生として入学したのが五人であった)、しかもみんな仲が良く、黒板に「この時間おりません」と書いては青谷あたりへ散歩に出たという話が印象に残っていたからだ。道路を渡って、海星女子学園に沿って右へ曲る。校門の中に咲いている野菊を指して、あれが野路菊です、変種だけどと太地。ああ、これが神戸市のといいかけると、いや、県の花。市の花は紫陽花でね。加古川から姫路へかけて播磨灘に面した方に野路菊が群生してるんですよ。あれ、ちょっと見事だな。

青谷町一丁目という標示が出ている。静かな、いいところですねと妻。昔はこの上に神戸商大があったんですよ。親父が柔道を教えに行っていた報徳商業は商大の隣にあった。後に仁川に移って報徳学園になったんだけど。それから松蔭女子学院。これはミッション・スクールとしてはかなり古いんじゃないかな。もう少し先へ行ったら神戸高校がある。昔もいまも文教地区ですね、このあたりは。右手は王子スポーツセンターの続きで、テニスコートやバレーボールのコートが金網越しに見える。女の子がテニスをしている。その向うに海。空がさっきより曇って来た。

「これから下がおそらく関西学院の敷地だったんだろうね、ずうっと」

と太地。そのうち川が流れているところへきた。青谷川公園。そこから広い通りに沿って坂道を下って行くと、白塗り二階建の、まわり廊下のある洋館が現れる。あれがハンター邸です。

国の重要文化財になっていて、滅多に公開しない。僕は一遍中へ入ったことがあるんだけどと太地。県の教育委員会の由緒がきがある。E・H・ハンターは明治三年以来、神戸に在住し、大阪鉄工所、現在の日立造船所を創設して時の実業界に活躍した人で、もとトーアホテル跡にあったこの邸宅を買い取って北野町の高台に建て直した、英国ジョージアン風の趣を残している建物だという。E・H・ハンターは初期神戸居留民の中でも有名な人で、『神戸外国人居留地』に何度となく登場するが、例えばスポーツマンにとって神戸や大阪の近郊は自分たちの腕前をためす絶好の狩猟の処女地であったというくだりに、いまは亡きE・H・ハンターも獲物の自慢話のついでに、神戸の裏山に住む、とっくに姿を消してしまった鹿の群れのことをよく語って聞かせていたというような話が紹介されている。私たちは人通りのないのを幸い、糸杉の植込の向うに泉水や石の腰かけがあるのを覗いたり、門の外から玄関のあたりや煙突などを眺めて、ふたたび坂道へ戻った。

次に赤煉瓦の古色蒼然たる建物のある一画へ来た。夏の終りに王子公園を訪れた太地が関西学院の旧構内をひとまわりするうちにチャペルのほかにもう一棟、煉瓦造りの重厚な建物があるのに気が附いたというのがこれだ。あなたに聞こうと思ってたんだけど、関西学院の校舎だったんじゃないかな。いまは県の教育関係の機関が使ってるんだけど。いや、それは気が附かなかった。僕は現在残っている建物はさっきのブランチ・メモリアル・チャペルだけかと思っていた。しかし、卒業生の思い出の中によく赤煉瓦の建物というのが出て来るから、そうかも知

れないなと私。いずれにしてもかなり古いね、これはといってから、

「このプラタナスの並木はいいでしょう」

嬉しそうに太地がいう。図書館のそばに何本かあったのも古かったが、それに負けないくらい貫禄のあるプラタナスだ。入口まで行って、兵庫県教育委員会王子分館と書かれた表札を確かめて引返す。窓の中に蛍光燈がついている。窓の開きかたが少ないのがちょっと気になるが、昔はこれが普通であったというふうにも考えられる。——この建物は大正六年に火事で全焼したあとに建てられ、八年四月に落成した中学部の校舎であることが後で分った。

坂道をもう少し下りると、左手に王子スタジアム。この競技場は記録が出やすいんだそうだ、特にトラックがと太地。立派な競技場だねと感心しながら通り過ぎると、間もなくもとの動物園の前へ戻った。ちょうど一周したことになる。いい散歩をさせて貰ってと妻と二人で礼をいうと、いや、坂道を上らせて悪かったねと太地。早いからバスで行きましょうと、ふたたび横断歩道を渡って、さっき通り過ぎたバスの停留所へ戻る。

三十

三宮でバスをおりた三人は、そごうの横を通って市役所の側へ渡った。三月には桜の花の模様をパンジーで描いていた花時計が、紫色の葉牡丹に縁どられている。太地のあとについて市

役所の中を通り抜けながら、君が正何位とかいうのを受け取りに来たのはここ、区役所？　いや、あれは県庁の方。外に出ると道路を掘り返している。こんな調子で変って行くんだ。ここにあったなと思ったものが、つい一年たって行ってみるともう無くなっている。都会にふるさとを求めることは無理だね。これが君の生れ在所だからねというと太地は笑った。東遊園地の広場には大勢の人が集まり、マイクの声が聞える。

シムの碑は、太地が手紙で知らせてくれた通りヒマラヤ杉と蘇鉄の植込に囲まれていた。英語の碑文を二人で声を出して読む。神戸、横浜、長崎の友人の手で建てられたとあるところに「外国と日本の両方の」という言葉が入っているのに気が附く。要するに内外人ともにこの人は好かれていたんだねと太地。そうらしいね。いくらか赤みを帯びた碑の表面を見て、これはやはり御影石だろうな、大理石ではなさそうだといったり、いま再度山の修法ヶ原にあるシムの墓の写真が『神戸外国人居留地』に出ていたけど、おそらく子孫はこちらにいないだろうねといったりしながら名残を惜むように暫く碑の前にいた。

それから私たちは居留地跡を東へ向って歩き出したが、オリエンタルホテルの見える筋で、このあたりにジャーデン・マゼソンの煉瓦造りの二階建の建物があったのを覚えているけど、ビルの機能を果さなくなって取り壊されたんだろうと思うとか、これが昔の横浜正金、いまの東京銀行、市が買い取って博物館にするといっているとか、これが終戦直後の進駐軍の司令部、僕は何遍か仕事のことで来た思い出があるとか、あの新しい煉瓦の瀟洒な建物が水上警察とか、あれが郵船ビル、郵船の旗が出ているでしょう、甲子園の叔父が船待ちしている時はここへ顔を出していたとか（叔父さんは戦争中、応召になり、海軍機関中佐として輸送船に乗っていたが、昭和三十五年の秋に七十二で亡くなったそうだ）、次々と太地が話してくれた。芦屋の叔父夫婦とタクシーでまわった時、パンジーや連翹《レンギヨウ》が咲いていた居留地十五番のノザワ本社の庭先に夏蜜柑の木があって、いくつも実を付けている。

元町の牡丹園別館は時分どきで混んでいた。二階にひとつだけ空いたテーブルを見つける。お昼だから軽いものがいい、蕎麦が食べたいというと、それでいいかなと太地。五目蕎麦を頼んでくれたが（それと二人で小壜のビールを一本取る）、骨つきの鶏の肉や目玉焼を揚げたようなのも載っているのに少しもしつこくなくて、うまい。私と妻はスープを残らず飲んでしまった。これなら献立表にある料理のどれを註文してもきっと満足させてくれるだろうと話をする。

そのあと元町通をゆっくり歩きながら、僕の小学校の友達でね、やっぱりこの辺から来ているのがいましたねと太地。洋服屋の息子とか眼鏡屋の息子とか。そうかと思うと艀の子もいたし。これで半分くらいというところで左へ折れ、中突堤へ。僕ら子供の頃は中桟橋といっていた、遊びに行く時は、今日は中はとへ行こかといってねと太地。税関の方は外国航路で、こっちは淡路島や四国、九州へ行く内海航路のターミナル。少し風が出て来て、寒くなる。太地に勧められて、私も妻も手にさげていたコートを着た。ほかに一人も客のいない船着場で港めぐりの切符を買う。桟橋の向うに篠崎倉庫というのが見える。その字が剝げかかって、やっとのことで読める。桟橋に鳩が群れていて、私たちが近づくとよける。

山の上の平たいところにアンテナが立っているところを太地は指して、あれが電波を受ける中継所の菊水山。海洋気象台は？　これは見えないな。あなたが行かれた中山手の郭さんの家から近いんじゃないかな。そこで、昨夜、ホテルから神戸へ電話をかけてジェーンさんと暫く話したことをいう。途中で妻に代ったら、奥さん、お会いしたいわあといった。クリスマスにケニオンから偉明が戻って一月十日にまた帰る。香港からパパの姪が来た。今度、カナダに永住するので、昨日、みんなで錨屋へ行った。カナダにどなたかおられるのですかと妻が聞くと、パパの何とかのとその間柄を説明してくれたが、よく呑み込めない。ジェーンさんもややこしいからね、私も分らんのよといったので笑った。太地は面白そうに聞いていたが、そこへ洲本行きのフェリーと並ぶようにして、ゆうかり号が入って来た。

新造船ですね、前はもっと小さかったと太地。真新しいその船体にポートピア'81と赤で入っている。奥さんは船酔いは無いですか。はい、大丈夫です。ゆうかり号から小学生の団体が賑やかにおりて来る。社に勤めている時、春と秋に遠足があるんです、半舷上陸で。ところが船に乗るとふだん威勢のいい奴がとたんにおとなしくなって、どこにおるのか分らなくなる。おりて来るとまた騒ぎ出す。おかしくてね。

受附が始まり、乗込む。出るまで下に入っていましょうと太地がいい（結局、最後までそこにいた）、空っぽのきれいな船室の前の方に坐る。あとから十人くらいの中年の婦人が乗って来て、窓際の席に散らばって楽しそうにおしゃべりを始める。どうせ船が出たら説明するでしょうけど、あれが川崎造船ですと太地が窓の外を指す。向うにね、ガントリー・クレーンといって神戸の港を象徴するドックがあった。芦屋の叔父さんなんかよくご存知と思うけど、大倉山とか諏訪山とか、ちょっと海の見えるところへ上ると、あれが川崎のガントリー・クレーンやちゅうてね、目標にしていたもんですよ。あれが無くなってね。そこへ船体の枠をこしらえて船を建造したわけ。そのガントリー・クレーンの横っ腹に「川崎造船」、KAWASAKI と書いたりして、当時の一つの港の象徴だった。それがいつの間にか消えてしまって。ばかでかい船は造れなくなったからね。その間に白い、小さな洲本行きのしおかぜ号が一足お先に出て行く。

航海訓練所の帆船の海王丸が昨日、ポートターミナルに入ったので、あとで見える筈といっているところへ皆様長らくお待たせいたしましたと船内放送が始まり、ゆうかり号は桟橋を離れた。この放送は、神戸港の歴史だとか船に関する用語の解説などを含めていわば総論に当る部分は若い女の声で（録音テープに入っているのだろう）、あとの各論は落着いた、いかにも海の男らしい人の声が受け持つ。例えば、

「右手いっぱいが川崎重工業神戸造船所でございます。明治のはじめより長年の経験と新しい技術によりここで造られました船を世界の七つの海へ送っております。この造船所には四つの船台と三つのドックがあります。船台では船の建造、ドックでは船の修理が行われております」

その船台で船が出来上って船主に引渡されるまでの工事の段階を女の子が話し終ると、ちょ

うど右手、三光ラインと書きましたのは進水式を終って繋がれているオイルタンカーの真中の部分で、これから曳船で坂出工場へ曳航され、古いオイルタンカーの前とうしろをこの新しい船体に継ぎ足します、船の建造費を安くするためにこのような工事が行われていますといったり、右手鼠色の大きな船、シティ・オブ・エジンバラ号、この造船所でタービン・エンジンからディーゼルへとエンジンを入れ替える工事を受けております、お国はイギリスのコンテナー専用船五万七千八百トンというふうに男の人が教えてくれる。また、兵庫第三突堤はわが国では数少ないバナナ専用の突堤で、輸入された青いバナナは突堤の上に建てられた上屋に運び込まれて特別の防疫を受けます、皆さんがお召上りになるバナナは殆どここを通っているといってもいいでしょうと女の子が一通り説明すると、

「ちょうど右手、レモンとバナナ専用の突堤。今日は生憎、レモン、バナナを積んだ船は入港しておりません。いつもですと台湾、フィリピン、中南米からのバナナ、カリフォルニアからのレモン、オレンジがおろされております。船は三菱造船所構内に入って行きます」

と続けて、片時も飽かせない。その三菱重工神戸造船所では乾ドックというものを説明してくれる。ここへプールのように海水を満たして船を引き入れ、前の鉄の扉を締め、ポンプで排水すると船の底が出て来る。船底に附いている貝や海草を取除き、ペンキの塗り替えをする、そこで男の人の声に替って、ちょうど右手、乾ドックです、中にはイギリスのコンテナー専用船サザンプトン号五万九千トン、コンテナーを運ぶ船では世界最大です、現在、船のエンジン

を入れ替えています。これもさっきのシティ・オブ・エジンバラ号と同じ目的でドック入りしていることが分る。浮きドックというのもある。
僕は兵隊へ行っていて知らないんだけど、空襲が激しくなってからは随分狙われただろうな。そうだろうね。よく復興したもんだなと太地はしみじみという。やがてポートアイランドのコンテナー専用埠頭が見えて来る。工場まで荷造りも何もせずに物を運べる上に雨の日でも荷役が出来る、時間も八時間から十時間と短く、便利なものでございますと女の子はコンテナーの解説までしてくれたあと、コンテナーの取扱い量が世界一のこの神戸港で来年三月二十日から百八十日間にわたって開催される神戸ポートアイランド博覧会の紹介に入る。

　そのうち、こっちへ移りませんか、海王丸が見えますからと太地にいわれて、反対側の窓際へ三人とも移った。ああ、入ってますね。四本マストの、帆を取り外した海王丸がいるのは第四突堤。うしろに六甲の山並。帆を張ったらきれいだろうねといいながら人影のない船に見入る。ここへクイーン・エリザベス号が入りましたよ、七万トンのね。僕、あれ見に行ったんだけど、やはりいま海王丸が入っているところへ横づけにして。皆様、前方をご覧下さい、神戸の街が美しく見えておりますと女の子が話し出す。東洋のナポリという言葉が用いられておりますが、なかなかどうしてナポリより大きなスケールでございますというところで、お国自慢だねと笑い出す。船が摩耶埠頭を過ぎると、またもとの席へ戻る。行ったり来たりさせて悪いなと太地。輸入された羊毛、生ゴムを保管している川西倉庫。その第五突堤右側にはソビエト連邦、左側、重たいものを積み込んでいますのは中華人民共和国、中国の貨物船ですと男の人の声が知らせてくれる。次に見えて来るのが三井倉庫、主にアメリカから輸入した綿を保管しているというのだが、貫禄がある。神戸開港百年を記念して昭和四十四年に建てられた神戸商工貿易センターの説明が済むと、ふたたび男の人に替って、

「右手の方に商船学校の練習船、海王丸が見えて参ります。この海王丸、四本マストのバーク型の帆船で、先ほどの川崎造船所で昭和五年に建造されております」

これ、あなたがた夫妻を歓迎して入ったんですと太地。遠洋航海に出る朝だと実習生がマストの上に登って帽子を振るんだ。登檣礼《とうしようれい》というのをね。間もなくこれが消えてゆくと思うとちょっと淋しいね。第四突堤を過ぎる。右手に曳船に曳かれて行く艀が一隻。それを男の人が捉えた。これは沖合に碇泊する船、岸壁に横づけされている船の荷物の揚げおろしにいわゆる水上トラックの役目を果しておりますが、この艀はエンジンが附いておりません。自分で走ることが出来ませんから、曳船に曳航されて港の中を移動しております。艀と申します。すると太地が、だから曳船が沢山要るわけですよ、その溜りがメリケン波止場。君がメモに書いてくれた小学校の時の同級生が乗っているのを見かけたというのは、あのうしろの方の？　僕は自分で動けるのかと思っていた。あの曳船も昔は焼玉エンジンで動いていたから、あれが通っているとすぐ分った。いまはもうディーゼル・エンジンになったから、懐しいあの音も聞かれなくなったね。右手の方の船、お国はクエートですと男の人の声。すぐ前のマストに日の丸を掲

げていますのは外国船の礼儀です。これは入港しました先の国に対して敬意を表わす意味で、朝の日の出から夕方日没まで上げられております。そして船尾にお国を表しますクエートの国旗をたてておりますが、ちょっと旗が垂れております。第一突堤にも川西倉庫がある。倉庫全体が冷凍庫になっていて、南氷洋の鯨、北洋の鮭、鱒、外国から輸入されたマトンがここへ収められるという説明が済むと、「先ほど御乗船頂きました中突堤」はもう目の前。知らないうちに五十分たった。港の中の様子は外からでは全く分らないね。本当にいいことを思いついてくれたと太地に礼をいいながら中突堤におりた。

このあと海岸通の郵船ビルへ出るまでの、波止場町という名前そのままの、古めかしい小さなビルや商店の建ち並んだあたりは、居留地跡や北野町あたりとはまるで趣を異にしながら古い港町でなければ味わえないものがある。もはやビルとしての機能を発揮していないと思える、煉瓦造りの雑居ビル。船舶売買という看板を掲げた店。ローズ貿易商会という建物。海事事務所（どういうことをしているんだろう）だとか船舶何とか相談所。そんな間に何軒もの「珈琲店」。神戸の人間はコーヒーを飲むのが好きでね、こんなに沢山あってよくやってゆけるなと思うくらい店があると太地。

海岸通の古くからある建物をひとつひとつ教えて貰って、最後は京橋の第五管区保安本部、神戸地方海難審判庁が入っている昔の商工会議所、勝海舟の海軍操練所跡の錨と書物の珍しい碑を見終った頃には、いまにも落ちて来そうな空模様。もし時間が余ったら行ってみたいと旅に出る前から妻がいっていた新しい洋菓子屋が中山手一丁目にある。昔、私の勤めていた放送会社から毎月、送ってくれる料理番組のテキストに紹介が出ていた。呼物の二年間、洋酒に漬け込んださくらんぼ入りのフルーツケーキを、手の込んだ洋菓子の作り方の講習をよくしてくれる近所の年下の友達に一箱買って帰りたいという。どっちみち日の暮れるまでどこかで時間を潰さないといけないのだから行ってみようとタクシーを拾ったのだが、地図入りの切抜きを受け取った年輩の運転手は首をひねった。

「こんだけ地図かくんやったら、もうちょっと親切にかいてくれんと。地図まで入れてあるいうのは訪れてくれいうことでしょう。これはいけませんわ」

そごうの横を通りながら、昔はこっち側の角だけの建物しか無かったのにいまこの辺全部そごうやからねといって笑わせる。いまでこそこんなに賑やかですけど、僕らの子供の頃は何にも無いんやから。阪急も無かったんです。ここまで来てなかった。上筒井いうとこ知っとってですか。あの近代美術館のあるあたりまでしか電車が無かった。それが昭和の何年くらいか、ここへずっと入って来たんです、高架でね。それまでは新開地がいちばん賑やかやった。ほら、昔の歌に「ええとこええとこ聚楽館」いうのありますやろ。運転手さん若く見えるけどそんな時代を知ってるのと聞くと、そんな時代いうたって昭和ひと桁のはじめですけどという。あとは探しますからとおろして貰ったら、アンテノールという洋菓子屋はすぐ斜め向いにあった。地図に文句をつけながらもそばまで送り届けてくれた。

このあと坂を上ってひとつ上の通りを歩き（途中で太地は古い煉瓦造りの中山手カソリック教会を見せてくれた）、もう一度、さっきの通りへおりて来て、珈琲店の「にしむら」へ入る。入口の横に米屋の精米機のような、大きなコーヒー挽きがあり、ドンゴロスの袋が積み上げてある。店中にコーヒーの香りがしている中でゆっくり時間を過してから外へ出る。その前、通りすがりに妻が店の中を覗いた坂道に面したフロインドリーブへ戻って、夕方近いので殆ど空になった硝子棚に五個だけ残った中から、竹葉亭の夕食のあとのデザートにと三つ買った。職人風の白い服を着た、年を取った人が出て来て、箱に入れてくれる。

車のよく通る中山手通を三人で歩く。芦屋の叔母から太地さんの奥さんもお呼びした方がいいんじゃないのといって来たんだけど、訳を話してね。いや、ほんとに出られないんですよ。お袋があんな具合だし、お手伝いさんもいないしね。僕が名古屋におったり東京におったりした頃は下の弟が面倒みてくれていたから、時々、二人で飯を食べに行ったりいろいろしてたんだけど、この頃はそういうこともしてやれないで。お母さんは寝ついておられるわけではないんでしょう。寝てはいないいんだけどね。

ＮＨＫの角を曲ってトアロードを山の方へ向って歩き出した頃からあたりは暗くなって来た。回教寺院の丸屋根が右手の方に見える。夕日が当るとあれが反射してねと太地。道路の向いに木造、瓦屋根の東天閣。これ、やっぱり昔の異人館を買い取ってね、かなり古い建物ですけどね。二階の広い窓から電燈の明りがこぼれる。ここは北京料理。三月にご案内した明海ビルの東明閣と同じ系統で、はじめここへと思ったけど海が見えないから。坂の上まで上ると、山を背にして奥まったところに「神戸外国クラブ」があって、道路の向いに門が見える。ジェーンさんがこの前、電話をかけて来た時、パパがK・R・A・Cのほかにもう一つ外人クラブへ入ったので、この次、神戸へ来られたらそこへ食事しに行きましょうと嬉しいことをいってくれた。郭さんはK・R・A・Cはスポーツのクラブ、もう一つのクラブは社交を目的にしたクラブと話していたが、ここがそれだろうか。煉瓦塀の古い家の表札を眺めたりしていると雨が顔にかかったので引返す。最初のバスの停留所（山本通三丁目と書いてある）で待っていると、到頭、降り出した。王子公園をひとまわりする前に、午後から雨が降らなきゃいいがと太地がひとりで心配していたのが、いままでもち堪えてくれたのだから有難い。折畳みの傘を妻に貸してくれた太地が、横の電話ボックスの戸を開けて、この方が濡れなくていい、ここへ入って下さいと妻を中へ入れたら、すぐにバスが現れた。

三宮一丁目でバスをおりると、雨は小止みになっている。五時半といってあるので、まだちょっと時間が。いや、このぶらぶら歩きが楽しい。太地は笑って、昼間は助かりました、あれが降られたんではどうにもならなかったよと話すうちに勤めの帰りの人で賑わう三宮の交通センタービルへ来る。その中を通り抜ける途中、ちょっと待って下さいといった太地が「神戸のスポーツ事始め」を特集した『市民のグラフ・こうべ』を案内所で買って来てあとで私に渡してくれたこと、阪急ガード下の竹葉亭の二階の掘り炬燵のある部屋で三時間もかけて食事をしながら話が尽きなかったこと、何度も熱いお茶とお絞りを出してくれた若い女中さんが帰りがけに、外は雨が降っていますからお気を附けてといったこと、阪急の改札口で太地に芦屋川で十一時にと翌朝の待ち合せの時間を念を押してから別れたことなど、書きとめたいことはまだあるが、原田から始まった神戸の一日はこれで終りにしたい。

三十一

明くる日はいい天気になった。いつものように梅田から三宮行きの各駅停車に乗ったのだが、西宮北口を過ぎると、ところどころ紅葉した木の混じる六甲の山に日が当り、その上の空にうす紫の細い雲がたなびいているのが見えた。芦屋川には十時過ぎに着いてしまった。先に手土産を買っておこうと駅前通りの果物屋で林檎とグレープフルーツを包んで貰い、髷を結った、しっかり者のばあさんのいる和菓子屋へまわる。木枯しだとか寒椿といった名前のを硝子棚から取り出して箱に詰めてくれたが、栗まんも入れときましょうか、これ、ようもちますからねとなかなか商売上手だ。その上、お年寄りやったらタッパーに入れときはったらいつまででももちます、冷蔵庫に入れたらあきません、枕もとへでも置いといて頂戴ということが細かい。お金を払おうとしてうっかり硬貨を何枚か三和土《たたき》の上に落した。拾おうとすると、

「撒いといて頂戴。縁起がええから」

これには私も妻も笑ってしまった。

駅へ引返す。すぐ横を流れている芦屋川の水が日を受けて光っている。約束の十一時ちょっと前に太地がフォームの階段をおりて来た。昨日は本当にいい計画をたてて頂いてと妻も一緒に礼をいうと、あなたのことだからお二人を大分あっちこっち引張りまわしたんでしょうと女房にいわれてねと太地は笑った。では参りましょうか、近いところですからと三人で肩を並べて歩き出す。昨日は紺のブレザーにフラノのズボン、今日は濃紺に細い縞の入った背広に身を包んで、いつもながら太地は身だしなみがいい。間もなく叔父の家に着く。玄関の前に打水がしてある。格子戸を開けて、お早うございますと声をかけると、家の中でお早うございますと朗らかな叔父の声。ちょっと早目に参りました。どうぞお上り下さい。玄関へ出て来た叔父が、

「お待ちしてました。お上り下さい、どうぞ」

「太地でございます。今日はお言葉に甘えまして参上しました」

うすい紫色のよそ行きの着物を着た叔母も現れ、ほんとにようこそ、どうぞどうぞと迎える。座敷に通されて、先ず私と叔父が挨拶を交す。あとから入って来た太地に叔父は、どうぞ炬燵へ、どうぞお楽になさって下さい。そこで太地は畳に手をついて、始めましてと丁重に頭を下げる。濃いグレイの背広にチョッキを着込んだ叔父は嬉しげに、

「ようこそお出で下さいました。こちらからお手紙頂いてましてね、太地さん、いらっしゃるいうことでお待ちしとりました」

一通りみんなの挨拶が終ると、妻は手土産の包みをいつもの物ですけどと叔母の前へ。今度は太地が風呂敷包みから取り出した菓子箱を、姫路の玉椿を売っていましたのでほんの少しだけと畳の上に置く。そんなと驚いた声を出した叔父は、恐れ入ります、遠慮なしに頂戴いたします。あれ、野路菊でしょうと床の間の花瓶を見て妻がいうと、低いでしょう、それで海芋《かいう》の葉と一緒にと叔母。昨日、太地さんに教えて貰ったんです、王子公園で。右手の棚に五重の塔の絵の色紙が置いてある。あれ、こないだ展覧会に出しましたんです、十月の末に。老人会やのうて翠旺会いう絵の会が阪神間にあるんです。年に一回、展覧会するんですけど、今年は尼崎市の文化会館でありました。芦屋の文化祭には別のを出したんです。宇治の醍醐寺です。あそこへ写生に行きましてね。行ったのは六月の末ですわ。膝を崩さして頂きますと太地が断ると、どうぞお楽にして下さい、お楽にどうぞといってから、

「本当に結構でした。よく来て頂けました。私、またお越し下さいますかなあと思って心配しておりました」

こちらのお手紙で来て下さるいうので、これはええわいうてね、お待ちしとったんですわ。晴れやかに叔父は笑った。

大変ご健康そうでと太地。有難うございます。まあお蔭さまでね。私の母が明治二十九年生れでしてと太地がいうと、そしたら一つ下ですな、私、八年ですから。父が二十六年です。割に祖父さん、祖母さんも長生きしましてね。置炬燵のこちらから私が、お祖父さんは安政四年、

お祖母さんがというと、慶応元年ですと太地は続けて、とにかく歴史上の人物みたいなもので
と笑う。慶応元年いうたらわしらの親父がそうです。長生きなさったんですなあ、お二人とも。今日はまた一中を出られた大先輩にいろいろ昔の神戸のことを聞かせて頂こうと楽しみにして参りました。だんだんその頃の話を知らない人が多くなりましたのでね。いや、芦屋市ができて今年で四十年になるので、私ら記念式典に招かれたんですけど、その折に頂いた刷物を見てましたら、人口が八万一千ある中で八十五歳以上になると三百何人しかおりません。私、嫌になってしまって。澄ました顔をしてお茶を運んで来た叔母が、さっきの手土産の生菓子の箱を開け、よろしいのからどうぞと勧める。お仏壇にその中から二つ供えた。私は餡こが好きやからこれにしますわと吹雪を皿に取ってから、叔父は、
「さっきも年賀状書くのに名簿調べてましたら、せん繰り減って行きますわ。二人減り三人減りして、淋しなりますわ」
いつも感心するのだが、この叔父が嫌になりますとか淋しなりますというと、愚痴っぽくなる代りにおかしみを誘う。われわれは叔父さんのお年からすれば子供みたいなもんですからね、それでも酉年《とりどし》ですから来年は二人とも還暦ですと笑いながら太地がいえば、そうですか、それは結構ですなあ。同じ大正十年なんです、私が二月で。君はと太地の方を見ると、六月です。私は早生れですから中学へ入るのは一年早かったんですけど、病気で休学しましたから外語へ入るのは太地と一緒だったんです。そして軍隊は太地さんの方が？　二年早かったんです。太

地は海軍大尉で私は少尉。身体つきが違いますなあ、やっぱり若い時分にお鍛えになってる方は。いえもうこの頃、足が弱くなりましてと太地。

次に叔父が兄弟会の写真を見せてくれた、十月下旬に神戸の商工貿易センタービル二十四階のバーグに四組の夫婦が寄って会食をした時のものだ。商工貿易センターといえば、ゆうかり号の中から眺めたあののっぽビルである。来年は一月にまた新年会でみな寄るんです。私が当番で、今度は須磨でやろうかいうてます。須磨荘いうて国民宿舎があるんです。ええ、ございますね、衣掛町にね。大体、年に二遍か三遍くらい寄るんです。それは結構ですねといってから、須磨はお懐しいでしょうと太地。やっぱり子供の時分に大きいなったとこですから、懐しいですわ。この前、こちらと一緒に久しぶりに歩きましてね。僕の友達も須磨には沢山おりましたので、またその辺のお話をお聞かせ頂きたいと思ってるんですけど。二中でいらっしゃいましたんでしょうと叔父。二中は偉い人がようけ出てます。いや、そんなことないです、それは一中が兄貴分で。そこで私が、はじめ校長先生が両方かけ持ちだったそうですねというと、叔父は、いちばん最初は鶴崎校長が兼任でね、それから上野さんがあっちへ行ったんです。先生がたもね、二中が出来た時は一中から大分行かれましたわ。何かそのようなことを書いてありますねと太地。ええ、沢山行きました。

それから叔父が、制服のカーキ色は二中の方が先だったというと、太地はつい最近まで私、初めから一中もカーキ色だとばかり思ってました。ところが彼にいわれまして七十周年記念の武陽会名簿を繰っておりましたら、上野先生が二中の制服のことを書いておられましてね、それで分ったようなわけです。私らまだ黒やったんです。二中がカーキ色になって、みんなカーキ色にせないかんいうので、私ら三年になった時に初めてカーキ色のを着せられました。そうですか。いやもう妙な色のね、あれ着て歩いてるとすぐ目立ちましてね、悪いことはでけへんしねと太地は笑った。そいでボタンが違うだけですわ。お宅のは銀でしたやろ。私らのは金でした。それが違うだけでした。風呂敷なんかも白でね。私どもが入学しました時には、一中はもう昔から伝統の白い風呂敷で、弁当も校庭で立って食べるんだという。私どもの方は既にさげ鞄になっていました。弁当はちゃんと教室で食べるようになっていましたから助かりましたよ。それでみな笑った。

私は下山手小学校ですけど、私の学校から一中へ行ったのが二人おりました。で、私ともう一人、二中へ入りました。そんなような関係で当時まだ二宮にあった一中の校庭もよく知っています。こないだもぶらっと生田川の方へ行ってみましたら、労働基準局の前の方に小さな公園がありまして、楠が残っていました。残ってましたか。あれを一中がここにあったという記念に永久に残すんだというようなことを土地の方が話しておられました。狭いですなあ、いまから考えたらと叔父は笑って、二中はええとこにありましたなあ、あれは長田神社の、どっかあの辺でしたね。ええ、会下山、でもないんでしょうけど。会下山の西側になるんですか。西側になるんです。長田神社から申しますと真東になるわけです。それから新湊川のとか、石井町からずっとこう湊川通ってとか、こちらには見当のつき兼ねる名前が次々と飛び出した。あの辺に岸本さんの別荘がありましたなあ、岸本汽船やってた。ああ、何か大きな家がございましたね。よく話の合うことと叔母はいい、私と妻はこれはお手上げだというふうに笑った。

長田さんが須磨の氏神でね。そうですかねえと太地は驚いた様子。須磨まで長田さんの氏子ですわ。あれ、何年かぶりに神輿を担ぐんです、私らの子供の時分は。一回、須磨が当番になってね、神輿担いで須磨まで来ました。途中で替るんですけど、区域があって。それで一遍、私、担いだことありますわ。昔を思い出すように叔父は楽し気な声になる。その時分はまだ長田さんの前は田圃や畑で。あなたがお越しになった頃はもう家がでけてましたでしょう。はい。長田神社といえば私の三級下に某君というのがいて、彼の家が代々、長田さんの氏子総代なんです。大変な旧家で。君のところは生田神社の氏子でしょうと私。すると叔父が、神戸ではお正月に三社参りをみなしますね。生田さんと長田さんと楠公さん。しかし、西宮の広田さんもなかなか格式があるんじゃないですかと太地。叔父は咳ばらいをして嬉しそうに、西宮の広田さんいうてね、この辺の人はみな西宮へ行きます。先にえべっさんへ参って、それから広田さんへまわるんです。私どもは子供の時分にたまにえべっさん行こかいうて西宮へ。すると叔父が正月には私ら生田さんまで初詣に行きますといったので、太地はそうですか、それはそれはと氏子を代表して恐縮した声を出した。

ここの氏神さんの天神さんへ参ってね、それから電車に乗って生田さんへお参りして来るんです、毎年。長田さん、楠公さんへは行かないんです。生田さんまでは参拝します、この辺の人は。足場がよろしいから、阪急おりたらすぐですから。それから太地は、私の父が生きていた頃の宮司さんは加藤さんという方で、父と懇意にしていたので掛軸をくれたり、よくいろんな話をしてくれましたといえば、叔父は長田さんの門の前に能楽堂がございましたでしょう、あそこへ時々、家内と行くんですわ（叔父は手を口に当ててちょっと恥しそうに笑った）、そのたんびに長田さんにお参りしますという。

太地さんはいまお住居はと叔父が尋ね、下山手通八丁目といいまして、もう街の真中でと答えると、いいとこですなあ、中山手から下山手へかけては神戸の一等地です。いやいや、お越しになりましたらびっくりされますよ、街の真中で。ええとこにお住いですなあとしきりに叔父は感心する。便利だけはと太地がいうと、どちらへ行かれましてもね、私らでも靭に店がありました関係で大阪は長いんですけど、いまは商売しておりませんし、神戸が近いから何でも神戸へ行くんですわ、大阪へ行くのは億劫になりましたという。それにこの頃、年いくとよけですわ。買物ひとつにしても神戸へ足が向きます。すると太地が、うちの中の弟は甲子園に住んでいますけど、これは神戸で育ちましたから神戸へ、ところが女房は大阪へ行く、それで神戸党と大阪党と分れるようですね、家の中で。どうなんですかね、私は西宮ぐらいが境で大阪と神戸に分れるのかと思いましたけど、やっぱりいろいろ贔屓があるようでしてね。この辺の人に聞いてみると、大体、神戸へ行く方が多いですなと叔父。大体、七割から八割は神戸ですな。人は神戸の方が少し少ないですねと太地。それで却ってよろしいですわ。

それに叔父さんは須磨で育っておられるしと私がいうと、私は須磨にはいろいろ思い出がございましてね、中学校の友達も多うございましたけど、何しろ二中の水泳の訓練所が衣掛町にありましてね。瀧川さんの別荘の裏なんです。そうでしたかと叔父。あの方が二中の古い卒業生で、その当時から何かと面倒をみてくれていたようです。それで別荘の裏を借りて毎年、夏には水泳の訓練を。瀧川さんのおうちは神戸で指折りの豪商やったそうですな、昔から、私ら子供の頃で詳しいことは知りませんけどと叔父。そんなわけであの頃は白絣に袴穿いて衣掛町まで通うのが楽しみでして。あれ、妙法寺川がございますね。あれから西へかけてずっと海水浴場でございましてね。そうです、そうですと叔父。それから天神さんの天神浜。天神浜、天神浜いうてましたけど、あれからずっと須磨、一ノ谷。すると叔父も言葉を揃えて一ノ谷という。一ノ谷に続いて向うに境浜いうのがありますね。あの辺までがずっと海水浴場だったですねえ。そうでした。遠泳をさせられるわけです。今日は境浜まで行けいうて。一回沖へ出てと私。沖へ出て、伝馬船の上で先生が太鼓を鳴らして、頑張れえ頑張れえとどなる。割に潮の流れが早いですから、そういうところにかかりますと本当に大変なんです。お蔭さまで海軍へ行っても泳ぐ方だけは楽しました。(クリスマスの頃に太地が郵送してくれた『市民のグラフ・こうべ』十二月号は前回に続いて「神戸のスポーツ事始め」の特集号で、登山、マラソン、野球、サッカー、ボートレース、バレーボール、水泳などの珍しい写真を満載しているが、その中に

大人も子供も和服姿の人出で賑わう大正期の須磨境浜海水浴場風景があった）

私の上の妹がいまだにずっと須磨におりますけど、ここの上の子が二中出ですと叔父。小山いいまして、いま、五十一、二になります。すると叔母は、そばにいる妻に、この帯、小山の妹がかいてくれたのと話す。塩瀬の帯で、ちょうどこの着物に合う帯が無かったところへ手がきのを作ってくれたそうだ。

このあと太地が、近頃、閑になって方々、出歩くことが多いが、神戸の裏山の、例えば三田の方へ行く田舎道で摂播国境としるされた石が残っているのを見つけて、ここまで摂津だったのかと思ったりするという話をしてから、三木は完全に播州というと、播州ですな、へえと叔父。そこで、前に下の妹さんの御主人で神戸高商を出られた九鬼さんが、中学は三木やったか小野やったかといっておられたのはと尋ねると、あれ、三木ですわ。太地は私の方を向いて、これはね、三木というのは大変なとこなんですよ、殆どの道が三木へ通じてるんだな。あれは不思議ですね。須磨の妙法寺から白川へ抜ける道が三木へ行く。それから山田の箕谷から行く道も三木へ出る。三木というのは小さな城下町ですけど、城主が東播八郡の太守をしていたせいか、到るところに道が通じているんですね。

すると今度は叔父がタイノハタ、あれは須磨のといいかけると、タイノハタの八幡さんでしょう、あれがちょうど塩屋の裏あたりになりますけど、あれ、須磨ですねと太地。あれ、須磨です。小学校でも高等小学校になったら向うから来てました。須磨の学校へね。峠越して、みな歩いてね。私らの組に四、五人おりました。そうでしょうね、あの頃は。須磨まで出て来なきゃ高等小学校なんか無いからね。無いんですよ。そいでこっちへ来るんです、須磨までね。（この海と山が一緒になったような地名にどういう字を当てるのか分らないままに暫く私たちは聞いていたのだが、途中で質問すると、叔父が「多いに井戸の井、火偏の畑」と教えてくれた）多井畑の八幡さんの境内の裏にやっぱり摂播国境というのが残っているんです。そうですか、ようご存知ですな。私らあそこまで山桃を採りに行ったんです。山桃が沢山でけましてね、多井畑に。友達の家の持山があって、ゆっくり採れるもんですから誘われて、夏休みに一、二回行ったことあるんです。

私どもは遠足に行きました、多井畑の八幡さんへと太地。厄除けの八幡さんで有名なんですね、あそこは。神戸の田舎でも大変なところで、多井畑へ行くいうたらえらいとこへ行くんやなという。ほんまにそう思いましたなと叔父は嬉しそうに笑った。ほんとにさみしいとこでした、いまいわれるように。うちの祖父さんなんか多井畑へ行くと狐が出て来るという先入見があってね。どこかへ出かけた帰りにあそこまで来ると、何か気持が悪くて、急いで走って帰ったという話をよくしていました。そんなことで私、ちょっと懐しくて、多井畑の八幡さんの方へ行ってみたんです、一月十八日の初厄神の日に。この日がいちばん人出が多いんだそうです、毎年。そしたらもうとっても。変ってますでしょうな、あの辺も。行ってみてがっかりしました。二人の話はどこまでも発展して行きそうだが、約束してある時間が迫ったので、ぼつぼつ出かけることにした。

三十二

人通りのない住宅街を十五分ほど浜の方へ歩くと、叔父が部屋を取ってくれてある芦屋クラブに着いた。玄関へ行くまでに赤い実を付けた南天の植込がある。山茶花が咲いている。庭にいい赤松の木が何本もある。爺やさんが並べてくれたスリッパを履くと、白いブラウスにスカートの女中さんが現れ、お揃いですね、お二階へどうぞと愛想よく先に立つ。通されたのは二間続きの、見晴しのいい和室であった。広いベランダの向うには紺色の六甲の山が見え、空に大きな白い雲が浮んでいる。これは叔父さん、いいところへ案内して頂いてと口々にいえば、昨日の雨で今日は山がきれいに見えますと叔母も得意そう。私たちが前もって聞いていたのは、家から歩いて行ける距離のところにいろんな会合に部屋を使える家がある、頼めば食事を作ってくれるが料理が専門ではないから大したことは出来ない、そこは神戸製鋼の先代の社長さんの別宅か何かだったらしいという程度で、芦屋クラブという名前も実はここへ来てみて初めて知ったのであった。片方の窓の障子を開けて、これが精道幼稚園と叔母が指す。さすがに芦屋は違うな、金持村だけのことはあるねと感心しながら席に着く。二つ寄せた机の上には料理が並んでいる。

あれが摩耶山です、あの左側の高いのがと太地と向き合う位置に坐った叔父がベランダの方を振り向いて教えてくれる。昨日、あの麓の関西学院の跡を案内して貰ったんです。ああ、行かれましたか。芦屋のうしろの山へ上ると、天気のええ日は淡路の方まで見えます。鉄枴山《てつかいさん》も見えます。すると太地が、あの松の上の、ちょっと高くなってるのが高取山で、これからずうっと須磨の方へおりて行きますね。ええ、あれが高取山ですわ。もう少し上るとよく見えるんですけど。

ビールが運ばれた。乾盃の音頭を頼まれた叔父は、私がといって尻込みしたが、これは最年長者の叔父さんでないとというと、坐り直して、

「乾盃いたしますので、どうぞ」

和やかな笑い声のうちにお互いにコップの縁を合せる。そこへお銚子も何本か来た。どうぞごゆっくりといって女中さんは引き下る。めいめい自分の前の料理に箸をつけながら、暫くは王子動物園正門前の振り出しから始まった昨日のことが話題になった。

この間に卓上の料理を紹介すると、もろこの甘露煮に楓の葉をあしらったのと玉子の黄身のよせものの前菜。帆立貝の味噌焼といか。海鼠《なまこ》の酢のもの。ぎんなんや百合根の入った茶碗蒸し。山かけと鶉《うずら》の玉子。椎茸、小芋、高野豆腐の焚合せ。それに蟹、帆立貝、豆腐、白菜、春菊の寄せ鍋。（この寄せ鍋に紅葉おろしが附いているが、あとで叔母は話に夢中になっている叔父に、お父ちゃん、これつけん方がいいわ、辛いからといった）おいしいですね、ここは夜

もと斜め向いの叔母に聞くと、はいはい、夜は会席になるの。これは？　これは定食。これでと隣にいる妻が驚く。静かで落着くと思いましてねと叔母も嬉しそう。

　太地の中学の友達が須磨の千森川の辺にも昔は桜の名所であった大池の近くにもいたという話から、私ら、岡本の梅々いいますけど、それ知りませんねんと叔父がいえば、古いんでしょうね、私も岡本の梅林という名前だけは覚えていますけどと太地。もう私らが知りませんもの、八十いくつで。もうこの辺で梅見に行くとこいうたら、甲東園くらいですなあ。ええ、あの関西学院へ行く道の、公民館のねと太地。

　室津へ四、五年前に行ったんですけど、梅は少ないですなあと叔父、向うは喧しいいいますけど、室津の梅々いうて。どこですかと聞いた妻に、播州の外れなんです、姫路の先に山陽電車の網干という駅があって、そこからバスに乗るんですけど、神戸の市内からですと三時間近くかかりますといってから太地は、梅の盛りに行きますと、なかなかきれいなんですよ。ただ、あれ、大分歩かないといけないんです、ずっと岬の方へ。私どもはお寺から海岸へ出まして、東へ参りましたの。いや、南へ行った、それから上へ登ったんやと叔父。ありませんでしたか。あんまり無かってね、帰って来たんです。纏ってはありませんけど、室津の梅林というだけあって古い木は残しておることは残しております。寒い日に行きましてね、三月の十日ごろでしたか。雪が降りましたのと叔母。寒かったですわとたまらないような声を叔父が出した。私も経験がありますけど、梅はちょうどその時期に参りませんとなかなか難しいですね。時期が悪かったんですなと叔父。お寺も寒うございましてねと叔母、そうですか。ちょうど賀茂神社のところから唐荷島というのが前に見えまして、左の方には家島が。見えますね。あれをぐるっとまわったら相生になるわけです。景色はええですな。私は好きなとこなんですけど、室津というところは。石段をのぼり下りしながら古い家並の間を歩いておりますと、家の前にでべらを干してあったりしましてね。

それから俳句の会の吟行はあまり遠方へ行かずにこの近辺でする方がよろしいという話を叔父がすると、いや、私もね、閑になって神戸の裏山あたりを歩きますと、こんなとこがあったのかと思うようなことが何度もありますと太地。叔父は頷いて、ほんとに神戸の近辺はええとこですぜ。いつも家内と二人でいうてますねん、この芦屋はほんとにええとこやなあって。神戸へ出るにしても大阪へ出るにしても便利やし、京都いうても近いでしょう。もう遊びに行くのに事欠かん、ほんとにええとこですわ。そりゃ誰もが住めるとこじゃありませんからねと笑いながら太地。平凡に暮してしもて何ですけど、ほんまに仕合せやったなあ思うて感謝してます。有難いですわ、ほんとに。しみじみとした叔父の話しぶりに私は、六月のはじめに受け取った画仙紙の葉書の、水辺の花菖蒲の上の空を鳥が二羽飛んで行くところをかいた絵をふと思い出した。添えられた句は、「一生を芦屋でくらし更衣《ころもがえ》」。

同じ兵庫県でも北の方へ行ったらさぶいし、えらい違いですわ、この辺とは。全くそうですね。御存知のように湊川公園から昔は神有電車というのに乗って有馬へ行って北へ入るんですけど、やっぱり裏六甲になりますから風が冷たいですね。すると叔父が、もう鈴蘭台へ行ったらちょっと違います。違いますね。鈴蘭台で標高が三百五十メートル。三百五十メートルといったらちょっとした山ですからね。冬になったらほんとに風が冷たいです。そういうのに比べるとやはりこっちの方は。ええですわ。暮しよいですわ。

この間に漬物を載せたお盆を運んで来た女中さんが、ここへ入れさせて頂きますといって、部屋の隅に重ねてあったみんなのコートを洋服箪笥のハンガーに掛けてくれる。ついでに追加のお銚子とビールを頼む。お食事の時、ここのお電話でお願いいたします。そういい残して女中さんは出て行く。帰りがけ、庭の隅の五月の盆栽を並べた棚の前で手入れをしていた爺やさんに聞くと、女中さんはみな通いで来ているということであった。

叔母はあとで車を呼んで貰って芦屋川の上流までみなを案内する計画をたてているらしく、奥池へ最近いらっしゃいましたかと太地に尋ねた。すると太地は行ったことがありません、最近と答えてから、この芦屋川に岩場がありますね。ええ、ロックガーデン、高座ノ瀧から上ったところにと叔父がいうと、あれに私は思い出があるんです、というのは中学の四年生の時にクラスの者と大それた登山を計画しましてねと話し出す。(太地は、これ、私、勝手に頂きますからと最初から横にビールを一本置いて、ゆっくりと飲んでいた)富山の剣岳へ登ろうという。生徒四人に先生が二人附きまして、危いからというので現地でガイドを傭って、七人のパーティーで十日間ほど山へ入ったんです。夏山といっても当時の中学生にとってはなかなかの難コースだったんですけど、いきなりは無理なので芦屋のロックガーデンへ。ここで聞いていたみんなはなるほどそういう訳ですかというふうに笑った。それで僕は非常に思い出があります。私はまたと叔父は妻の名前をいって、この人が女学校へ入った時分にね、案内して一緒にロックガーデンへ登ったんですよ。よく山登りに連れて行って貰いましたねと妻。そうでしたなあ、摩耶山も行きましたなあ。いま、まだロックガーデンいうのは残っていますか。はいはいと叔母が張切った声で返事をする。日曜日なんかえらい人でねと笑いながら叔父。私らの頃はそれほどでもなかったんですがね。ザイル持って行って、綱をつけてね、岩登りを。みんなそれやってました、あそこでと叔父。とにかく剣へ登るために足馴らしをしておけというので一週間ほど通いました。それから太地は剣の頂上を極めてふたたび富山へ出るまでの道順をひと通り聞かせてくれたが、叔父は何度となく、なるほどとか、大変でしたなあ、そらとか、ほんとによう行かれましたなあといかにも感じ入ったように相槌を打った。母親にいわせますと山から帰って来て四十八時間、眠り続けていたそうですというところでは嬉しそうに笑い声を立てた。

それからも山へちょいちょい行かれましたか。そのあとはもうすぐ兵隊に入りましたし、海軍の方でラバウルまで行きましたけど、山はまあ、日本でアルプスへ登ったその一回きりでと太地は笑った。お二人ともなかなか戦時中は御苦労でしたな、まあよう無事に帰って来られましたと叔父はいった。戦争からお帰りになってもうすぐ新聞社へ？　そうなんです、遊んでいるわけにも参りませんので。たまたま英文毎日で採用試験があるということを聞いたものですから。すると叔父は、私がスキーを始めたのは大阪毎日に山楽会というのがあって、それに入れて貰ったのが最初ですといった。その時分に時事新聞にいる友達が、鈴木さん、スキーやろやないかと誘ってくれた。この友達は一年くらい前に会が発足した当初から入っていた。そんなお話、聞き始めですと私と妻が驚くと、いうたこと無かったですかと叔父。年いってからですよ。三十そこそこでした、私。昭和の始まりですわ。それは大変なスポーツマンだね、その頃にスキーをするというのは。僕らが中学の頃に剣へ登ろうかというのより遙かにスポーツマンだと太地がいったので、みんな笑った。

私ね、初めて行った時、何遍やっても転ぶんですわ。すると叔母が横から、百回までは転んだのを数えたけどあとは覚えていないそうです。赤倉から田口へ出るのに滑って帰ろういうんですけど、基礎がでけてないもんやから転ぶんです。恥しいほど転びました。それでもだんだん上手になって来たら、赤倉から燕の方へ行ったりするんです。お店を休んで行かれるんですかと私。いや、公休いうのが無い時代ですから、お正月にやっと行くんです。あれは晩が楽しみでね。好きな連中はかたまってひれ酒なんか飲んで、そしてみんなでトランプをするんです、先にスキーの手入れしといてね。そいで朝早うに暗いうちから起きて行くんです、時間が勿体ないから。これはよき日、よき時代のと太地。結構な時代でしたなあ、いまから考えたらね。戦争も何も無いですからなあ。それにしても浜寺の水練学校といい山楽会のスキーといい、太地が入社しないはるか昔から大阪毎日新聞と叔父の間にスポーツを通してひとつの繋りがあったということは、不思議な気がする。

やがて芦屋の老人会の話になって、あれは何歳からなんですかと太地が尋ねる。六十歳からです。あ、六十歳ですか。それならわれわれもうすぐ資格がと私がいい、笑い声が起る。ところが、入会の案内を出しても絶対入りませんわ。現役やからいうてみんな断られます。六十五過ぎてもなかなか入られません。嫌がる人が多いですわ。お名前だけ貸して貰うんです、済まんけどいうて。女の方は六十五くらいになったらぼつぼつ入られますけど。すると叔母が、芦屋に福祉センターが出来ましてから、いろんな設備がございますので、ほんとに楽しんでおられますね。玉突きから碁、将棋は勿論ですけど、ダンス、民謡、それは大変なんですよ。そら、いまの老人は助かりますわ。でけたのは五十一年の秋ですけど、あれこしらえるのに私ら建設委員になりまして、あっちこっち見に行きましたと叔父。方々、見てまわった結果、箕面市のがいちばんよかった。二千四百坪のところに全部平屋の、体育室まである立派なのを建てている。そういうふうに芦屋もやってくれるといったのだが、土地が無い。やいやいいうてやっと四百坪ほどのところへこしらえた。土地が無いのであきませんわ、第一と残念そうに叔父はいった。

それから下山手通八丁目の太地の家庭では、芦屋の叔父より一つ年下のお母さんが昔、お祖父さんとお祖母さんのいた離れにいて、三度三度の食事は奥さんが中庭を通って運んでおり、たまに甲子園の弟さんが来た時などこちらへ呼んで一緒に食べるということから、足が弱くなったので外へは出ないが新聞は隅から隅まで読むし、テレビの好きな番組は見逃さない。プロの柔道家であった父親は、七十を過ぎても二十貫あったくらいで健康には自信を持っていたが、若い時分からあまり丈夫な方ではなかった母親が八十を越したいまも元気でいるのはやはりそれだけ芯が強いのだろうという話を太地がした。

これが一段落すると、有名人でしたなあ、太地さんいうのは、私らもよくお名前を聞きましたと叔父がいったので、驚いた。叔父さん、御存知だったんですか。へえ、なかなか有名人でね、神戸の古い人やったら知らん人ないでしょう、太地さんいうたら。いやいや、そんなことありません、一介の庶民でと太地。私、びっくりしましたわ。太地さんの御子息とは気が附かなかったもんですから。これまでちょくちょくお話はこちらからお聞きしてたんですけど、今度、お出で下さるいうお手紙を見て、分ったんです。それはなおさらめでたいなあ、今日の会はと私。

お二人とも酉年いうことをお聞きしましたので、貰ってほしいといって色紙をかきましたの。叔母がそういうと、とりの横にひよこが一羽いるとこをねと叔父。それは有難うございます、何よりの品を、正月には是非掛けさせて頂きますと太地。

それから来年の勅題が「音」でしょう（とこれは私の方を向いて）それで私、この前の謡の文句をね。「猩々」ですか。はい、あれを書いときました。叔父の家から近い駅前通の店へ出かけて、四人で三田牛のすき焼を食べてささやかな忘年会をした日から早や一年になる。あの時、締め括りにと「猩々」の小謡を叔母が口移しに教えてくれようとしたのだが、生徒が生徒だからうまくゆくわけがない。だが、あれが叔父夫婦や太地一郎と、一度は郭さん夫妻とも一緒に四人になったり三人になったりしながら神戸を歩くようになるそもそもの始まりであったわけだから、叔父のこの思いつきは有難い。

老いせぬや。老いせぬや。薬の名をも菊の水。盃も浮かみ出でゝ友に逢ふぞ嬉しき。この友に逢ふぞ嬉しき。

机の上がきれいに片附いてから、勅題音と表にしるした包み紙を開けて見せて貰ったら、まわりは銀地の、扇面の中へ朱色の紐の附いた鼓と扇子を配し、稽古本の譜調もそのままに丁寧な字で書き写してあった。

それは是非お聞かせ頂きたいですねと太地。お願いします。今日は僕ら何もいいませんから叔母さんおひとりで。その代り、僕と太地の二人で四十年前に教室で教わったティペラリーを歌います。それは是非是非と叔母が手を叩く。昨夜も歌ったのね、竹葉でと妻。それが亡くなった主幹の先生がチョッキにこうやって指をかけてと真似をしていたら、ひとりでに始まったんです。第一次世界大戦の時に英軍の兵士がみんなこれを歌いながら銃を担いで戦線へ出て行ったんです。そら、一遍聞かして頂かないとと嬉しげにいう叔父の、うしろには障子いっぱいに午後の日が差し込んでいる。

〔1980（昭和55）年6月～1981（昭和56）年9月「海」初出〕

あとがき

神戸に一度でも住んだことのある外国人は、世界のどこの都市にも住みたいとは思わなくなるという。この賞め言葉は多少、割引いて受け取る必要があるにしても、悪い気持はしない。淋しい砂浜に過ぎなかったところをこんな立派な町にしたのは、神戸に早くから住みつき、ここで一生を送るのを喜びとした外国人たちであったから、二重に嬉しい。

「早春」は小学生の頃から特別な親しみを抱いて来た神戸を妻とともに何度も訪ねる話だが、親切な案内役、楽しき道連れとして登場する叔父夫婦、昔の学校友達の太地一郎、香港出身の貿易商の郭さん夫妻がもしいなかったら、私の「神戸物語」は成り立たなかったに違いない。同様に開港以来、神戸とともに歩み続け、惜しくも昭和十七年一月末日をもって廃刊の止むなきに到ったジャパン・クロニクル紙の「ジュビリー・ナンバー」（大正七年四月）の執筆者、並びにこの貴重な資料を『神戸外国人居留地』として出版し、われわれに読む機会を与えてくれた方たちに深い感謝を捧げる。

私はまた、この本が四十年前、太平洋戦争の前夜に別れを告げる暇もなく教室を去ったきり、戻って来なかった大阪外国語学校英語部第十八回生の級友へのささやかな供養となることを願っている。

「早春」は昭和五十五年（一九八〇年）六月より翌年九月まで十六回にわたって「海」に連載され、単行本にするに当って加筆訂正を行った。

昭和五十六年十二月

庄野潤三

P+D BOOKS ラインアップ

草を褥に　小説 牧野富太郎	大原富枝	●植物学者牧野富太郎と妻寿衛子の足跡を描く
激流（上下巻）	高見 順	●時代の激流にあえて身を投じた兄弟を描く
貝がらと海の音	庄野潤三	●金婚式間近の老夫婦の穏やかな日々を描く
せきれい	庄野潤三	●〝夫婦の晩年シリーズ〟第三弾作品
庭のつるばら	庄野潤三	●当たり前にある日常の情景を丁寧に描く
早春	庄野潤三	●静かな筆致で描かれる筆者の「神戸物語」

P+D BOOKS ラインアップ

お守り・軍国歌謡集	山川方夫	●「短編の名手」が都会的作風で描く11編
天上の花・蕁麻の家	萩原葉子	●萩原朔太郎の娘が描く鮮烈なる代表作2篇
父・萩原朔太郎	萩原葉子	●没後80年。娘が語る不世出の詩人の真実
筏	外村 繁	●江戸末期に活躍する近江商人たちを描く
但馬太郎治伝	獅子文六	●国際的大パトロンの生涯と私との因縁を描く
無妙記	深澤七郎	●ニヒルに浮世を見つめる筆者珠玉の短編集

P+D BOOKS ラインアップ

魔法のランプ 澁澤龍彥 ● 澁澤龍彥が晩年に綴ったエッセイ29編を収録

悪魔のいる文学史 澁澤龍彥 ● 澁澤龍彥が埋もれた異才を発掘する文学史

ベトナム報道 日野啓三 ● 一人の特派員 は戦地で〝何〟を見たのか

夜風の縺れ 色川武大 ● 単行本未収録の39編と未発表の「日記」収録

神坂四郎の犯罪 石川達三 ● 犯罪を通して人間のエゴをつく心理社会劇

天の歌 小説 都はるみ 中上健次 ● 現代の歌姫に捧げられた半生記的実名小説

（お断り）

本書は1986年に中央公論社より発刊された文庫を底本としております。あきらかに間違いと思われるものについては訂正いたしましたが、基本的には底本にしたがっております。また、一部の固有名詞や難読漢字には編集部で振り仮名を振っています。

本文中には女流、女中、支那語、小使、百姓、色盲、外人、インデアン、沖仲仕、小僧などの言葉や人種・身分・職業・身体等に関する表現で、現在からみれば、不当、不適切と思われる箇所がありますが、著者に差別的意図のないこと、時代背景と作品価値とを鑑み、著者が故人でもあるため、原文のままにしております。差別や侮蔑の助長、温存を意図するものでないことをご理解ください。

庄野 潤三（しょうの じゅんぞう）
1921（大正10）年2月9日—2009（平成21）年9月21日、享年88。大阪府出身。1955年『プールサイド小景』で第32回芥川賞を受賞。代表作に『静物』『夕べの雲』など。

P+D BOOKS とは

P+D BOOKS（ピー プラス ディー ブックス）とは
P+Dとはペーパーバックとデジタルの略称です。
後世に受け継がれるべき名作でありながら、現在入手困難となっている作品を、
B6判ペーパーバック書籍と電子書籍を、同時かつ同価格で発売・発信する、
小学館のまったく新しいスタイルのブックレーベルです。

早春

2023年9月19日　初版第1刷発行

著者　庄野潤三
発行人　石川和男
発行所　株式会社　小学館
〒101-8001
東京都千代田区一ツ橋2-3-1
電話　編集　03-3230-9355
販売　03-5281-3555
印刷所　大日本印刷株式会社
製本所　大日本印刷株式会社
装丁　おおうちおさむ　山田彩純
（ナノナノグラフィックス）

ISBN978-4-09-352472-8

P+D BOOKS